U0872822

"一带一路"沿线国家语言教学与研究书系

当代白俄罗斯文学选读

许传华
〔白俄〕达莉亚·根纳季耶夫娜·祖博格
编

北京·旅游教育出版社

图书在版编目（CIP）数据

当代白俄罗斯文学选读 ： 俄文 / 许传华, （白俄）达莉亚·根纳季耶夫娜·祖博格编. -- 北京 ： 旅游教育出版社, 2022.4
（“一带一路”沿线国家语言教学与研究书系）
ISBN 978-7-5637-4404-6

Ⅰ. ①当… Ⅱ. ①许… ②达… Ⅲ. ①文学一作品综合集一白俄罗斯一现代一俄文 Ⅳ. ①I511.415

中国版本图书馆CIP数据核字(2022)第061848号

“一带一路”沿线国家语言教学与研究书系
当代白俄罗斯文学选读
许传华 ［白俄］达莉亚·根纳季耶夫娜·祖博格 编

责任编辑	陈卫伟
出版单位	旅游教育出版社
地　　址	北京市朝阳区定福庄南里 1 号
邮　　编	100024
发行电话	（010）65778403　65728372　65767462（传真）
本社网址	www.tepcb.com
E - mail	tepfx@163.com
排版单位	北京旅教文化传播有限公司
印刷单位	唐山玺诚印务有限公司
经销单位	新华书店
开　　本	787 毫米 × 1092 毫米　1/16
印　　张	20
字　　数	318 千字
版　　次	2022 年 4 月第 1 版
印　　次	2022 年 4 月第 1 次印刷
定　　价	68.00 元

（图书如有装订差错请与发行部联系）

前言

白俄罗斯文学始于13至14世纪，起源于丰富的民间口头文学和基辅罗斯文学。大致可以分为五个时期：古代白俄罗斯文学（11—17世纪）、18—19世纪白俄罗斯文学、苏联时期白俄罗斯文学（20世纪初至20世纪90年代）和当代白俄罗斯文学（21世纪初—今）。

古代白俄罗斯文学代表性著作主要是《圣叶福罗西尼娅·波洛茨卡娅行传》和《基里尔·图罗夫斯基训诫》，代表人物有弗朗茨斯科·思科琳娜（Франциск Скорина, 1490—1541）等。

18—19世纪的白俄罗斯文学也被称为白俄罗斯的“新文学时期”（Новая белорусская литература），因为其前的文学作品大多是用波兰语、拉丁语和古斯拉夫语著写。18世纪白俄罗斯并入俄罗斯帝国后，俄语文学得到了长足发展，为其后的白俄罗斯文学发展奠定了坚实的基础。具体来说，18世纪上半期的文学被定义为“文学转型期”，是白俄罗斯新文学形成的时期；18世纪下半期至19世纪初期则为白俄罗斯文学史的“启蒙主义时期”；19世纪20年代到19世纪末民族复兴情绪高涨的时期，则被称为“浪漫主义时期”。此间涌现出来诸如文森特·杜宁－马尔廷凯维奇（Винцент Дунин–Мартинкевич, 1807–1884）、杨·波尔谢夫斯基（Ян Борщевский, 1794–1851），弗朗蒂斯克·博古舍维奇（Франтишек Богушевич, 1840 – 1900）等著名作家，他们关注白俄罗斯民族的复兴和文学的启蒙。

19世纪末20世纪初的白俄罗斯文学更加关注民族自觉意识，杨卡·库帕拉（Янка Купала, 1882 – 1942）、雅库布·科拉斯（Якуб Колас, 1882 – 1956）、马克西姆·博格达诺维奇（Максим Богданович, 1891 – 1917）等人的创作更加丰富了白俄罗斯人民的文学生活。1934年，白俄罗斯苏维埃社会主义共和国作家协会（Союз писателей БССР）成立，社会主义现实主义文学成为白俄罗斯文学的主流文学，伊万·梅列什（Иван Мележ, 1921 – 1976）、弗拉基米尔·科罗特克维奇（Владимир Короткевич, 1930 – 1984）、马克西姆·谭科（ Максим Танк,

1912 – 1995）、伊万·沙米亚金（Иван Шамякин, 1924 – 2004）、瓦西里·贝科夫（Василь Быков, 1924 – 2003）等在苏联时期成长起来的作家对于白俄罗斯文学的社会主义现实主义文学及民族文学做出了突出贡献。

苏联解体以后，当代白俄罗斯文学在中国则鲜为人知。但是2015年，随着阿列克谢耶维奇（С. А. Алексиевич）获得诺贝尔文学奖，白俄罗斯文学开始走进中国文学研究的视野。为了让俄语学习者能够深入了解白俄罗斯当代文学，及时了解白俄罗斯文学发展动向，我们特进行本次选编。

本次选编选取了15位当代白俄罗斯作家的32部代表作品。选编原则如下：第一，文学价值。所选作品均具有较高的文学价值，得到文学界及社会的广泛认可。从入选作家来说，他们中除了专职作家，还有文学杂志的编辑和文学评论家，兼职从事创作。这样选编的作品不仅能彰显自身的文学价值，还能帮助读者了解文学创作的价值取向；第二，民族性特征。所选的作家作品在一定程度上能够代表白俄罗斯且能体现白俄罗斯的民族特性，这对于理解白俄罗斯的民族特性和文化价值具有一定的意义。第三，多元性原则。所选编作品的15位作者中有小说家、诗人、剧作家，他们的创作体裁各异，风格各有所长，能够体现当代白俄罗斯文学的时代特色。

这些当代白俄罗斯作家均具有代表性，体现了白俄罗斯文学的价值与审美取向。例如，阿列克谢耶维奇作为白俄罗斯当代最具代表性的作家之一，诚如为其颁发的诺贝尔授奖词所言："她的复调书写，是对我们时代的苦难和勇气的纪念。"她的纪实描写和人性关怀对白俄罗斯乃至世界文学都具有启示意义。而瓦莲金娜·波利卡妮娜（Валентина Поликанина）不仅是一名作家，也是社会活动家。她所创作的诗歌充满了爱，渴望对读者进行精神净化，对于理解当代白俄诗歌的主题和精神价值是不可缺失的一环。柳德米拉·卢布廖夫斯卡娅（Людмила Рублевская）则具有双重身份，她不仅是一名作家，其多部作品被翻拍成电影，还是一名文学批评家，她对文学的解读与阐释在一定程度上代表了白俄罗斯文学批评的走向之一。其他所选的作家、作品不一一列举，但需要说明的是，他们的创作均具有较高的文学价值和示范意义。

本次选编是在国内首次开设白俄罗斯语专业的背景下展开的，旨在使俄语专业和白俄罗斯语专业的学生对当代白俄罗斯文学的写作风格和发展趋势有一定的了解，以便对白俄罗斯文学感兴趣的读者能够与白俄罗斯作家进行交流，增强中白两国的文化交流与互鉴。

编　者

ОГЛАВЛЕНИЕ

Светлана Алексиевич

Биография

Светлана Александровна Алексиевич (31 мая 1948 года) – писательница, журналистка, сценарист документальных фильмов. Родилась в Ивано-Франковске в семье военнослужащего. Отец – белорус, мать – украинка. После демобилизации отца из армии семья переехала в Беларусь, где родители работали сельскими учителями. В 1965 году окончила среднюю школу в Копаткевичах Петриковского района Гомельской области. Работала воспитателем, учителем истории и немецкого языка в школах Мозырского района, журналистом газеты «Припятская правда» в Наровле. Заработав в соответствии с требованиями того времени два года трудового стажа, в 1967 году поступила на факультет журналистики Белорусского государственного университета, который окончила в 1972 году.

С 1973 по 1976 гг. работала в областной «Сельской газете».

С 1976 по 1984 гг. – руководитель отдела очерка и публицистики в журнале «Неман».

Литературную деятельность начала с 1975 года. Произведения С. Алексиевич посвящены жизни позднего СССР и постсоветской эпохи. За весь творческий период лауреат множества литературных премий и наград.

В 1983 году принята в Союз писателей СССР.

С начала 2000-х годов жила в Италии, Франции, Германии. С 2013 года живет в Беларуси.

Признание и популярность получила как автор книги «У войны не женское лицо» (1983 г.), в которой показывает особый женский опыт войны.

Следующая книга «Последние свидетели» (1985 г.) посвящена судьбе детей, которые пережили войну.

В 1989 году «Цинковые мальчики» – книга о проблемах афганской войны.

Четвертая книга «Зачарованные смертью» (1993 г.) о самоубийствах, зарегистрированных в первые пять лет после исчезновения СССР. Автор пытается понять причины смерти, уносящие жизни тысячи людей.

В 1997 году опубликована «Чернобыльская молитва», написанная на основе бесед со свидетелями Чернобыльской катастрофы: ликвидаторами, членами семей погибших пожарных, переселенными жителями. Алексиевич говорит, что эта книга не о Чернобыле, а о мире после Чернобыля. Как изменилась жизнь в новой реальности, еще непонятой и неосознанной. Люди добывают новые знания, которые им понадобятся чтобы больше не повторить этого кошмара.

В 2013 году выходит книга «Время сэконд хэнд», посвященная феномену «советского человека» и травме, вызванной распадом социализма.

Книги Алексиевич образуют цикл, который она определяет как «хронику Большой Утопии» или историю «красного человека». Все книги переведены на многие языки.

Алексиевич также является автором сценариев документальных фильмов.

В 2015 году Алексиевич стала лауреатом Нобелевской премии по литературе с формулировкой «за ее многоголосное творчество – памятник страданию и мужеству в наше время». Светлана Алексиевич – первый нобелевский лауреат в истории независимой Беларуси. Впервые за полвека премия была присуждена писателю, преимущественно работающему в жанре документальной литературы.

Книги Светланы Алексиевич определяют как документальнзю прозу, литературную журналистику, документальные монологи, романы-оратории, репортаж, романы-свидетельства. Сама же писательница определяет свой жанр как «историю чувств».

Познакомиться с творчеством С.А. Алексиевич можно на сайте: http://alexievich.info/.

Творчество

ВРЕМЯ СЕКОНД ХЭНД
(фрагмент)

Записки соучастника

Мы прощаемся с советским временем. С той нашей жизнью. Я пытаюсь честно выслушать всех участников социалистической драмы…

У коммунизма был безумный план – переделать «старого» человека, ветхого Адама. И это получилось… может быть, единственное, что получилось. За семьдесят с лишним лет в лаборатории марксизма-ленинизма вывели отдельный человеческий тип – homo soveticus. Одни считают, что это трагический персонаж, другие называют его «совком[1]». Мне кажется, я знаю этого человека, он мне хорошо знаком, я рядом с ним, бок о бок прожила много лет. Он – это я. Это мои знакомые, друзья, родители. Несколько лет я ездила по всему бывшему Советскому Союзу, потому что homo soveticus – это не только русские, но и белорусы, туркмены, украинцы, казахи… Теперь мы живем в разных государствах, говорим на разных языках, но нас ни с кем не перепутаешь. Узнаешь сразу! Все мы, люди из социализма, похожие и не похожие на остальных людей – у нас свой словарь, свои представления о добре и зле, о героях и мучениках. У нас особые отношения со смертью. Постоянно в рассказах, которые я записываю, режут ухо слова: «стрелять», «расстрелять», «ликвидировать», «пустить в расход» или такие советские варианты исчезновения, как: «арест», «десять лет без права переписки», «эмиграция». Сколько может стоить человеческая жизнь, если мы помним, что недавно погибали миллионы? Мы полны ненависти и предрассудков. Все оттуда, где был ГУЛАГ[2] и страшная война. Коллективизация, раскулачивание, переселение народов…

---

① Совок (сленг) – человек или явление, напрямую относящиеся советской действительности или имеющие похожие признаки.

② ГУЛАГ – Главное управление исправительно-трудовых лагерей, осуществляющее руководство местами заключения и содержания в 1930 – 1960 г.

Это был социализм, и это была просто наша жизнь. Тогда мы мало о ней говорили. А теперь, когда мир необратимо изменился, всем стала интересна та наша жизнь, неважно какой она была, это была наша жизнь. Пишу, разыскиваю по крупицам, по крохам историю «домашнего»... «внутреннего» социализма. То, как он жил в человеческой душе. Меня всегда привлекает вот это маленькое пространство – человек... один человек. На самом деле там все и происходит.

Почему в книге так много рассказов самоубийц, а не обыкновенных советских людей с обыкновенными советскими биографиями? В конце концов, кончают с собой и из-за любви, из-за старости, просто так, ради интереса, из-за желания разгадать секрет смерти... Я искала тех, кто намертво прирос к идее, впустил ее в себя так, что не отодрать – государство стало их космосом, заменило им все, даже собственную жизнь. Они не смогли уйти из великой истории, распрощаться с ней, быть счастливыми иначе. Нырнуть... пропасть в частном существовании, как это происходит сегодня, когда маленькое стало большим. Человек хочет просто жить, без великой идеи. Такого никогда не было в русской жизни, этого не знает и русская литература. В общем-то, мы военные люди. Или воевали, или готовились к войне. Никогда не жили иначе. Отсюда военная психология. И в мирной жизни все было по-военному. Стучал барабан, развевалось знамя... сердце выскакивало из груди... Человек не замечал своего рабства, он даже любил свое рабство. Я тоже помню: после школы мы собирались всем классом поехать на целину, презирали тех, кто отказывался, до слез жалели, что революция, гражданская война – все случилось без нас. Оглянешься: неужели это мы? Я? Я вспоминала вместе со своими героями. Кто-то из них сказал: «Только советский человек может понять советского человека». Мы были люди с одной коммунистической памятью. Соседи по памяти.

Отец вспоминал, что он лично в коммунизм поверил после полета Гагарина. Мы – первые! Мы все можем! Так они с мамой нас и воспитывали. Я была октябренком, носила значок с кудрявым мальчиком, пионеркой, комсомолкой. Разочарование пришло позже.

После перестройки[①] все ждали, когда откроют архивы. Их открыли. Мы узнали историю, которую от нас скрывали...

---

① Перестройка – общее название реформ и новой идеологии советского партийного руководства, используемое для обозначения больших и неоднозначных перемен в экономической и политической структуре СССР.

Люди читали газеты, журналы и молчали. На них обрушился неподъемный ужас! Как с этим жить? Многие встретили правду как врага. И свободу тоже. «Мы не знаем свою страну. Не знаем, о чем думает большинство людей, мы их видим, встречаем каждый день, но о чем они думают, чего хотят, мы не знаем. Но берем на себя смелость их учить. Скоро всё узнаем – и ужаснемся», – говорил один мой знакомый, с которым мы часто сидели у меня на кухне. Я с ним спорила. Было это в девяносто первом году… Счастливое время! Мы верили, что завтра, буквально завтра начнется свобода. Начнется из ничего, из наших желаний. «…»

Россия менялась и ненавидела себя за то, что менялась. «…»

Советская цивилизация… Тороплюсь запечатлеть ее следы. Знакомые лица. Расспрашиваю не о социализме, а о любви, ревности, детстве, старости. О музыке, танцах, прическах. О тысячах подробностей исчезнувшей жизни. Это единственный способ загнать катастрофу в рамки привычного и попытаться что-то рассказать. О чем-то догадаться. Не устаю удивляться тому, как интересна обычная человеческая жизнь. Бесконечное количество человеческих правд… Историю интересуют только факты, а эмоции остаются за бортом. Их не принято впускать в историю. Я же смотрю на мир глазами гуманитария, а не историка. Удивлена человеком…

Отца уже нет. И я не могу договорить с ним один наш разговор… Он сказал, что им умирать на войне было легче, чем необстрелянным мальчикам, которые сегодня погибают в Чечне. В сороковые – они из ада попадали в ад. Перед войной отец учился в Минске в Институте журналистики. Вспоминал, что когда они возвращались с каникул, часто уже не встречали ни одного знакомого преподавателя, все были арестованы. Они не понимали, что происходит, но было страшно. Страшно, как на войне.

У меня с отцом было мало откровенных разговоров. Он жалел меня. Жалела ли я его? Мне трудно ответить на этот вопрос… Мы были беспощадны к своим родителям. Нам казалось, что свобода – это очень просто. Прошло немного времени, и мы сами согнулись под ее бременем, потому что никто не учил нас свободе. Учили только, как умирать за свободу.

Вот она – свобода! Такую ли мы ее ждали? Мы были готовы умереть за свои идеалы. Драться в бою. А началась «чеховская» жизнь. Без истории. Рухнули все ценности, кроме ценности жизни. Жизни вообще. Новые мечты: построить дом, купить хорошую машину, посадить крыжовник… Свобода оказалась реабилитацией мещанства, обычно замордованного в русской жизни. Свободой Его Величества Потребления. Величия тьмы. Тьмы желаний, инстинктов – потаенной человеческой жизни, о которой мы имели приблизительное представление. Всю историю выживали, а не жили. А теперь военный опыт уже не нужен, его надо было забыть. Тысячи новых эмоций, состояний, реакций… Как-то вдруг все вокруг стало другим: вывески, вещи, деньги, флаг… И сам человек. Он стал более цветным, отдельным, монолит взорвали, и жизнь рассыпалась на островки, атомы, ячейки. «…»

У всех, с кем встречалась, я спрашивала: «Что такое – свобода?». Отцы и дети отвечали по-разному. У тех, кто родился в СССР, и тех, кто родился не в СССР, нет общего опыта. Они – люди с разных планет. «…»

Ищу язык. У человека много языков: язык, на котором разговаривают с детьми, еще один, это тот, на котором говорят в любви… А еще есть язык, на котором мы говорим сами с собой, ведем внутренние разговоры. На улице, на работе, в путешествиях – везде звучит что-то другое, меняются не только слова, но и что-то еще. Даже утром и вечером человек говорит по-разному. А то, что происходит ночью между двумя людьми, совершенно исчезает из истории. Мы имеем дело только с историей дневного человека. Самоубийство – ночная тема, человек находится на границе бытия и небытия. Сна. Я хочу это понять с дотошностью дневного человека. Услышала: «Не боитесь, что понравится?».

Едем по Смоленщине. В одной деревне остановились возле магазина. Какие знакомые (я же сама выросла в деревне), красивые, какие хорошие лица – и какая унизительная, нищая жизнь вокруг. Разговорились о жизни. «О свободе спрашиваете? Зайдите в наш магазин: водка стоит, какая хочешь: “Стандарт”, “Горбачев”, “Путинка”, колбасы навалом, и сыра, и рыбы. Бананы лежат. Какая еще свобода нужна? Нам этой хватит». – «А землю вам дали?» – «Кто на ней будет корячиться? Хочешь – бери. У нас один Васька Крутой взял. Младшему пацану восемь лет, а он рядом с отцом за плугом идет. У него, если наймешься на работу – не украдешь, не поспишь. Фашист!» «…»

* * *

В девяностые… да, мы были счастливыми, к той нашей наивности уже не вернуться. Нам казалось, что выбор сделан, коммунизм безнадежно проиграл. А все только начиналось.

Прошло двадцать лет… «Не пугайте нас социализмом», – говорят дети родителям.

Из разговора со знакомым университетским преподавателем: «В конце девяностых студенты смеялись, – рассказывал он, – когда я вспоминал о Советском Союзе, они были уверены, что перед ними открывается новое будущее. Теперь картина иная… Сегодняшние студенты уже узнали, прочувствовали, что такое капитализм – неравенство, бедность, наглое богатство, перед глазами у них жизнь родителей, которым ничего не досталось от разграбленной страны. И они радикально настроены. Мечтают о своей революции. Носят красные футболки с портретами Ленина и Че Гевары».

В обществе появился запрос на Советский Союз. На культ Сталина. Половина молодых людей от 19 до 30 лет считают Сталина «величайшим политическим деятелем». В стране, в которой Сталин уничтожил людей не меньше, чем Гитлер, новый культ Сталина?! Опять в моде все советское. Например, «советские» кафе – с советскими названиями и советскими блюдами. Появились «советские» конфеты и «советская» колбаса – с запахом и вкусом, знакомыми нам с детства. И конечно, «советская» водка. На телевидении десятки передач, а в интернете десятки «советских» ностальгических сайтов. «…»

Возрождаются старомодные идеи: о великой империи, о «железной руке», «об особом русском пути»… Вернули советский гимн, есть комсомол, только он называется «Наши», есть партия власти, копирующая коммунистическую партию. У Президента власть, как у Генсека. Абсолютная. Вместо марксизма-ленинизма – православие…

Перед революцией семнадцатого года Александр Грин написал: «А будущее как-то перестало стоять на своем месте». Прошло сто лет – и будущее опять не на своем месте. Наступило время секонд хэнд.

Баррикада – опасное место для художника. Ловушка. Там портится зрение, сужается зрачок, мир теряет краски. Там черно-белый мир. Оттуда человека уже не различишь, а видишь только черную точку – мишень. Я всю жизнь – на баррикадах, я хотела бы уйти оттуда. Научиться радоваться жизни. Вернуть себе нормальное зрение. Но десятки тысяч людей снова выходят на улицы. Берутся за руки. У них белые ленточки на куртках. Символ возрождения. Света. И я с ними.

Встретила на улице молодых ребят в майках с серпом и молотом и портретом Ленина. Знают ли они, что такое коммунизм?

Часть первая
Утешение апокалипсисом
Из уличного шума и разговоров на кухне (1991–2001)
Про Иванушку-дурачка и золотую рыбку

«Что я понял? Я понял, что герои одного времени редко бывают героями другого времени. Кроме Иванушки-дурачка. И Емели. Любимых героев русских сказок. Наши сказки – про везение, про миг удачи. Про ожидание чудесной помощи, чтоб все в рот само свалилось. Лежа на печи, иметь все. Чтобы печь сама блины пекла, а золотая рыбка все желания исполняла. Хочу то и хочу это. Хочу Царевну Прекрасную! И хочу жить в царстве ином – с молочными реками и кисельными берегами. Мы – мечтатели, конечно. Душа трудится и страдает, а дело мало движется, потому что на него сил уже не хватает. Дело стоит. Загадочная русская душа… Все пытаются ее понять… читают Достоевского… Что там у них за душой? А за душой у нас только душа. Поговорить любим на кухне, почитать книгу. Главная профессия – читатель. Зритель. И при этом ощущение своей особенности, исключительности, хотя оснований для этого никаких, кроме нефти и газа. С одной стороны, это-то и препятствует перемене жизни, а с другой стороны, дает ощущение смысла, что ли. Всегда висит в воздухе, что Россия должна сотворить, показать миру что-то из ряда вон выходящее. Богоизбранный народ. Особый русский путь. Сплошь у нас Обломовы①, лежат на диване и ждут чуда. Но не Штольцы. Деятельные, проворные Штольцы[4] презираемы за то, что срубили любимую березовую рощу, вишневый садик. Заводики там строят, делают деньги. Чужие нам Штольцы…»

«Русская кухня… Убогая "хрущобная②" кухонька – девять-двенадцать (счастье!) квадратных метров, за тонкой стенкой туалет. Советская планировка. На окошке лук в баночках из-под майонеза, в горшке столетник от насморка. Кухня у нас – это не только место для приготовления пищи, это и столовая, и гостиная, и кабинет, и трибуна. Место для коллективных психотерапевтических сеансов.

① Обломов, Штольц – герои романа И.А. Гончарова «Обломов».

② Хрущобный (разг.) от хрущёвка – стандартный панельный или блочный дом упрощенной планировки с малогабаритными квартирами (периода массового жилищного строительства в СССР в 60-хх гг. XX в., связанного с именем руководителя страны того времени Н.С. Хрущева.

В девятнадцатом веке вся русская культура жила в дворянских усадьбах, а в двадцатом – на кухнях. И перестройка тоже. Вся “шестидесятническая” жизнь – это “кухонная” жизнь. Спасибо Хрущеву! Это при нем вышли из коммуналок, завели личные кухни, где можно было ругать власть, а главное – не бояться, потому что на кухне все свои. Там рождались идеи, прожекты фантастические. Травили анекдоты… Анекдоты процветали! Коммунист – это тот, кто Маркса читал, а антикоммунист – это тот, кто его понял. Мы выросли на кухнях, и наши дети тоже, они вместе с нами слушали Галича[1] и Окуджаву[2]. Крутили Высоцкого[3]. Ловили Би-би-си[4]. Разговоры обо всем: о том, как все хреново, и о смысле жизни, о счастье для всех. «…»

В перестройку все кончилось… Грянул капитализм… Девяносто рублей стали десятью долларами. На них – не прожить. Вышли из кухонь на улицу, и тут выяснилось, что идей у нас нет, мы просто сидели все это время и разговаривали. Откуда-то появились совсем другие люди – молодые ребята в малиновых пиджаках[5] и с золотыми перстнями. И с новыми правилами игры: деньги есть – ты человек, денег нет – ты никто. Кому это интересно, что ты Гегеля[6] всего прочитал? “Гуманитарий” звучало как диагноз. Мол, все, что они умеют – это держать томик Мандельштама[7] в руках. Открылось много незнакомого. Интеллигенция до безобразия обнищала[8]. В нашем парке по выходным дням кришнаиты[9] устанавливали полевую кухню и раздавали суп и что-то там простенькое из второго. Выстраивалась такая очередь аккуратненьких стариков, что спазм в горле. Некоторые из них прятали свои лица. У нас к тому времени было уже двое маленьких детей. Голодали натуральным образом. Начали с женой

---

① Галич Александр Аркадьевич – советский поэт, сценарист, драматург, прозаик, автор и исполнитель собственных песен.

② Окуджава Булат – советский и российский поэт, автор и исполнитель собственных песен, прозаик и сценарист, композитор.

③ Высоцкий Владимир – советский поэт, актер театра и кино, автор и исполнитель собственных песен, автор прозаических произведений и сценариев.

④ Би-би-си (BBC) – британская общенациональная общественная телерадиовещательная организация.

⑤ Малиновые пиджаки носили в 90-х годах бизнесмены и бандиты с большим достатком.

⑥ Гегель – немецкий философ.

⑦ Мандельштам Осип Эмильевич – русский поэт, прозаик, переводчик, эссеист, критик, литературовед.

⑧ Обнищать – стать бедным.

⑨ Кришнаиты – люди, которые исповедуют религиозное течение кришнаизм, основанное на поклонении Кришне.

торговать. Брали на заводе четыре-шесть ящиков мороженого и ехали на рынок, туда, где много людей. Холодильников никаких, через несколько часов мороженое уже текло. Тогда раздавали его голодным мальчишкам. Сколько радости! Торговала жена, а я то поднесу, то подвезу – все что угодно готов был делать, только не продавать. Долго чувствовал себя некомфортно.

Раньше часто вспоминал нашу "кухонную жизнь"... Какая была любовь! Какие женщины! Эти женщины презирали богатых. Их нельзя было купить. А сейчас времени на чувства ни у кого нет – все деньги зарабатывают. Открытие денег – как взрыв атомной бомбы...»

Про то, как мы полюбили и разлюбили Горби

«Горбачевское время... Огромные толпы людей со счастливыми лицами. Сво-бо-да! Все этим дышали. Газеты были нарасхват. Время больших надежд – вот-вот попадем в рай. Демократия – неведомый нам зверь. Как сумасшедшие, бегали на митинги: сейчас узнаем всю правду о Сталине, о ГУЛАГе, прочитаем запрещенные "Дети Арбата" Рыбакова и другие хорошие книги – и станем демократами. Как мы ошибались! Из всех радиоточек кричала эта правда... Скорее, скорее! Читайте! Слушайте! Не все оказались к этому готовы... Большинство людей не были антисоветски настроены, они хотели только одного – хорошо жить. Чтобы можно было купить джинсы, "видик" и предел мечтаний – автомобиль! Всем хотелось яркой одежды, вкусной еды. Когда я принесла домой солженицынский "Архипелаг ГУЛАГ", моя мама была в ужасе: "Если ты сейчас же не уйдешь с этой книгой, то я тебя выгоню из дома". У бабушки расстреляли мужа перед войной, а она говорила: "Ваську не жаль. Арестовали правильно. За длинный язык". – "Бабушка, почему ты ничего мне не рассказывала?" – спрашивала я. – "Пусть моя жизнь сдохнет вместе со мной, чтобы вы не пострадали". Так жили наши родители и их родители. Все катком было отутюжено. Перестройку сделал не народ, это сделал один человек – Горбачев. Горбачев и кучка интеллигентов...»

«Горбачев – секретный американский агент... Масон... Предал коммунизм. Коммунистов – на мусорку, комсомольцев – на свалку! Я ненавижу Горбачева за то, что он украл у меня Родину. Советский паспорт как самую дорогую вещь берегу. Да, мы стояли в очереди за синюшными цыплятами и гнилой картошкой, но это была Родина. Я ее любил. Вы жили в "Верхней Вольте с ракетами", а я жил в великой стране. Россия всегда для Запада – враг, ее боятся. Кость в горле. Никому не нужна сильная Россия – коммунистами или без них. На нас смотрят как на склад – нефти, газа, леса и цветных металлов. Нефть меняем на трусы. А была цивилизация без шмоток и барахла. Советская цивилизация! Кому-то надо было, чтобы ее не стало. Операция ЦРУ. Нами уже управляют американцы. Горбачеву хорошо за это заплатили… Рано или поздно его будут судить. Надеюсь, Иуда доживет до народного гнева. Я с удовольствием прострелил бы ему затылок на Бутовском полигоне. *(Стучит кулаком по столу.)* Настало счастье, да? Появились колбаса и бананы. Валяемся в говне и едим все чужое. Вместо Родины – большой супермаркет. Если это называется свобода, то мне такая свобода не нужна. Тьфу! Народ ниже плинтуса опустили, мы рабы. Рабы! При коммунистах кухарка, как говорил Ленин, управляла государством: рабочие, доярки, ткачихи – а теперь в парламенте сидят бандиты. Долларовые миллионеры. Им в тюрьме надо сидеть, а не в парламенте. Надули нас с перестройкой!

Я родился в СССР, и мне там нравилось. Мой отец был коммунистом, учил читать меня по газете “Правда”. Каждый праздник мы с ним ходили на демонстрацию. Со слезами на глазах… Я был пионером, носил красный галстук. Пришел Горбачев, и я не успел стать комсомольцем, о чем жалею. Я – совок, да? Мои родители – совки, дед и баба – совки? Мой совковый дед погиб под Москвой в сорок первом… А моя совковая бабка была в партизанах… Господа либералы отрабатывают свою пайку. Хотят, чтобы мы свое прошлое считали черной дырой. Я их всех ненавижу: горбачева, шеварнадзе, яковлева, – напишите с маленькой буквы, так я их ненавижу. Я не хочу в Америку, я хочу в СССР…»

«То были прекрасные, наивные годы… Мы поверили Горбачеву, сейчас уже никому так легко не поверим. Многие русские люди возвращались из эмиграции на Родину… Был такой подъем! Думали, что сломаем этот барак. Построим что-то новое. Я окончила филологический факультет МГУ и поступила в аспирантуру. Мечтала заниматься наукой. Кумиром в те годы был Аверинцев, на его лекции сходилась вся просвещенная Москва. Встречались и поддерживали друг в друге иллюзию, что скоро будет другая страна, и мы за это боремся. Когда я узнала, что моя однокурсница уезжает в Израиль, очень удивилась: “Неужели тебе не обидно уезжать? У нас все только начинается”.

Чем больше говорили и писали: “Свобода! Свобода!”, тем быстрее с прилавков исчезали не только сыр и мясо, но и соль, и сахар. Пустые магазины.

Страшно. Все по талонам, как в войну. Нас спасла наша бабушка, она целыми днями бегала по городу и отоваривала эти талоны. Весь балкон был забит стиральным порошком, в спальне стояли мешки с сахаром и крупой. Когда выдали талоны на носки, папа заплакал: "Это конец СССР". Он почувствовал... Папа работал в конструкторском бюро на военном заводе, занимался ракетами, и ему это безумно нравилось. У него было два высших образования. Вместо ракет завод стал штамповать стиральные машины и пылесосы. Папу сократили. Они с мамой были ярые перестроечники: писали плакаты, разносили листовки – и вот финал... Растерялись. Не могли поверить, что свобода – она вот такая. Не могли с этим смириться. На улицах уже кричали: "Горбачеву грош цена, берегите Ельцина!". Несли портреты Брежнева в орденах, а портреты Горбачева – в талонах. Начиналось царствование Ельцина: гайдаровские реформы и вот это ненавистное мне "купи-продай"... Чтобы выжить, я ездила в Польшу с мешками лампочек и детских игрушек. Полный вагон: учителя, инженеры, врачи... Все с мешками и сумками. Всю ночь сидим и обсуждаем "Доктор Живаго" Пастернака... пьесы Шатрова... Как в Москве на кухне.

Вспоминаю университетских друзей... Мы стали кем угодно, но не филологами – топ-менеджерами рекламных агентств, банковскими служащими, "челноками"... Я работаю в агентстве недвижимости у одной дамы, которая приехала из провинции, бывший комсомольский работник. У кого сегодня фирмы? Виллы на Кипре и в Майами? У бывшей партноменклатуры. Это к тому, где надо искать деньги партии... А наши вожди... шестидесятники... Они крови на войне нанюхались, но были наивные, как дети... Нам надо было дневать и ночевать на площадях. Довести дело до конца – добиться Нюрнберга для КПСС. Мы слишком быстро разошлись по домам. Фарцовщики и менялы взяли власть. И вопреки Марксу, после социализма строим капитализм. *(Молчит.)* Но я счастлива, что жила в это время. Коммунизм пал! Все, он уже не вернется. Живем в другом мире и смотрим на мир другими глазами. Свободное дыхание тех дней я никогда не забуду...» «...»

参考答案

Тест

1. Выберите правильные варианты ответов.

(1) Когда С. Алексиевич поступила в Белорусский государственный университет?

А. 1965 г. Б. 1967 г.

В. 1972 г. Г. 1975 г.

(2) На какой факультет поступила?

А. факультет журналистики Б. исторический факультет

В. филологический факультет Г. факультет немецкого языка

(3) Когда была принята в Союз писателей СССР?

А. 1989 г. Б. 1967 г.

В. 1972 г. Г. 1983 г.

(4) Кроме написания книг, чем еще занимается С. Алексиевич?

А. пишет сценарии документальных фильмов

Б. снимает документальные фильмы

В. преподает актерское мастерство

Г. занимается переводом

(5) В каком году стала лауреатом Нобелевской премии по литературе?

А. 2013 г. Б. 2015 г.

В. 2018 г. Г. 1983 г.

(6) Какая книга посвящена судьбе детей, которые пережили войну?

А. «У войны не женское лицо» Б. «Время секонд хэнд»

В. «Последние свидетели» Г. «Цинковые мальчики»

(7) Какая книга посвящена феномену «советского человека» и травме, вызванной распадом социализма?

А. «Время сэконд хэнд» Б. «Последние свидетели»

В. «Цинковые мальчики» Г. «Зачарованные смертью»

(8) Какая книга о проблемах афганской войны?

А. «Зачарованные смертью» Б. «Время секонд хэнд»

В. «Последние свидетели» Г. «Цинковые мальчики»

(9) Какой цикл образуют книги С. Алексиевич?

А. «хронику Большой Утопии» Б. документальные монологи

В. историю «красного человека» Г. романы-оратории

(10) Как определяют книги С. Алексиевич?

А. документальная проза

Б. история чувств

В. документальные монологи

Г. романы-оратории

2. Ответьте на вопросы.

(1) Кто из китайских авторов работал в жанре документальная проза?

(2) Какие схожие мотивы с творчеством С.Алексиевич встречаются у китайских авторов?

Валентина Поликанина

Биография

Валентина Петровна Поликанина (11 июля 1958 года) – поэт, переводчик, публицист, член Союза писателей Беларуси, Союза российских писателей и Международной федерации русскоязычных писателей, лауреат международных и республиканских литературных премий. Родилась в г. Кричеве Могилевской области. Окончила минскую школу № 2 с литературным уклоном и филологический факультет Белорусского государственного университета (БГУ). Работала корректором, редактором в научно-исследовательском институте; специальным корреспондентом, обозревателем, ведущим редактором журнала «Беларусь». Более семи лет была автором и ведущей двух популярных радиопрограмм. В настоящее время – редактор отдела культуры журнала «Гаспадыня».

В литературном багаже В. Поликаниной 15 книг стихов, прозы, переводов, в том числе книги стихов для детей. Написаны сотни очерков, эссе, интервью и творческих портретов известных деятелей культуры Республики Беларусь.

Валентина Поликанина – автор слов многих песен, которые исполняются не только известными белорусскими, но и российскими, и украинскими артистами. Проводит большую общественную работу. Является членом известной общественной организации «Белорусский союз женщин», автор слов Гимна

Белорусского союза женщин (совместно с композитором Леонидом Захлевным). Её биография включена в первую в истории страны книгу «Женщины Беларуси».

Творчество В. Поликаниной наполнено поразительной духовной глубиной, искренностью, оно напоминает молитвы, словно стремится помочь читателю в его духовном очищении. Все стихи поэтессы наполнены любовью. Это красивое, имеющее лучезарную сущность слово ей хочется писать с большой буквы, потому что любовь, по ее определению, – это чудо, способное притягивать не только две половинки, но это еще и благо человеческого общения, благосклонность и милосердие. В круг любви для Валентины Поликаниной входит прежде всего мама – «первая родина, которая рождает нас для родины второй»; отец, родные и близкие; все добрые люди и те, кто прошел трудными дорогами войны; родной дом, Отечество, природа, поэзия, слово, которое должно быть наполнено высоким смыслом и добротой. Не зря первый сборник стихов поэтессы называется «Найдите время для любви».

Для Валентины Поликаниной любовь – это не только трепетное чувство мужчины и женщины, это ее мама – «первая родина, которая рождает нас для родины второй», ее бабушка и дедушка, ее свекор, прошедший трудными дорогами войны, случайный прохожий, подаривший улыбку…

Творчество Валентины Поликаниной известно не только в Беларуси, но и за рубежом. Её произведения печатаются в белорусских и российских изданиях, включены в антологии и международные сборники, изданные в России, Украине, Болгарии, Латвии, Грузии, Молдавии, Чехии, Великобритании. Её стихи переведены на английский, французский, румынский, грузинский, болгарский, украинский, белорусский языки.

Познакомиться с творчеством В.П. Поликаниной можно на сайтах: https://denliteraturi.ru/article/4279, http://knigasvet.adu.by/images/2018/06/V_Polikanina_Stihi.pdf, https://rep.bstu.by/bitstream/handle/data/5149/Загадочная%20сила%20притяжения.pdf?sequence=2&isAllowed=y.

Творчество

МОРЕ ПО КОЛЕНО
(рассказ)

Сначала по воздуху полетел комбайн[1]. Он был зелёного цвета и так легко планировал, будто его несли невидимые крылья. Потом от земли оторвалась коза и тоже бесшумно полетела. За ней поднялись в воздух баран, гусь и петух… Изумлённый Лёшка беспрерывно щелкал фотоаппаратом, стараясь запечатлеть чудо, и вспоминал слова из знакомого анекдота: «Хорошо, что коровы не летают!» Вдруг, будто услышав его мысли, в воздухе появилась большая рыжая корова и покорно присоединилась к молчаливой цепочке летящих. «Куда они все? А я?» – только успел подумать Лёшка и сам поднялся в воздух. Он легко набирал высоту и, наполняясь радостью полёта, смотрел сверху на родной городок, казавшийся игрушечным; на извилистую речку, подобную голубой ленте; на тёмный лес, напоминавший густую щётку… Он ощущал себя героем, способным преодолеть любые преграды. Изредка, снижая полет, видел людей, с завистью смотревших на него, и снова набирал высоту. Но вскоре, ощутив земное притяжение, упал в траву, сильно ударившись, – и сразу же проснулся…

Все тело горело, болели ноги, и очень хотелось пить.

– Воды! – тихо попросил Лёшка, и к нему сразу же подошла мама.

– Вот и хорошо, попей, сыночек! – вытирая платком слёзы, сказала она и подала воду в стакане. – Три дня и три ночи спал… Испугался, бедняжка. Такое пережить!

Не сразу поняв, в чём дело, Лёшка постепенно пришёл в себя и вспомнил все события трехдневной давности…

Была среда… Мама пришла из магазина усталая и, присев на стул, сказала: «На улице 28 градусов! Можно получить солнечный удар! Ты, сынок, не ходи никуда, лучше побудь дома…» Тогда Лёшка открыл книжку о Мальчише-

---

① Комбайн – рабочая машина, выполняющая одновременно несколько разных операций.

Кибальчише① и стал читать. На словах «Нам бы только день простоять да ночь продержаться…» в дверь позвонили. Это был восьмилетний Пашка по кличке «Море по колено», Лёшкин одногодка, весельчак и заводила всех игр, с которым вечно что-нибудь приключалось. Держа в руке пустой бидончик②, он скомандовал: «Айда③ в лес за земляникой!»

Улучив момент, когда мама ушла к соседке, Лёшка взял свой бидончик для ягод и выскочил за дверь на ослепительно-соблазнительную свободу.

Весело болтая, друзья отправились пешком в ближайший, на расстоянии четырёх километров от города, лес. Выйдя на большую поляну, они увидели россыпь спелой земляники. Наевшись досыта и насобирав полные бидончики ягод, довольные, пошли домой. Но недалеко от железнодорожного переезда заметили круглый котлован④, поверхность которого напоминала сияющую корку черного льда.

«Смотри, какой каток! – сказал Пашка. – Айда кататься босиком!» И друзья, заворожённые обманчивым блеском, оставив на берегу вещи, безоглядно прыгнули в неизвестность…

Ужас охватил Лёшку не сразу. Только через минуту он понял, что сделать шаг назад уже не сможет: ступни, словно заколдованные, прилипли к чёрной расплавленной поверхности, и какая-то дикая сила потянула их вниз.

Погружение было медленным. Ноги предательски уходили в цепкую теплую смолу и как будто прощались с Лёшкой… Он был уже по колени в этом страшном плену и видел, как, ослабев, упал на четвереньки его друг и увяз руками по самые локти, как беспомощно заплакал, изо всех сил вытягивая шею, боясь коснуться подбородком липкой черноты…

От Пашкиных слёз Лёшка словно опомнился и сообразил, что надо делать. «Спа-си-те! Спа-си-те нас!» – громко и отчаянно стал кричать он, глядя в безоблачное небо, где, расщедрясь сиянием, царило знойное июльское солнце.

---

① Мальчи́ш-Кибальчи́ш – положительный персонаж сказки Аркадия Гайдара «Сказка о Военной тайне, о Мальчише-Кибальчише и его твердом слове», а также снятых по этой книге советских художественного и мультипликационного фильмов «Сказка о Мальчише-Кибальчише».

② Бидончик – сосуд (металлический или пластмассовый) цилиндрической формы с крышкой для перевозки и хранения жидкостей.

③ Айда (разг.) – пойдем!

④ Котлован – выемка в грунте, предназначенная для устройства оснований и фундаментов зданий и др. инженерных сооружений.

Вспомнив слова: «Нам бы только день простоять да ночь продержаться», Лёшка и сам заплакал от бессилия…

«Мама!» – словно подсказало ему сердце. Лёшка, как за соломинку, схватился за спасительную мысль о самой лучшей, самой сильной на свете, изо всех сил закричав: «Мама! Мамочка, помоги!» И вдруг увидел, как со стороны железной дороги к ним бегут люди.

Это были рабочие. Бросив доски на поверхность котлована, они шагнули на них, как на плот, и, словно из клещей[①], стали вытаскивать Лёшку с Пашкой из сопротивляющейся, вязкой смолы[②]. Один из мужчин оступился и еле вытащил ногу, оказавшись без сапога.

– Ну, пацаны, благодарите Бога за то, что остались живы! – сказал он на берегу плачущим мальчуганам, которые больше походили теперь на испуганных зверьков. – Это ж надо! Мы, в километре отсюда, сторожку строим. Только собрались на обед в город – и вдруг услышали крик. А если бы ушли? Вам в такой глухомани никто бы и не помог... Зачем же вы, глупые, полезли в гудрон[③]? Здесь же глубина метра три!

– Мы-ы не зна-а-а-ли! Не зна-а-ли! – навзрыд отвечали Лёшка с Пашкой, не в силах пошевелиться из-за сковавшей их, пристывшей смолы.

– Ещё бы минут пять, ребятки, и мы бы уже не смогли вас вытащить…

Остановив случайно проезжавшую мимо машину с солдатами, рабочие попросили шофёра развезти ребят по домам. Укачавшись ездой по ухабистой дороге, Лёшка уснул в кузове. Открыл глаза, когда услышал пронзительный крик матери после чьих-то слов: «Заберите своего сына, его надо обмыть…»

Он до мельчайших подробностей помнил, как соседка сказала: «Этот опасный котлован нужно срочно огородить! Говорят, там корова утонула…» Помнил, как плачущая мать долго, пока не стемнело, тряпкой, смоченной в бензине, смывала с него гудрон, купала и укладывала в постель. Потом Лёшка провалился в долгий кошмарный сон...

Во сне он слышал Пашкины сумасбродные слова, которые, повторяясь, то

① Клещи – инструмент для захвата, зажима чего-либо.

② Смола – вещество черного цвета, относительно твердое при нормальных условиях и размягчающееся или теряющее форму при нагревании.

③ Гудрон – вязкая жидкость или твердый асфальтоподобный продукт черного цвета, побочный продукт перегонки нефти.

затихали, то становились громче, а потом и вовсе перешли в мычание: «А мне мо-ре по колено, по колено мо-ре, му-ре, му-му!» Видел большую рыжую корову, поедающую землянику; огромный чёрный котёл с грязью, в котором он сам оказался; спасительницу-маму, бегущую издалека с криком: «Сынок, не бойся, я с тобой!».

Видел ещё со стороны себя, теперешнего… Он, мальчиш-своевольник, совершил что-то ужасное и сейчас, беспомощный и жалкий, сидит у мамы на руках, горько-прегорько плачет и, обнимая её за шею, потерянно и виновато, бесконечное множество раз, просит прощения за то, что не послушался.

ВОЗВРАЩЕНИЕ
(рассказ)

– Доченька, поговори с мамой! Ты всегда спешишь, всегда занята. Ну, присядь, хоть на минуточку, рядом со мной…

– Некогда мне. На работу опаздываю. Разве ты не видишь? Не мешай!

– Родная моя, я даже не знаю, что у тебя на душе. Ты мне никогда о себе не рассказываешь, а я волнуюсь, ночами не сплю, всё о тебе думаю, доченька.

– Зато ты днем прекрасно высыпаешься. А я на работе, как белка в колесе, набегаюсь, устану, а ночью твои стоны и вздохи слушаю. У меня уже бессонница началась! А ты всё «поговори да поговори»… Не о чем нам с тобой говорить, – раздраженно сказала дочь и, хлопнув дверью, торопливо ушла. А расстроенная мать осталась одна в чужом и холодном доме, в котором, как она чувствовала, ей были не рады.

Два года назад Елена Ивановна из-за старческой немощности вынуждена была переехать в другой город, к дочери, недавно вышедшей на пенсию, но ещё работающей. Та с двадцати лет жила далеко от неё с мужем и двумя сыновьями-близнецами, и потому мать, видясь с дочерью редко, не замечала перемен в характере Ольги. И только сейчас поняла, как сильно от житейских забот изменилась её дочь, какой нервной и суетливой женщиной стала, в какую угрюмую и неуступчивую жену превратилась и с какой сварливой суровостью несёт она груз своего материнства.

–Ах, Оленька, Оленька! Разве такой ты была? – вздыхала Елена Ивановна, стоя возле портрета улыбающейся дочери. – Помню, как ты, маленькая, сидела у меня на коленях, обнимала за шею и говорила: «Мамочка, милая, расскажи сказку!» Как много у нас было общего! А у тебя хватало времени на внимание и заботу. Где всё это сейчас?

Елена Ивановна в рассеянной беспомощности села на кровать и горько заплакала. В её душе мучительно застыл тяжелый осадок воспоминания от недавнего случая. Ночью они с дочерью неожиданно столкнулись в коридоре, и та, словно от призрака, отмахнулась от матери и с нарочитой жестокостью выпалила страшные, роковые слова: «Совсем с ума сошла! Опять бродишь по квартире, спать не даёшь… И зачем только я затеяла этот переезд? Ты же всем мешаешь!»

Как бывшая учительница русского языка, Елена Ивановна хорошо знала, что это были не просто слова, а слова-предатели, слова-грабители, слова-убийцы. Слова – надгробные плиты, которых не превозмочь…

–Я – лишняя здесь, лишняя, – как заученное правило, твердила Елена Ивановна. – Я мешаю... Мешаю им жить. Значит, мне надо уйти…

Решительно выпив большую дозу снотворного, она тихо и обреченно легла на кровать и, скрестив на груди руки, стала отрешённо смотреть в потолок. Сначала слезы застилали ей глаза, и она видела только густой, ползущий на неё косматый белый туман. Потом из глубины его проступили серые тени, которые мелко задрожали, задвигались, словно невидимый ветер прошел по глади реки – и на её поверхности, как лучезарная картина неугасимого прошлого, проступил светлый силуэт женщины, несущей на руках ребенка. Мать, нежно прижимавшая к груди дитя, шла по воде… Она медленно приближалась, взгляд её становился пристальнее, сердечней и бездонней – и такой вселенской добротой полнились её глаза, что хотелось раствориться в их сиянии и не дышать…

– Мама, мамочка! Что с тобой? Очнись! – словно камень, брошенный в дремотную воду небытия, нарушил тишину крик неожиданно вернувшейся дочери.

Увидев пустую упаковку снотворного, она попыталась растормошить мать:

– Не уходи, мама! Я сегодня поняла, какая я жестокая и несправедливая… Прости меня! Я все исправлю в нашей жизни. Только ты открой глаза – и поговори со мной, родная!

Так пронзителен был этот долгожданный дочерний зов, что мать, уже готовая раствориться в седом тумане вечности, на каком-то далёком и высоком своём рубеже на мгновение остановилась... Так велико было её желание поговорить с дочерью, что она, собрав все силы и преодолев тайное властное притяжение грядущего, шагнула назад…

– Мама, прости меня, мама! – в слезах повторяла дочь.

А мать, возвращённая в земные пределы отчаянным этим «прости», всей своей измученной душой, истосковавшейся по нежности, впитывала родной дочерний голос, словно пила из источника освящённую целебную воду.

Она осознавала, что слышит не просто слова… Что это и есть – слова-спасители, слова-утешители, слова-примирители. Совестливые, покаянные, омытые слезами, самые сейчас необходимые, заветные слова, зовущие её к жизни.

СТИХИ

* * *

Ещё задолго до моих стихов
Цвела зима над бабушкиным домом,
Роняла пух с небесных потолков
И таяла, как леденец в ладони.

За ставнями рассветного окна –
Протяжное – гудело слово ветра.
Печной трубы горячая спина
Соприкасалась с шелестеньем веток.

Мурлыкал кот, и горло драл петух,
Скрипели важно ходики по кругу.
И жил в углу иконописный дух,
И бабушка была ему подругой.

Ещё задолго до моих грехов
Была её молитва каждый вечер –
За мой покой, за столбики стихов,
За первый звук проклюнувшейся речи.

СЛОВО – ВЫХОД НА СВЕТ, СЛОВО – СВЕТ...

Слово – творчество. Слово – венец,
Завершение мысли, огласка.
Слово – выкормыш. Слово – птенец:
Ртом согрет и дыханьем обласкан.

Слово – выход на свет. Слово – свет,
Звёздный импульс мерцающей точки.

Слово – словно у дерева ветвь.
Все слова – население в строчке.

Слово – следствие. Слово – печать.
Можно впитывать – можно отторгнуть.
Затаившийся гнев у плеча –
Захлебнувшийся кратер восторга.

Слово – тождество действию, цель,
Поводырь, указательный палец.
Слово – кружево, замкнутость, цепь,
Узелочек на долгую память.

Слово – пепел пожарищ, зола,
Камень в сердце, прокисшая брага,
Если слово на службе у зла,
И зерно – если служит во благо.

* * *

Природа плохому не учит
И нам не желает беды.
Вбирают всю грозную тучу
Спокойные очи воды.

И поле не хочет быть бранным:
Кумир его – мирный ходок.
Врачует душевные раны –
На озере первый ледок.

Трава не рождает угрозы,
С добром оставаясь в веках.
И ангелы света – берёзы –
Качают детей на руках.

* * *

Пусть упадет моя слеза
На эту будничность земную.
Пусть не солгут твои глаза,
Когда упрёков не миную.

Пусть не измучит нас борьба,
В которой вместе мы повинны.
Пусть не разделит нас судьба
На две чужие половины.

Пусть осеняет нас в пути
Небесный свет, любовь хранящий,
Чтоб счастье трудное нести,
Сложив былое с настоящим.

ОСЕНЬ

Надела рыжую оправу
На близорукие леса
И старые седые травы,
Дохнула холодом в глаза,
Вошла в глубинные коренья
Веков запутанных и дней,
Переходя на говоренье
Созревших жестами ветвей,
И, переплыв часов запруду,
Стекает в реку, не спеша,
Где ветер ко́мкает простуду
В сухих суставах камыша.

参考答案

Тест

1. Выберите правильные варианты ответов.

(1) В каком университете училась В.П. Поликанина?

А. БГУ
Б. БГПУ
В. МГЛУ
Г. БНТУ

(2) В каких журналах работала редактором?

А. «Гаспадыня»
Б. «Беларусь»
В. «Белорусский союз женщин»
Г. «Найдите время для любви»

(3) Как называется первый сборник стихов В.П. Поликаниной?

А. «Слово – выход на свет, слово – свет…»
Б. «Женщины Беларуси»
В. «Найдите время для любви»
Г. «Пусть упадет моя слеза»

(4) Пишет ли В.П. Поликанина песни?

А. Да
Б. Нет

(5) Членом какой известной общественной организации является В.П. Поликанина?

А. «Гаспадыня»
Б. «Женщины Беларуси»
В. «Беларусь»
Г. «Белорусский союз женщин»

(6) В какую книгу включена биография?

А. «Женщины Беларуси»
Б. «Белорусский союз женщин»
В. «Гаспадыня»
Г. «Беларусь»

(7) Что напоминает творчество В.П. Поликаниной?

А. молитвы
Б. духовное очищение
В. свет
Г. предательство

(8) Что по мнению В.П. Поликаниной любовь?

А. трепетное чувство мужчины и женщины
Б. мама
В. первая родина
Г. творчество

(9) Какая тема поднимается в стихотворении «Пусть упадет моя слеза»?

А. поэта и поэзии
Б. любви
В. природы
Г. родины

(10) Что значит слово в стихотворении «Слово – выход на свет, слово – свет…»?

А. кружево

Б. завершение мысли

В. пепел пожарищ

Г. камень в сердце

2. Ответьте на вопросы.

(1) Кто из китайских авторов работал в жанре любовная лирика?

(2) Какие схожие мотивы с творчеством В.П. Поликаниной встречаются у китайских авторов?

Людмила Рублевская

Биография

Людмила Рублевская, настоящее имя: Людмила Ивановна Шнип (5 июля 1965) – белорусская поэтесса, прозаик, литературный критик, журналист. Родилась в г. Минске. С детства увлекалась литературой и пробовала писать первые стихи.

После восьмого класса поступила на архитектурное отделение Минского архитектурно-строительного техникума, который окончила в 1984 году. После техникума работала в конструкторском бюро «Горизонт», техником-архитектором. Однако, как говорит Людмила: *«Я дышала стихами, они лились, будто им не будет конца, каждую ночь я сидела за письменным столом по крайней мере до часа ночи... Думаю, это самые счастливые часы в жизни поэта».* В дальнейшем литература стала не только призванием, но и любимой работой.

В 1983 году в газете «Знамя юности» было напечатано первое стихотворение. Получив направление от Союза белорусских писателей, в 1986 – 1987 году едет учиться в Литературный институт имени Горького в Москве на отделение поэзии. Затем переводится на белорусское отделение филологического факультета Белорусского государственного университета, который окончила в 1994 году.

В 1990 году была принята в Союз белорусских писателей.

Работала заведующим отделом критики в журнале «Первоцвет», заведующим отделом языка в газете «Наше слово», редактором отдела критики, потом – литературного еженедельника «Литература и искусство», с 2002 года по 2020 работала литературным обозревателем газеты «СБ-Беларусь сегодня». Автор более тридцати книг и драматических поэм. Также Людмила Рублевская выступает в печати как критик и литературовед. Как критику, ей присущи непрерывные поиски новых путей, форм, способов привлечения внимания к белорусской изящной словесности.

В 2019 году на национальной киностудии «Беларусьфільм» экранизирован роман «Авантюры Прантиша Вырвича», первый из авантюрно-приключенческого цикла, действие которого происходит в XVIII веке.

Её произведения переведены на русский, немецкий, английский, французский, болгарский, польский и десятки других языков. Отдельные её драматические произведения ставились на сценах белорусских театров. По драматической поэме «Последняя из Олельковичей» снят одноимённый фильм (1999 год).

Познакомиться с творчеством Л. Рублевской можно на сайте: http://lir-book.by.

Творчество

ЖЕЛЕЗНАЯ КНОПКА
(рассказ)

В те времена я увлекалась постимпрессионистами. Не то, чтобы я полностью понимала их искусство – скорее, нравились они сами: молодые, дерзкие, бедные...

Я тоже была молодая, дерзкая и бедная. Как, по крайней мере, половина моих однокурсников.

Что может сравниться по остроте переживаний с первыми днями в большом городе, когда ты, еще вчера выпускник провинциальной школы, присоединился к творческой элите столицы?

Твой студенческий билет сияет золотом тиснёных букв, и ты подаешь его в окошки театральных администраторов с неподражаемой горделивой скромностью... Тебе читают лекции знаменитые профессора, а руководитель твоего курса, бородатый неопрятный мужчина в свитере ручной вязки, – тот самый Художник, на холсты которого ты смотрел часами, пытаясь разгадать такой простой секрет их притягательности...

И впереди – прекрасные пять лет в этом прекрасном городе!

Я долго не могла найти подходящую соседку по комнате. Для кого-то я была слишком нехозяйственная, для кого-то – слишком «правильная». Наконец поселилась со мной одно странное существо – Ритка Качар. Маленькая, как ребенок, худенькая, в очках, с мальчишеской стрижкой и всегда – в длинной широкой юбке, на подоле которой вечно оставались отпечатки чьих подошв, по крайней мере после каждого занятия по рисунку, где все сидели, сбившись в небольшом кабинете, и не каждый был настолько деликатен, чтобы переступать через подол Риткиной юбки.

В одном из детских фильмов про советскую школу фигурировал персонаж – девочка по прозвищу Железная Кнопка. Если бы мне пришлось придумывать кличку для новой соседки, лучшей не придумала бы. Ритка была в большой обиде на жизнь. Особенно напирала Ритка на тот факт, что после школы должна была с год работать уборщицей.

– Я чужие плевки подтирала! – гордо заявляла Железная Кнопка преподавателям-экзаменаторам.

Некоторые из них, наверное, чувствовали при этом свою вину и безропотно расписывались в Риткиной зачетке. А другие, кто также пришел на свои должности не из дворцов, только смеялись или возмущались – в зависимости от характера. И поэтому за Риткой с первой сессии потянулись «хвосты». Она возвращалась с несданного экзамена и жаловалась мне на несправедливость жизни, обещая, что обидчикам это не попустит. Ведь имела Ритка талант находить влиятельных «опекунов» – пожилых чиновников от искусства. Она приходила в их кабинеты, умела растрогать рассказами о «чужих плевках», и после наш декан бегал по институтских коридорах багровый от бешенства и громко рассказывал, как один «пень» из министерства звонил, чтобы «соплячке» с первого курса поставили положительную оценку по истории КПСС.

Рисовала Ритка все в тусклых зеленовато-коричневых тонах. Все лица в ее исполнении казался опухшими и побитым, словно яблоки-опадки. Возможно, можно входить в искусство и с этим, но в Риткиных картинах всегда чувствовалось излишнее усердие и полное отсутствие фантазии. От того все казалось неестественным и неинтересным. Тем более, что мастерства, по сути, еще не было – да и кто из нас, вчерашних школьников, его имел? Но Ритка изображала «правду». И это была еще одна причина требовать к себе особого внимания.

Роднило нас с Риткой ненормальное равнодушие к материальной стороне жизни. Да и не имели мы, «безотцовщина», средств на какие-то изыски. Высшим нашим кулинарным достижением была вареная свекла, а самыми шикарными нарядами – купленные к выпускному балу платья.

Я любила рисовать по ночам. Просто сидеть в тишине и при свете настольной лампы делать маленькие «почеркушки» – на покрытом восковой краской кусочке картона процарапывать изображение тончайшей иглой. Мне казалось, что, оставляя в плотном цветном фоне белые или черные штрихи, я процарапываюсь в другой, лучший мир, куда когда-нибудь уйду... Но Ритка спала очень чутко и не терпела абсолютно никакого шороха. Поэтому время от времени мои ночные «экзерсисы» пресекались ее пронзительными матами действительно мастерского исполнения.

Та зима была чрезвычайно сурова. И в самые морозы случилось неизбежное –

латаные-перелатанные трубы общежитейской системы отопления полопались, и в комнатах воцарился бесстыдный Зюзя – древнее славянское божество холода. Он хватал настывшими руками нежные тела студенток, и никак невозможно было его выгнать. Мы с Риткой обогреватель имели один на двоих, самый дешевый: вогнутую блестящую тарелку, в центре которой, как влюбленное сердце, пунцовела спираль... И совсем как такое сердце, она погасла без всякой причины и навсегда. Впереди ждала долгая зимняя ночь...

Я бережно подняла наш потухший очаг и пошла по длинным коридорам, раздумывая, к кому можно обратиться за помощью. Близких друзей у нас с Риткой не было. Дразнили нас «монашками», «гордыми одиночками» да еще почему-то «бабизонцами», наверное, вспоминая одновременно Робинзона, любителей французской природы барбизонцев да нашу женскую – «бабью» – натуру. По узкому загроможденному переходу я перешла в тот корпус общежития, где жили ребята. Здесь всегда было шумно, воняло красками и дешевым вином и встречались самые невероятные личности... Вот как этот тип с бритой головой и серьгой... Или вон те двое, длинноволосые и перепачканные красками, что тащат к себе гипсовую Венеру. К одному знакомому я просто побоялась заходить, так как из-за его двери раздавался пьяный гул. Второго в комнате не было – или не открывал?

– В чем проблема, ясная панночка?

Я резко обернулась, готовясь защищаться. Но в парне, заговорившем со мной, не было ничего страшного: конечно, он имел традиционно длинные волосы и потертую джинсовую одежку, но с лица – типичный очкарик, мальчик-интеллектуал, воспитанный строгими родителями в строгих моральных нормах. Я даже не сразу поняла, чем еще впечатлил незнакомец: он обращался ко мне на хорошем белорусском языке. Тогда это еще не было ни модой, ни политикой, а так – непонятным чудачеством или свидетельством «простоты». Ведь даже в моем родном городке на «мове» говорили одни старики, а мама – она растила меня одна – работала фельдшером, по здешним меркам, начальницей, и якобы уже не имела права говорить по-простому. Так что я даже растерялась, не зная, как ответить.

– Так что случилось? Могу помочь?

– Обогреватель сломался, – пробормотала я и спрятала озябший нос в свой воротник из искусственного меха.

– И только? – парень властно взял испорченную технику у меня из-под мышки. – Ничего страшного, отремонтируем!

После этого случая Игорь стал заходить в нашу комнату. Обычно он приносил с собой всякие вкусные вещи: домашнюю колбасу, сало, а то горячий омлет или драники, спрятанные между двух мисочек. Он никогда не требовал и не делал ничего, что могло бы напугать меня, которую мать и тетки перед отъездом на учебу подробно проинструктировали насчет дьявольских городских парней. Не исключено, что такие же инструкции насчет «блатных девок из общежития» получил и Игорь. Поэтому знакомство наше было не завоеванием друг друга, а счастливой встречей надежных союзников в противостоянии ненормальному миру, который окружал нас.

Игорь учился на предпоследнем курсе и уже участвовал в нескольких общих выставках, а его, как он сам называл, «свободные портреты» маслом покупали даже иностранцы у художественного салона. Чем-то напоминал мне Игорь моих любимых постимпрессионистов, хотя сам не был их сторонником:

– Я – человек старомодный, – часто повторял он . – Живопись Леонардо – высшая ступень развития искусства, и я не хотел бы, чтобы над кроватью моего будущего ребенка красовалась репродукция «Черного квадрата».

Присоединил меня Игорь и к белорусскости – то, что казалось чудачеством, стало естественной частью моей жизни. Особенно нелегко далось приучить себя думать на родном языке: не разговаривать – это не так сложно, даже если переводишь в уме, а думать. Иногда мои мозги представлялись мне старым пергаментом – древней рукописью, на которой стерли старую запись и использовали для другого текста. Но следы старой записи все-таки сохранились, и теперь, постепенно и неодолимо, она проступала из-под более поздней.

Ритка-Железная Кнопка вначале относилась к моему новому знакомству иронично. Когда же наша с Игорем дружба начала приобретать монументальные черты, высказалась:

– Он тебе не пара. Смотреть смешно: высокий, худющий, а ты кругленькая, беленькая... Штепсель и Тарапунька!

Я только посмеивалась. Всегда такая положительная и подозрительная, стала абсолютно независимой от мнений всего мира. Имели значение только мои отношения с Игорем. А Ритка планировала свое. Стоило мне уехать на выходные домой, она стучалась в дверь комнаты Игоря, прося то что-то отремонтировать, то дать творческий совет, то «три корочки хлеба для бедного Буратино».

Наверное, если бы была Ритка хоть немного более привлекательной, я со своим интровертным характером порядком психовала бы... Но мне были в какой-то степени даже приятные неумелые Риткины ухаживания (вот она, проявилась, вредная женская натура). А Игорь старался заходить, когда я была одна – лишь бы не крутиться на стуле под обжигающим Риткиным взглядом.

– Приходи ко мне сама, – объявил Игорь. – Все знают, что мы поженимся, так чего стесняться?

Сосед Игоря в основном пропадал где-то на квартире в городе, и вечера мы проводили вместе. Это воспринималось как должное, разве что воспитательница общежития, с которой время от времени мы сталкивались в коридоре, отпускала обязательную реплику насчет того, что «шляются тут всякие» и разъясняла, кто конкретно шляется...

В марте Игорь сказал:

– Предлагают мне хороший заработок, в зачет практики. Но надо уехать на два месяца за свет – восстанавливать фрески тринадцатого века. Там заброшенную церковь в «свете последних постановлений» срочно превращают в памятник мирового значения... Будут деньги на свадьбу, – убеждал меня, а больше сам себя Игорь. – Подумаешь, два месяца! Я тебе каждый день буду писать. А там и у вас практика, а к летней сессии я вернусь!

Деньги нужны всем: нищим и миллионерам, торговцам и поэтам, неизлечимым алкоголикам и изысканным дамам (последним, наверное, больше остальных). Игорь уехал, и потянулись скучные дни без него. Обычно я была в восторге от наступления весны, радовалась каждой проталинке, ни с чем не сравнимому весеннему воздуху, когда нет еще ни листьев, ни травы, но является уже безымянный аромат пробужденной природы, который кружит головы и заставляет ждать и надеяться даже тех, кто перестал ждать и надеяться! Но та весна была просто фоном моего ожидания. Я даже не думала, что между мной и Игорем возникла такая сильная связь, и такой болью отзовется разлука...

Пришло письмо, от которого почему-то пахло табаком, хотя Игорь не курил. А в стандартном конверте с изображением кактуса – прекрасные Игоревы рисунки... Вот эта дама, закутанная в шаль и исполненная томного ожидания – непременно я, а этот несчастный Менестрель с пробитым сердцем – Игорь...

Я перечитывала письмо, рассматривала картинки, устроившись в неубранной кровати, а напротив меня сидела с книжкой Ритка, но, судя по всему, не столько читала, сколько сгорала от желания заглянуть в Игорево послание. В последнее время мы с соседкой не совсем ладили. Правда, она перестала убеждать меня, что мы с Игорем не пара, зато все чаще восхищалась моим необычным талантом, пророчила мне большое будущее в искусстве, ради которого, конечно, мне следовало пожертвовать примитивными жизненными устремлениями и полностью посвятить себя творчеству.

– Ты только представь, – доверчивым тоном говорила Ритка, – у тебя в голове – великолепная картина, невероятная гармония красок. А в ванной – гора грязных пеленок, на плите суп из кастрюли выкипает, дети ревут, а муж сидит с газеткой и ждет, чтобы ты на подносике обед принесла! Такая доля – не для тебя!

Наверное, мое непробиваемое безразличие к таким душевным разговорам добавляло горечи в и без того горькую Риткину жизнь. Ей никак не давался французский язык. Ритка по совету преподавателя-«француженки», утонченной нервной дамы, носила в кармане ложку и время от времени, засунув ее глубоко в горло, пыталась произнести нездешние «ои-уи». Но ничего не помогало, «француженка» чуть не срывалась во время каждого Риткиного ответа, а Ритка стала бегать по кабинетам высокопоставленных знакомых и плакаться на бюрократизм преподавателей, вспоминая собственноручно подтертые «чужие плевки». Результатом был звонок к декану, но на этот раз даже тот, кто звонил, чувствовал себя неловко и, очевидно, понимал несостоятельность просьбы об освобождении студентки Маргариты Качар от экзамена по французскому языку...

На практику Ритка ехала с еще большей обидой на весь мир, чем обычно, а весенний мир был чудесный! Мы оказались в старом городке, где костел и церковь стояли по разные стороны торговой площади, а жители не потеряли старосветской вежливости. Так получилось, что мы опять поселились вдвоем с Риткой – в маленькой комнатушке, пристроенной к большому дому... Дом был «шляхетским» – на два конца, и посередине – крыльцо с двумя столбами-колоннами. Двери нашей пристройки и единственное окно открывались в густой сад, который готовился зацвести. Я написала Игорю и сообщила новый адрес, но ответа долго не было. Я не волновалась по этому поводу – настолько сильна была моя вера в Игоря. А вот Ритка получила письмо и, очевидно, не из дома. Демонстративно села напротив меня, торжественно раскрыла конверт и положила так, чтобы я могла видеть. Одно слово в обратном адресе привлекло мое внимание: это же тот город, где сейчас Игорь! Взгляд остановился на фамилии отправителя: Сурин! Виктор

Сурин, который и предложил Игорю ехать в эти заработки! Когда Ритка успела с ним познакомиться?

Конечно, мне хотелось узнать, что пишет Виктор и упоминает ли Игоря. Но спрашивать было неудобно: слишком уж язвительные взгляды бросала на меня Ритка во время чтения. Через неделю пришло письмо и от Игоря – в тот день, когда на тонких ветках вишен закачались первые белоснежные цветы-бабочки. Я нетерпеливо разорвала конверт, заметив краем глаза, что в руках Ритки также появилось письмо, и вот уже словно слышу любимый голос... Мое внимание отвлек Риткин возглас: она, очевидно, вычитала в своем письме-то впечатляющее. Некоторое время Железная Кнопка молча смотрела на меня, словно колеблясь, а потом протянула мне свое письмо, указывая пальцем место, которое надлежало прочитать: «Знаешь, Ритуля, надоели мне эти Игоревы игры. То, что сейчас прочтешь, не рассказывай никому – ведь никто не знает, даже родители Игоря. Но ты у меня молодец, можешь держать рот на замке, если нужно... Так вот, Игорь со мной не поехал, а лежит в кожвендиспансере. А мне, как уезжал, дал целую кипу писем к родителям и к своей девушке, чтобы я отсюда их отправлял, как будто он со мной работает. Говорил, что у него какая-то аллергия. Но я случайно нашел среди бумаг, что он мне оставил, направление из того диспансера. А там черным по белому написано, что у нашего Игорька – сифилис, что меня лично не удивляет. Ты знаешь ту девушку, к которой я письма пересылаю, – Олю Королевич, и девушка, кажется, приличная... Так поговори с ней деликатно, чтобы не слишком по Игорю сохла...».

Я перевернула страницу, и на мои колени слетела небольшая бумажка со штампом позорного лечебного учреждения...

Ишь ты, какой поклонник истины, и документ приложил...

Сказать, что я была ошеломлена, значит сказать очень мало. Я чувствовала, что никогда в жизни не получала удара такой мощи... Ритка с сострадательной улыбкой взяла письмо из моих онемевших пальцев и потянулась за справкой. Молнией сверкнула мысль: не надо, чтобы это видел еще кто-то! Мои пальцы сами собой сжались:

– Я оставлю это себе... на память.

Ритка была почему-то недовольна, но, встретившись с моим взглядом, отвернулась и проворчала:

– Как хочешь... На твоем месте я никакой «памяти» не захотела бы...

Ночь прошла для меня без сна. Снова и снова вспоминала я безжалостные строки. Все – обман... И письма, и слова... К горлу подступал холодный комок страха – а если я тоже... Правда, близости между нами еще не было... Но все же... Я мучительно вспоминала прочитанные где-то симптомы этой болезни. Кажется, нет... А если прислушаться...

Постепенно мои мысли устремились к самому Игорю. После бурной волны мысленных обвинений пришли воспоминания: как встречали Рождество, как ездили в Вильнюс и проползли под Острой Брамой на коленях, чтобы Матерь Божия Остробрамская выполнила наши желания... И как мы рисовали одновременно друг друга, а после сложили свои картины в двойной портрет... И как Игорь приносил мне горячие драники между двух мисочек и поил меня молоком с медом, когда я болела... Подушка моя была уже насквозь мокрая. Здесь невольно представилось, как Игорь тоже лежит теперь на подушке, больничной, пропахшей карболкой, и, может, тоже не спит, и нет у него ни одного человека, который бы ему посочувствовал, и голодный он, наверное, потому что передачи ему никто не носит... Гнев и обида отхлынули от меня, как грязная болотная жижа. Неужели я действительно такая бесхарактерная, не имею собственного достоинства, как говорит Ритка?

Но злобы больше не было. Жалость к Игорю, такая нелепая, спасла меня, вытащила из трясины отчаяния... Мало что с человеком может случиться! Я нарочно представляла себе Игоря с отвратительными проявлениями болезни, опустившегося, небритого... И убеждалась, что люблю его, люблю всяким!

...И ложе, и болезнь, и смерть – одни на двоих...

Утром, под мирное посапывание Ритки (так необычно сильно и сладко она спала!) я тихонько оделась и побежала на автобусную станцию. Из всех вещей прихватила только сумочку с деньгами.

И вот опять вокруг меня бестолково гудит столица, «блудница вавилонская», способна испортить самого чистого и искреннего человека. Я пересчитала деньги... Не так много, но хватит! Накупила золотистых апельсинов, крупных грузинских яблок, смугло-красных... Но ведь это не пища для больного человека... Последнее потратила на курицу и поехала в общежитие. Там было тихо и пусто – только студенты последнего курса еще не уехали на практику. В интернатской кухне я первый раз в жизни сварила куриный бульон, перелила его в термос, а куски курицы по методу Игоря спрятала между двух мисочек...

Ну вот, можно ехать...

Кожвендиспансер в городе единственный. Улицы, на которой он находится, люди сторонятся. Доехала я до нее без приключений, а вот само здание пришлось поискать – ведь я не осмеливалась спросить про него...

Наконец я стою перед замазанными краской стеклянными дверями и не решаюсь взяться за ручку. Только сейчас пришло в голову, что сегодня может быть неприемный день, что в это время передачи могут не брать, что Игорь вообще мог уже выписаться...

Но стоять в таком месте, когда кажется, что на тебя устремлены презрительные взгляды, еще хуже... И я осторожно, двумя пальцами взялась за ручку (страшно представить, кто к ней прикасался!). Дверь бесшумно открылась.

В холле я сразу заметила табличку, которая красным по белому сообщала, что прием передач для стационарных больных ежедневно с 11.00 до 13.00 и с 17.00 до 19.00. Часы над вывеской показывал половину пятого... Придется подождать.

Я, чувствуя, что щеки мои пылают, двинулась к деревянным откидным, как в старых кинотеатрах, креслам...

– Оля!

С другого конца коридора ко мне шагал Игорь. Какой-то растерянный, с блуждающей улыбкой на губах, а в руке – полная авоська.

Слезы неизжитой обиды подступили к глазам...

– Ты, оказывается, уже выписался?

– Откуда?

– Не притворяйся, я все знаю... Отсюда!

Мы смотрели друг на друга, и где-то на уровне подсознания появилась безумная радость. Игорь протянул мне авоську и срывающимся от внезапной догадки голосом проговорил:

– Я тебе передачу привез. Как получил от Ритки письмо, что ты тут лечишься, сразу все бросил, на самолет – и сюда...

Я заглянула в его авоську: золотистые апельсины, краснощекие яблоки и – две знакомые мисочки, от которых пахнет драниками... Да еще – мои любимые конфеты, целая шикарная коробка...

Я дрожащими руками достала из сумочки справку, отобранную у Ритки, и протянула Игорю. Он протянул мне такую же – только с моим именем.

Боже, будь благословен Ты и тот прекрасный мир, который Ты создал!

Железную Кнопку подвело, как всегда, излишнее усердие и отсутствие фантазии. Она удачно придумала написать Виктору и «выдурить» письмо от него под каким-то пристойным предлогом – кажется, попросила прислать ей зарисовку тамошней архитектурной детали. Удачно подделала и штамп кожвендиспансера. А дальше решила действовать сразу в двух направлениях и одновременно: как только послала «обличительное» письмо Игорю, аналогичным образом сообщила «всю правду» мне. И уж, разумеется, не могло ей прийти в голову, что мы сразу кинемся друг другу на помощь.

В холле кожвендиспансера, под подозрительными взглядами хмурой регистраторши и нервных посетителей мы обнимались, как сумасшедшие, плакали от счастья, словно спаслись от смертельной опасности, словно увиделись после долгой-долгой и безнадежной разлуки...

Никакой злости на Железную Кнопку не было – ведь благодаря ей мы пережили такие чудесные минуты!

Из больницы мы пошли в общежитие и там шикарно поужинали «передачами».

А назавтра утром подали документы в Загс.

После летней сессии Ритку отчислили из института за неуспеваемость и профессиональное несоответствие. Больше я никогда ничего о ней не слышала.

Наша с Игорем свадьба состоялась в военном городке, где жил его отец-полковник и мать – учительница белорусского языка. На свадьбе гуляли многие из наших однокурсников, а злосчастный Виктор был у Игоря шафером. С тех пор прошло не так уж мало лет, и дети наши с восторгом лазают по большой отцовской мастерской, на светлой стене которой, под самым потолком – непродажная картина: парень и девушка, счастливо-растерянные, идут друг к другу, держа авоськи с золотистыми апельсинами, а на переднем плане почему-то изображена нацеленная острием в пространство обычная чертежная кнопка ...

ЦВЕТОК МАЛАЙСКОГО ЛЬНА
(рассказ)

Чернильное пятно на белой поверхности парты напоминало профиль Гоголя. Низкая челка, острый клювастый нос, усы... Михась столько сегодня смотрел на эту пятнышко, что если бы сейчас закрыл глаза – все равно продолжал бы его видеть.

Если бы он был дежурным, то сейчас пришлось бы взять ножик и соскребать автора Вия с крашеной доски. Но неизвестно, придется ему, Михасю Соколичу, только что исключенному из пионеров, когда-либо навязать на руку красную повязку с надписью «Дежурный». Красная повязка – это же доверие, а он доверия не заслуживает.

Одноклассники расходились, непривычно притихшие. Ни один, даже лучший дружок Гришка Жамокин, не взглянул на прощание на Михася, словно такой взгляд засвидетельствовал бы об их неустойчивости в борьбе с враждебными элементами. Директриса, строго поджав и без того узкие и блеклые губы, прошла мимо Михася в дверь класса... Будто еще вчера не улыбалась ему при встречах, не прощала многочисленные прогулы и сломанную на заднем дворе школы сирень (ну, повалились туда во время потасовки с Гришкой).

Еще бы – как не уважать сына ответственного сотрудника из Наркомата внутренних дел! Да он, Михась, и сам по себе ладный, словно ожил гипсовый пионер с аллеи городского парка – круглое лицо, крупные светлые кудри, широко расставленные дерзкие голубые глаза, немного вздернутый нос, стройная крепкая фигура... Все ему улыбались, все хотели с ним дружить... И за этим скрывалась не просто любовь – а страх. Михась с пьянящим удовольствием чувствовал этот страх и во взгляде директрисы, и на дне озорных глаз девочки за соседней партой, и в том, как Гришка сдерживает свой кулак, чтобы не ударить в полную силу... Поэтому Соколичу на миг показалось, что во время собрания призрачная рука дернула какой-то рубильник, и лица всех присутствующих погасли изнутри, как окна, за которыми больше не горят лампочки Ильича.

Один учитель географии Сигизмунд Станиславович Тарвецкий (за одно имя можно возненавидеть) и после собрания не изменился – его надменная надутая физиономия, наверное, вообще измениться не может. Вот кто осколок старого режима... Невысокий, но подтянутый, седые волосы и усы уложены волосок к волоску, как приклеенные, и весь такой аккуратный, словно пылинки разлетаются в стороны от одной мысли, чтобы приземлиться на его выглаженный костюмчик. И к тому же это седое дополнение к пенсне в отличие от других преподавателей его, Михася, честно возненавидел с первого урока. Михась на его рассказ о знаменитых белорусах, которые делали географические открытия, громко произнес, что буржуйские путешественники занимались порабощением негров и индейцев, и их расстреливать надо, а не учить о них. Сигизмунд Станиславович тогда зло уперся взглядом в Михася и процедил сквозь зубы что-то о самоуверенных невеждах...

А тогда началось: на каждом уроке «буржуй» (так с Михасевой подачи прозвали учителя в классе) цеплялся, задавал глупые вопросы – все, чтобы доказать, что он, Михась, ничего не смыслит в географии... А сколько раз оставлял после уроков! Соколич до сих пор без ненависти не может вспомнить: пустой класс, веселые голоса одноклассников за окнами, склоненная над книгами седая голова «буржуя»... Шорох страниц, которые тот переворачивает тонкими пальцами так часто, что Михась сначала не мог поверить, что человек способен так быстро читать. Но стоит засмотреться, оторвавшись от изучения раздела учебника – занудный голос:

– Неужели вам неинтересно, Соколич? Не хотелось ни разу побывать в прериях? Хотя бы ради того, чтобы помочь рабочим-мексиканцам?

Вот шашель бумажный... И ничегошеньки же не боится. Все учителя школы в этом году начали преподавать на языке великого Ленина, чтобы приблизить время слияния всех народов СССР в одну мощную нацию, а он упорно говорит по-белорусски. Это он, он должен был быть сегодня на Михасевом месте, и слушать про вражеские вылазки, и уныло молчать, не находя себе оправданий...

Правда, одноклассники уроки географии любили. Михась иногда также заслушивался «буржуйскими» байками про пампасы-лампасы, конкистадоров и индейских вождей... К тому же Сигизмунд Станиславович всегда приносил с собой на урок что-то интересное – какую-нибудь масайскую маску, с помощью которой хорошо было бы представлять образ мирового империализма во время выступления агитбригады, либо выцветший египетский пергамент с изображениями плоскотелых широкоплечих фараонов, либо кусок вулканической лавы – похожий на грязный весенний лед, побитый оспой солнечных лучей. Иногда Михась даже забывал, что урок ведет проклятый «буржуй»... Но вспоминал, и тогда... Особенно хорошо удалась затея с чучелом броненосца, столь удачно подвязанным на резинках, что выскочил прямо в объятия Сигизмунда Станиславовича, когда тот открыл шкаф в кабинете географии.

Чернильный Гоголь начал подозрительно раздваиваться, расплываться в радужном тумане... Из спасательного забвения возвращались только что пережитые минуты – одна за другой... Так человек прячется от дождя под навес, а когда дождь уже закончился, полотно вдруг прорывается, и накопленная на нем холодная влага обрушивается на голову бедолаги – сразу по капле, тогда горстями, а потом – водопадом.

Его отец – враг народа! Хорошо замаскированный, хитрый, но его разоблачили... Троцкист, польский шпион, английский разведчик... Саботажник и террорист. Как пионер мог жить с таким в одной квартире, – и не раскусить? Ну хоть теперь, когда уже поздно, надо твердо отречься от такого родства. Покаяться перед товарищами. Признаться в своем пособничестве врагу.

«Ну что ты молчишь, Соколич?»

Красный галстук с него почти сорвали – так что мягкая ткань неожиданно больно скользнула по шее. А еще – и это совсем необъяснимо, как бред – чей-то злобный шепот: «Носил волк, понесли и волка...»

Правильно, не хватало еще расплакаться! Михась сердито потер глаза жестким рукавом пиджака. Хорошо, что остался в одиночестве. Кто-то из-за спины тронул его за плечо. Парень испуганно оглянулся... «Буржуй» Тарвецкий! Такой же надменный, как всегда.

– У вас есть какие-либо родственники в Минске?

Михась с недоумением молчал. Учитель сделал несколько шагов и остановился перед нелюбимым учеником черным столбом, таблички не хватало – «Обходить за сто шагов».

– Вам... нельзя домой.

Михась расклеил губы (надо же – он, оказывается, не произнес ни слова в течение всего дня).

– Почему? Мама...

– Вашей матери дома нет. И прислуги тоже.

Тарвецкий произносил слова, как на уроке, спокойно, веско, словно составлял из тяжелых, досконально отшлифованных камней пирамиду – так, что лезвия в зазор не всунуть. Михась с ненавистью посмотрел в серые, словно мартовское небо, глаза учителя географии, спрятанные предательски прозрачными стеклами пенсне.

– Я пойду домой...

Тарвецкий терпеливо повторил:

– Там никого нет. Квартира опечатана. Вашу мать... забрали. Она, конечно, скоро вернется. Но пока что вам нужно где-то побыть. Вам есть к кому пойти? Друзья? Родственники?

Михась, совсем ошеломленный, смотрел на запачканную парту. Мир рассыпался, как разбитое зеркало, осталась одна шикарная бронзовая рамка. В каждом осколочке кривилось лицо «буржуя». Куда идти, если вместо твоего отражения – кусок стены в пустой рамке?

Учитель географии вздохнул и снова коснулся интеллигентской рукой плеча бывшего пионера.

– Вставайте...

Михась не сразу осмыслил, куда они направляются. По правде, ему было все равно. Только когда начали подниматься по широким ступеням подъезда каменного дома на углу Советской, вспомнил: это же дом «буржуя». Они с дружками сколько раз следили за ним, готовя сюрпризы вроде рассыпанного по брусчатке гороха (старикана Тарвецкого, однако, не так легко оказалось свалить с ног – ловкий, гад).

Дверь на втором этаже распахнулась тяжело, с металлическим скрипом, как в подвал. И из квартиры несло каким подземельным запахом... И темно там было, как в подвале. Несколько мгновений Михась вообще ничего не мог рассмотреть и застыл нелепой куклой, выставив вперед руки. Резкий шорох – и свет ударил по глазам... Это Сигизмунд Станиславович раздвинул на окнах в зале тяжелые портьеры. Михась закрыл глаза, а когда вернулась способность видеть... Зачем человеку столько книг? Полки поднимались от пола до высокого потолка, книги пестрели обложками и излучали пыль... Пылинки танцевали в световых столбах, будто радовались приходу нового человека – может, не будет таким любителем аккуратности, как хозяин, закончится эта вечная война с мокрыми тряпками?.

Буржуй, как есть буржуй. Но, похоже живет один: ни семьи, ни прислуги... Неужели сам убирается и готовит?

– Есть хотите, молодой человек?

Вопрос учителя заставил Соколича осмыслить, что – да, действительно... Мир разрушился, а есть все равно хочется. И пить, оказывается, тоже ужасно хочется...

Конечно, то, что подавала на стол Фаня, домработница Соколичей, было куда лучше... У учителя географии не оказалось вообще ничего вкусного. Ситный хлеб, творог, несколько ломтиков сала... Верх «роскоши» – баранки. Чай Тарвецкий заваривал из сушёных трав. Михась был бы не против, пока хозяин возился на кухне, полазить по квартире, где, кроме книг, на полках громоздилось еще много интересного – от чучел птиц до огромных раковин, но Тарвецкий приказал гостю сидеть и не шевелиться... В другое время так бы Михась и послушался... Но теперь самому хотелось затаиться, затихнуть, словно тогда беда пройдет мимо, не заметив...

Но она точно знает, где тебя искать, как опытный вор высчитывает все хитрые тайники хозяев, безошибочно вытрясая деньги из вышитой подушки на диване либо из развинченного карниза. Михась осторожно потягивал чай с травами, глядя исподлобья на Тарвецкого, который в белой рубашке и жилете выглядел еще более по-буржуазному.

– Переночуете у меня, а завтра после занятий решим, куда вас деть, – все тем же сухим голосом ответил на не прозвучавший вопрос хозяин.

– Я не пойду в школу, – упорствовал Михась. – Я... я в Комсомольск-на-Амуре поеду!

«Буржуй» соизволил улыбнуться:

– Хоть на Чукотку, молодой человек. Но только после получения среднего образования.

– Зачем мне теперь ваше образование?

Сигизмунд Станиславович поставил на белую скатерть фарфоровую чашечку с нарисованной на ней синей птицей с невероятно длинным хвостом.

– Знания – единственное, что мы можем забрать с собой в любых жизненных обстоятельствах. Единственное, что не предаст. Жизнь для вас не закончена, Соколич. И давайте объяснимся. Если вы ожидаете, что я буду вас жалеть и вытирать вам сопли, ошибаетесь. Если вы – недостойный внимания лоскуток тряпки, не способный выдержать посланных Богом испытаний, то не надо удивляться, что вами будут вытирать пол. Если вы – мужчина, то терпите и упорно выбирайтесь из ямы, куда вас будут раз за разом сталкивать.

Учитель говорил невыносимо жестоко, будто бил по щекам истерика. Михась вскинул лохматую светловолосую голову.

– Я не тряпка! И Бога нет!

– И первое, и второе человек должен решить для себя сам, не обращая внимания на мнения других. Хватило же у вас силы не отречься на собрании от своего отца.

– Удивительно, но вместе со всплеском ненависти к географу Михась почувствовал странное облегчение: словно его, изможденного и отчаявшегося, кто-то сильный поднял за шиворот, отволок сторону и встряхнул: «Глаза открой, простофиля! Вот же дорога! Чего ты поперся в трясину?» Жизнь показалось чем-то отдельным от него самого, прозрачной, пропитанной светом субстанцией. Она бурлила вокруг, как бумажные пылинки, свободно проходила сквозь тело, все создавалось из таких же солнечных пылинок, и все они могли однажды куда-то улететь, как пыльца с цветка, и соединиться со светлыми облаками...

Но зачем ему облака, если у него больше нет красного галстука?

«Враги очень хитрые, сынок, – поучал отец. – Ты должен верить только товарищу Сталину!»

Отец очень не любил таких «интеллигентиков», как Тарвецкий, говорил, что следует любого из них прижать – и вылезет гнилое буржуйское нутро. Может, это те, кого он «прижимал», интеллигентики с гнилым нутром, и очернили отца, оговорили его? Или... заразили своей гнилью, напастью? И... мать тоже?

– Мой отец – не враг!

Михась почувствовал, что слезы наворачиваются на глаза... Ни за что не показать своей слабости перед этим! Тарвецкий, однако, видимо, заметил... Бросил гордо:

– Лишних носовых платков у меня нет! И прислуги тоже. Надеюсь, вы умеете мыть посуду, Соколич?

А потом Михась сидел на жестком кожаном диване – кожа была прибита гвоздями с медными круглыми шляпками, и диван казался одетым в средневековый доспех, и читал взятый наугад с полки дореволюционный учебник по географии – в обложке, которая напоминала зеленый мрамор, с хрупкими желтыми страницами и штампом «Аптекарский магазинъ А. И. Федоровъ »... Тарвецкий за широченным, как маленький корабль, столом проверял тетради.

Казалось бы, география – не математика, но «буржуй» постоянно задавал то сочинения, то выписывать интересные сведения о странах... Последнее, о чем пришлось писать Михасю, была Малайзия. Но что там насчет нее – убейте, не помнил. Разве два слова «пальмовое масло».

В старом учебнике он также нашел Малайзию: «Население Ост-Индскаго архипелага состоитъ преимущественно из Малайскихъ племён, которые на востоке смешиваются съ Папуасами. Многие островитяне утратили уже нравы и веру своихъ отцов и приняли под влиянием колонистовъ европейский образъ жизни».

Вот бы уехать туда... Освобождать малайцев от колонистов, возвращать им их язык и нравы... А тут пусть сами разбираются...

– Интересуетесь экзотическими странами? – Михась чуть не подскочил от голоса Тарвецкого прямо над собой. – Что, уехать от проблем хочется?

– Ничего не хочется... – проворчал Михась, немного пристыженный от того, что его мысли словно прочитали. Тарвецкий также присел на диван и задумчиво смотрел перед собой.

– Один мой... знакомый тоже очень уважал и любил своего отца. Тот был когда-то участником восстания... Прошел каторги, вернулся, женился... А когда родился сын, вскоре умер от пережитого. Человек, который сдал его царским властям, бывший друг, университетский однокурсник, жил в столице... Сделал карьеру, стал большим чиновником. Жена повстанца была благородной, патриотической женщиной, и считала почетным связать судьбу с героем-мучеником, намного старше себя. Она с гордостью носила свой траур. И когда сын подрос, решил отомстить за отца.

– Убить того белогвардейца? – глаза Соколича загорелись.

– Да... Но того не просто было убить, так как его охраняли. Он нигде не показывался один. Тогда мой знакомый связался с группой отчаянных, которые не боялись карать палачей. Годы ушли на подготовку... Юноша стал студентом университета в том городе, где жил предатель. Он изучил все его привычки и его действия. Он старался делать успехи в своей науке, чтобы стать членом Географического общества, прославиться, получить возможность посещать официальные мероприятия, где бывали высшие чиновники... Считайте, это ему удалось. И приговор был исполнен.

– Как?

– К сожалению, не выстрел... Бомба... Самое популярное в то время оружие. Молодые борцы привыкли спать на динамите, завтракать за столом, на котором стояли колбы с нитроглицерином... Моего знакомого схватили.

– И повесили? – Соколич даже с ногами залез на диван, потеряв страх перед хозяином.

– Нет... Двадцать лет каторги. – Тарвецкий задумчиво поглаживал свои запястья. – Он отбыл три года... Как он гордился собой! С какой легкостью носил оковы! А тогда встретился с бывшими товарищами отца. Узнал, что живут там, в тайге, несколько инсургентов – после каторги их оставили на вечное поселение. И что они воевали в том же отряде, где и отец... Молодой каторжанин сразу попытался сообщить о себе, встретиться... Но ни один не захотел к нему прийти. Мой знакомый решил, что они просто очень старые... Наконец ему удалось встретиться с одним из них... Как хотелось услышать восторженные воспоминания об отце! Не услышал. Постепенно – все жалели его, не желали говорить прямо – понял: все ложь... Его отец не был для них героем. Некоторые считали его просто трусом. Были и уверенные, что он – предатель. Убитый юношей человек действительно усмирял восстание – но делал это по убеждению, выполняя свою работу... Его презирали меньше, чем отца юноши, который – стоило его арестовать – сломался, как стебель льна под ударами трепала... А потом, отпущенный после суда, который стал для многих смертным приговором, до конца жизни изображал из себя мужественную жертву... Задурил мозги молоденькой соседке... Всю жизнь завидовал университетскому другу, который делал карьеру в Питере... После этого мой знакомый с каторги сбежал.

– Как?

– Долго рассказывать. Если душа охвачена адским огнем, тело проторит себе путь. Шёл через тайгу, к морю. Нанялся матросом на маленькую рыбацкую шхуну из Гонконга – у них трое умерло от желтухи. Япония, Корея, Индонезия, полуостров Малакка... Он бродил по таким экзотическим местам, что экзотика навязала на зубах. И мечтал вернуться в Беларусь. Тем более он не ездил в удобных колясках под зонтиком, в пробковом шлеме и белом пиджаке... Ходил пешком, нанимаясь на самую чёрную работу, чтобы заработать денег на дальнейший путь. Однажды его наняли переодевать покойников – ниже в той стране опуститься невозможно. Носил тюки с шёлком. Собирал пальмовое масло. Даже какое-то время змей учился ловить. Больше всего ему не хватало...

Знаешь, чего? Льна. Белорусского льна. Синего нежного поля, через которое так любил бегать в детстве. Но оказалось, лён есть и на полуострове Малакка – новозеландский лён, совсем не похожий на наш. С жёсткими листьями веером, с желтыми цветами... Сейчас покажу...

– Тарвецкий подошел к шкафу, из-за стекла которого так и метили выскочить засушенные ящерицы.

– Вот...

На ладони географа лежал сухой цветок, словно сделанный из выцветшего египетского пергамента.

– Ничего особенного, на табак похоже, – проворчал Михась.

– Он был яркий, как одуванчик, – грустно сказал географ.

– А что с вашим другом случилось дальше?

Вопрос прозвучало негромко, так как Михася потихоньку начало клонить в сон. Тарвецкий понял это и заговорил суше, короткими, как нарубленные, фразами:

– Всякое было. Умирал. Выживал. Однажды заработал татуировок чуть ли не на всём теле – что поделаешь, гостеприимство туземцев... Пристроился кочегаром на английское судно. И, наконец, попал в Европу... охваченную войной. Но он дал себе слово – больше никогда никого не убьёт. Рвался на Беларусь, как одержимый. Беларусь встретила пепелищами. Из родственников – никого. Немцы... Советы... Поляки... Опять Советы... Самое интересное, что при каждой власти его сажали.

– За что? – отогнав сон, навострил уши Соколич.

– Не везло, видимо, – язвительно прокомментировал географ. – От немцев белорусы выкупили – он согласился работать в секретариате нового правительства... А поляки чуть не расстреляли – сочли советским шпионом. Пришла советская власть – снова забрали, уже как польского шпиона. Хорошо, в руководстве оказался человек из группы, что когда-то готовила покушение в Питере. Если вспомнить, что мой знакомый попробовал пару десятков каталажек во время своих скитаний по Азии-Европе, и из каждой освобождался, то он какой-то... любимец духа тюрьмы.

– И что теперь с этим человеком? – снова сонно поинтересовался Соколич.

– Полагаю, с ним все неплохо. Но что он не сделал для своего народа и части того, что мог бы – это тоже верно. Ненавидел ли он своего отца? Знаешь, со временем понял, что должен быть ему благодарен. Кем бы он вырос, зная, что сын предателя и труса? А так он – сын героя.

– Уже проваливаясь в сон, Соколич слышал сердитые слова Тарвецкого:

– Ну совсем никакого воспитания у этих советских барчуков... Хоть бы разделся, что ли.

А потом под его голову продвинулась подушка.

Сон явился пестрыми птицами и уродливыми лианами, которые шевелились, будто щупальца... И еще всплыл голос отца – откуда-то далеко, из детской памяти: «Нет, ты слышишь, Зойка, какую контру пришлось допрашивать... Рубашку стащили – а под ней татуировки на всю спину! Да еще цветные – как твой платок в птицах. Говорит, дикари расписали... Ну, мы тоже ему распишем!»...

На следующий день сын врага народа Михась Соколич в кабинете директора клялся перед суровыми людьми в штатском, что дальше будет бдительным, что это интеллигентик с гнилым нутром Тарвецкий, замаскированный шпион, погубил его отца, чтобы отомстить за свой арест. Он и его, Михася, пытался заразить буржуйской пропагандой: говорил, что Бог есть, что большевики ошибаются...

Вражеское отродье, конечно, парень... Но со способностями. К его учителю стоит присмотреться.

...В кабинет цензора зашел высокий худой человек в очках. Было видно, что человеку больше всего хочется в этот момент оказаться в другом месте, но долг сильнее неудобства, и человек изо всех сил изображает деловой позитив.

– Вот, взгляните, пожалуйста... Автора десять лет как реабилитировали, а рукопись до сих пор не выдана. Наше издательство хоть сегодня готово. Превосходные, познавательные повести для детей старшего школьного возраста. Вы же знаете, как не хватает нам такой литературы... Но в план никак не можем поставить. Повлияйте вы на перестраховщиков!

Цензор, седовласый дородный человек с важным видом, который стал уже его второй оболочкой, вперил широко расставленные голубые глаза в папку.

– Сигизмунд Станиславович Тарвецкий... Это кто?

– Это белорусский писатель! – заторопился издатель. – Много путешествовал... Преподавал в минских школах географию. Несколько рассказов напечатал в середине тридцатых годов. Наши специалисты считают – не хуже, чем Янка Мавр, писал! Да и сам Мавр его помнит, хорошо отзывается...

Лицо цензора, застывшее, как мёрзлое тесто, не изменилось ни одной черточкой.

– И где этот ваш... Тарвецкий был во времена оккупации?

Худощавое тело издателя напряглось: а чего еще ожидал, здесь все известно...

– Был на оккупированной территории... Но вы сами подумайте: какая трагическая судьба! В тридцать седьмом арестовали по каким-то нелепым обвинениям... Четыре года отсидел в Караганде, а перед самой войной приехал в Беларусь. А тут – бомбежки, немцы... Да, он устроился работать в школу – но сотрудничал с подпольщиками. Его немцы забрали, допрашивали, потом отправили в лагерь смертников Колдычево... Оттуда в сорок четвертом освободили партизаны. А в сорок шестом его снова арестовали – как немецкого прислужника. Где он погиб, никому не известно. Но – реабилитирован полностью!

Хозяин кабинета лениво постучал сильными, не интеллигентскими, пальцами по столу, словно маленький барабанщик сигнализировал начало атаки.

– Какой-то скользкий ваш Тарвецкий. Такое впечатление, что он и до сих пор где-то бродит по миру, от тюрьмы до тюрьмы. Пристальнее надо быть, товарищ, особенно на фоне холодной войны. Ну, оставляйте, посмотрю.

Издатель подавил глупое желание поклониться и вышел, нарочно стараясь сохранить спину выпрямленной.

Страницы тихо шелестели, излучая бумажную пыль.

«А интересно написано, живенько, – думал цензор, пробегая глазами строки. – Пампасы-лампасы, прерии-шмерии ... О Малайзии так... трогательно. Ишь, художник какой оказался в душе любимец духа темниц…»

Заждалась эта рукопись... Вон, бумага желтая, хрупкая – словно засушенный цветок малайского льна... Точнее, новозеландского. Широкая рука с седыми волосками потянулась к хвосту одного из штампов, которые сидели на столе в ожидании, как птицы-стервятники, губы нежно подышали на торжественную резину... Резина сильно прижалась к бумаге, словно присосалась в пьяном поцелуе... На первом листе остались ровные, как виселица, синие буквы «В архив». И подпись цензора: «М. Соколич».

参考答案

Тест

1. Выберите правильные варианты ответов.

(1) Где училась Л. Рублевская?

А. Белорусский государственный университет

Б. Минский архитектурно-строительный техникум

В. Литературный институт имени Горького

Г. Минский государственный лингвистический университет

(2) В каком году было напечатано первое стихотворение?

А. 1983 Б. 1984 В. 1990 Г. 1999

(3) В каком году была принята в Союз белорусских писателей?

А. 1983 Б. 1984 В. 1990 Г. 1999

(4) По какой поэме был снят одноимённый фильм?

А. «После Цезаря»

Б. «Последние гастроли Агасфера»

В. «Рыцарские хроники»

Г. «Последняя из Олельковичей»

(5) Что присуще Л. Рублевской как критику?

А. непрерывные поиски новых путей, форм

Б. способы привлечения внимания к белорусской изящной словесности

(6) Кто главные герои в рассказе «Цветок малайского льна?

А. Михась Соколич

Б. Гришка Жамокин

В. Сигизмунд Станиславович Тарвецкий

Г. Н.В. Гоголь

(7) Где было напечатано первое стихотворение?

А. еженедельник «Литература и искусство»

Б. газета «Наше слово»

В. журнал «Первоцвет»

Г. газета «Знамя юности»

(8) Чей это портрет: «Маленькая, как ребенок, худенькая, в очках, с мальчишеской стрижкой и всегда – в длинной широкой юбке, на подоле которой вечно оставались отпечатки чьих подошв, по крайней мере после каждого занятия

по рисунку, где все сидели, сбившись в небольшом кабинете, и не каждый был настолько деликатен, чтобы переступать через подол юбки»?

А. Ритка Качар　　　　Б. главная героиня

(9) Что случилось с Риткой Качар из рассказа «Железная кнопка»?

А. отчислили из института

Б. вышла замуж за Игоря

В. вышла замуж за Виктора

Г. уехала домой к родителям

(10) Ставились ли драматические произведения Л. Рублевской на сценах белорусских театров?

А. Да　　　　Б. Нет

2. Ответьте на вопросы.

(1) Можно ли творчество Л. Рублевской сравнить с творчеством какого-нибудь китайского писателя?

(2) Какие особенности в произведениях Л. Рублевской вы бы выделили?

Виктор Шнип

Биография

Виктор Анатольевич Шнип (26 марта 1960 года) – писатель, литературный консультант, переводчик. Родился в деревне Пугачи Воложинского района Минской области. Учился в архитектурно-строительном техникуме. Первое стихотворение напечатал в 1977 году в газете «Чырвоная змена». Является автором более 10 поэтических книг, ряд стихотворных текстов положены на музыку белорусскими рок-группами.

В 1985 году поступил на Высшие литературные курсы Литературного института им. Горького в Москве. Работал литературным консультантом, заведующим отделом в разных белорусских изданиях. С 1991 по 1995 года – ответственный секретарь в газете «Наша слова», с 1995 по 2004 – заместитель главного редактора, главный редактор газеты «Літаратура і мастацтва». С 2004 – заместитель главного редактора, а с 2008 главный редактор издательства «Мастацкая літаратура».

Первый сборник стихотворений «Гронка святла» издал в 1984 году. Вышли поэтические сборники на белорусском языке: «Поиск радости» (1987), «Шляхам ветру», «Горад Утопия» (обе в 1990), «На рэштках Храма» (1994), «Выкраданне Еўропы» (1996), «Чырвоны ліхтар» (2000), «Воўчы вецер» (2001), «Інквізіцыя» (2002), «Выратаванне атрутай» (2003), «Беларускае мора» (2004),

«Балада камянёў» (2006), «Страла кахання, любові крыж» (2008), «Проза і паэзія агню» (2010), «Пугачоўскі цырульнік» (2013), «Першы папяровы снег» (2014), «Тутэйшая туга» (2014), «Заўтра была адліга» (2015), «Трава бясконцасці» (2018), «Белае, чорнае і залатое» (2020). Автор цикла «Сабачыя гісторыі», ставшего народным проектом как антиколониальная сатира. Цикл «Чырвоны лихтар» – стилизация под жестокий городской романс. Лауреат премии имени Владимира Маяковского (1987) и специальной прэмии Президента Республики Беларусь в наминации «Художественная литература» (2008). Живёт в Минске.

Произведения переводились на русский, китайский, украинский, молдавский, румынский, сербский, английский, польский и другие языки.

Познакомиться с творчеством В. Шнипа можно на сайте: https://massolit.top/author/viktor-anatolevich-shnip.

ЛЮБОВЬ
(рассказ)

К нам в пятый класс учиться перешли ребята из Еленки. Среди них была Зоя Шимель, которая мне сразу понравилась. Она сидела на последней парте, и я время от времени оглядывался на нее.

Зоя не обращала никакого внимания на мои оглядки, и меня от этого еще больше крутило на месте. Я уже тогда писал стихи. И, как Пушкин стихи про любовь писал по-французски, я писал по-русски, потому что казалось, что так получается более поэтично и понятно. Каждый мой стих «про каханне» был посвящен Зое, и эти стихи, переписав начисто, я пускал читать по классу, надеясь, что их прочтет Зоя и поймет, как я люблю ее. Стихи мои Зоя читала, однако никакой реакции с ее стороны не было, а ко всему еще в классе начали шептаться о моей влюбленности. И на одном из уроков я передал Зое записку с предложением дружить. Через несколько минут на обрывке промокашки пришел ответ: «Нет!» И сегодня у меня в дневнике для записей хранится это короткое слово…

После отказа Зои дружить со мной я еще больше стал писать стихи про любовь. Но уже не пускал их по классу, а посылал по почте Зое. Девочка получала мои письма, приходила в школу, будто и не читала моих стихов. Я же не переставал писать. И до чего бы я дописался, не знаю, если бы на одном из концертов художественной самодеятельности не услышал, что губы мальчишкам даны в первую очередь не для того, чтобы заклеивать конверты с любовными письмами, а чтоб целовать любимых. Когда эти слова звучали со сцены, мой взгляд встретился с Зоиным и моя любимая мне показала язык…

В седьмом классе накануне Восьмого марта подарил Зое красивую открытку, на которой написал стихи о любви. Прочитав мое поздравление, Зоя сказала: «Сегодня буду с тобой танцевать…» Услыхав впервые такое от Зои, с нетерпением ждал вечера, когда в школе начнутся праздничные мероприятия. Одним из первых пришел помогать старшим ученикам освобождать от парт класс для танцев. Парты не выносили в коридор, а тут же в классе ставили одна на другую. И вот начались танцы. Я же с ребятами залез на парту аж под самый потолок. Пришла Зоя. Увидела, где я сижу, и стала танцевать с подружкой. И досиделся я под потолком до белого танца. Жду приглашения от Зои, а тут на тебе – ко мне подходит Люда из шестого класса и стаскивает меня с парты танцевать с ней. Потанцевав с Людой, снова залез на парту и увидел, что Зои в классе уже нет. Потом снова был белый танец, и меня снова пригласила Люда. Натанцевавшись с шестиклассницей, вернулся домой, думая уже не о Зое. Товарищи же мои, увидев, как я танцевал с Людой, назавтра утром пришли ко мне и предложили идти в Новый Двор к Люде. И мы пошли. У Люды отец работал в сельсовете, и мы побоялись сразу идти к девочке в дом. Долго стояли возле забора, свистели, звали Люду выйти на двор. Девочка не вышла…

После школы еще почти четыре года писал письма Зое. Она, как всегда, не отвечала. И все же надежду на дружбу не терял и дождался письма, в котором Зоя писала, что она учится в техникуме, где нужно много чертить. Зная, что я учусь в архитектурно-строительном, попросила помочь ей сделать курсовую. Казалось бы, вот тот долгожданный момент, когда могу встретиться с девушкой, которую люблю, но вместо того, чтобы встретиться, я ответил, что уже нет того мальчика Вити…

Мама всегда, когда в колхоз приезжали шефы убирать картошку, брала квартирантов. И в сентябре 1980 года тоже взяла студенток политехнического института Аллу и Люду. На выходные я приехал в деревню и познакомился с нашими квартирантками. Все еще думая о Зое, я влюбился в Аллу. Снова стал писать стихи про любовь, снова, когда девушки вернулись в Минск, начал писать письма. Но Алла, как когда-то Зоя, не спешила мне отвечать. Я ходил к ней в общежитие, а у нее все не было времени, чтобы если не в кино, то хотя бы по городу походить со мной. И когда в Доме литератора был вечер, посвященный 50-летию Владимира Короткевича, я отдал ей свое приглашение, потому что мне хотелось, чтобы Алла представила себе, что пройдет время, и я буду таким же, как Короткевич, известным и уважаемым. Но и это мне не помогло. Ко всему еще однажды, когда я пришел к Алле, а ее не было в общежитии, услышал от ее подруги Люды, что не нужно мне ходить сюда. Дескать, у Аллы есть парень, который вскорости придет из армии, и она собирается выходить за него замуж. И после этого я к Алле больше не пошел…

8 сентября 1986 года. С однокурсниками стою на кухне литинститутского общежития. Рассказываем друг другу, как и где провели лето. И вдруг слышим, как по нашему коридору стучат женские каблучки. Все притихли: «А к кому же это идут девчонки?» – «К тебе, видать, Витя…» – «Да нет…» – «Иди посмотри…» Я вышел в коридор. И правда, возле моих дверей стояли две девушки. Одна из них была Людмила Рублевская.

Через пару месяцев знакомства с Людмилой мы уже вместе в одном купе поезда Минск–Москва возвращались на учебу в Литинститут. И так уж случилось, что кроме нас в купе никого не было. Перед сном я надумал немного пошутить и сказал Людмиле: «Знаешь, хочу тебе сегодня признаться, чтобы потом не было неожиданности. Посмотри, у меня на руке наколка ШЗ, это значит: «Шнип – Зэк». Я отсидел пять лет в тюрьме. А дали – пятнадцать за драку, а выпустили за хорошее поведение и за стихи…» Уже не помню, как потом объяснял Людмиле, что все это я придумал, потому что Людмила моему признанию поверила и после уже, когда мы поженились, рассказывала про свои ощущения от моего неожиданного признания: «Ну что ж, такая моя, видно, судьба – полюбить бандита…»

В первый раз у Людмилы дома с ее матерью празднуем Восьмое марта. Все чудесно, весело, празднично. И вдруг звонок в дверь. Пошла ее мать посмотреть, кто там чего хочет, и вернулась назад с большим красивым букетом для Людмилы. Букет от неизвестного был лучше моего. Я призадумался, но стараюсь быть веселее. Где-то через час снова звонок и снова букет Людмиле. И тут уже я расшумелся. Кончилось тем, что Людмила открыла балкон и выбросила цветы на улицу.

Где-то за неделю до свадьбы поехал в Грузию получать Всесоюзную премию имени Владимира Маяковского. И так получилось, что смог позвонить Людмиле только за два дня до возвращения в Минск. Все дни и ночи до свадьбы Людмила плакала, а мать ее утешала: «Не плачь, доченька, если этот жених не вернется, Бог с ним. Найдем тебе еще лучшего…»

КНИЖНАЯ ЛАВКА
(рассказ)

Книжной лавки в моих Пугачах и никогда не было. В магазине, кроме хлеба, консервов и водки, всегда можно было купить еще то да сё, но только не книгу. А мне так хотелось купить книгу! И ходил я в наш магазин почти каждый день. И смотрел на полки за широким прилавком, и спрашивал у продавщицы, есть ли сказки. Тетка удивленно смотрела на меня и однажды сказала: «Каску можно купить в Ракове, где мотоциклы продаются…» Я не понимал продавщицу, а она не понимала меня. И все-таки в пятом классе я высмотрел на одной из полок среди бутылок «чернила»[①] книгу. Небольшую, немного пожелтевшую и помятую, с конкретным названием – «Книга». Несколько дней я ходил возле зерносклада и искал пустые бутылки, сдавал их в магазине и, когда набралось полтора рубля, обратился к продавщице с просьбой: «Дайте мне книгу…» Тетка не сразу поняла, что я прошу, и переспросила: «Чего дать?» «Книгу…» – повторил я и показал, где она стоит. Продавщица, посмотрев на «книгу», покраснела, сняла с полки и, подержав ее в руках, закричала: «А что же я тебе это, паразит ты этакий, сделала?! Вот уже выучился! «Книгу» ему подавай!» Я выскочил из магазина и побежал домой. Вечером вернулась мама с работы и сразу же ко мне с расспросами: «Ты что там в магазине натворил?» – «Ничего. Я только хотел купить книгу…» – «Какую книгу?» – «Ту, что на полке стоит…» – «Так это же «Книга жалоб…»

Приезжая в Воложин на литобъединение, которое я организовал в 1980 году при газете «Трудовая слава», и которым пять лет руководил, всегда в первую очередь заходил в книжный магазин. Иногда покупал там то да сё, но тех книжек, которые меня интересовали, не находил на полках. И однажды я пожаловался своему земляку поэту Петру Бителю, что вот сколько уже езжу в Воложин, а все никак не могу купить себе ни одной толковой книги. Петро Иванович утешил меня: «А ничего ты и не купишь. Подойди к заведующей и скажи, что ты поэт, и все будет, что захочешь». Но так, как посоветовал Петро Битель, я делать не стал. И все же познакомился с заведующей. Женщина, узнав, что я покупатель не простой, повела меня на склад: «Выбирай, что хочешь». С тех пор, приезжая в

① Чернила – дешевое вино низкого качества.

Воложин, я сразу шел на склад…

Было время, когда в «Книгарню пісьменніка» я заходил как обычный покупатель – ни я никого не знаю, ни меня. И вот вижу среди посетителей знакомое со школьных лет лицо одного белорусского писателя. Он с внучкой. Подхожу ближе и слышу, как он говорит по-русски: «Нет, эту книгу я тебе не куплю…»

В Минске в «Центральном книжном магазине» в конце 70-х начале 80-х годов в белорусском отделе работала поэтесса Светлана Коробкина. Возле нее вечно стояли люди. Частенько останавливался и я. Светлана, кроме того, что всегда при встречах жаловалась на свое плохое здоровье и нелегкое житье-бытье, рассказывала, что творится в литературной среде. Да и ей все про все рассказывали. Однажды прихожу, а Светлана уже беседует с каким-то незнакомцем. Подходят покупатели, спрашивают, есть ли та или иная книга. Часто интересуются, можно ли купить Алеся Рязанова, на что Светлана отвечает: «Пока еще нет…» И вдруг вопрос: «А Короткевич продается?» «Короткевич не продается!» – ответил наш собеседник. И когда все разошлись, Коробкина прошептала: «Запомни этот день, ты с самим Владимиром Короткевичем разговаривал…»

Как-то прихожу в «Центральный книжный», а на месте Светланы Коробкиной стоит незнакомая девушка. Пригожая и совсем молоденькая. И понравилась она мне. И стал я почти каждый день ходить в книжный магазин не книжки покупать, а только чтоб посмотреть на продавщицу. Смотрю на девушку, а познакомиться не отваживаюсь. И ходил я до тех пор, пока не встретился там с Миколой Шалеговичем, который успел познакомиться с красавицей. Сейчас она жена Миколы.

После занятий в Литинституте, получив стипендию, одни шли в магазин за водкой, другие – в книжный магазин на «Кузнецком мосту». На первом этаже книги продавались для всех. На втором же, если поднимешься по узенькой скрипучей лестнице, можно, если у тебя есть членский билет Союза писателей СССР, купить то, что нигде по обычной цене не купишь. Я «На Кузнецкий мост» ходил часто, и теперь в моей домашней библиотеке есть все, что мне нужно для души. Однажды после занятий пришел ко мне писатель из Минска и говорит: «Поезд у меня еще не скоро. Давай, своди меня куда-нибудь...» И я повел его «На Кузнецкий мост». Когда мы зашли в магазин, писатель говорит: «Ты куда это меня привел? Это же ведь не ресторан!…»

В Москве был книжный магазин «Дружба», где продавались книги, выходившие в издательствах всего мира. Где-то пару раз в месяц я приходил туда. Покупал книги только по искусству. Белорусских же изданий в «Дружбе» не было, и я, чтобы почувствовать себя иностранцем, иногда звал с собой поляков и разговаривал с ними в магазине по-белорусски. И смотрели на меня иностранцы как на иностранца…

С родителями приехал в Раков. Мама пошла в церковь, отец – в магазин за сигаретами, а я с сестрой и братом в книгарню… Каждому свое…

СТИХИ

* * *

В этом дне хотел бы я остаться,
Это наш с тобой последний день.
Можно нам глядеть и не бояться,
Видя в речке ангельскую тень.
В этом дне хотел бы я остаться,
Будто бы от поезда отстать.
Жечь костер, в дыму поцеловаться,
И в лесу, как в вечности, блуждать,
Знать, что ничего не остается
В дне, что уплывет в небытие,
Мальчик, как чертенок засмеется,
Запустив кораблик по воде.
У реки стояли мы, как дети –
Остановим время, хоть на час!
Время, точно речка, все на свете
Унесет,
И, будто пепел, нас.

* * *

Исчезло время, будто свет погас,
Мы есть еще, но нету больше нас,
Как и тепла, что будто кровь текло
Меж тем, что будет, было и прошло.
Зажгу я свечку – сотворю свой свет,
И дом мой понесется, как конверт
Из мертвой тьмы, как из сырой тюрьмы,
Напомнить Богу, что еще есть – мы,
Как будто в стенке ржавый гвоздь сидит
И где икона, как фонарь, висит.

Исчезло время, будто свет погас…
Мы есть еще, но нету больше нас…

* * *

Трава седая снега ожидает,
Как будто смерти старый человек,
И, как замерзший дым, трава седая
Белеет одиноко на холме,
Где мы с тобой кострище разложили,
Не зная, что настанут холода.
Тогда огонь мы, как вино, любили,
Червоное[1], как осенью, листва
На молодой, как огнище, осине.
И было нам светло в своей Отчизне,
Мы об Отчизне думали с тобой
Которую вовеки не покинем,
Как листья отлетают в листобой…
Трава седая снега ожидает.
Мы нашей дожидаемся весны,
Когда, как снег, сойдет трава седая
И, будто лед, растают наши сны…

* * *

Снова снегом засыпаны наши дома
Как Европа, вокруг наступила зима.
И, как снежные люди, бредем мы сквозь снег
Рыщем, будто бы ищем, чего уже нет.
От зимы не уйти нам, пока мы живем
И в троллейбусе движемся, будто плывем.
Мы в железном челне, где незримый Харон
Нас ведет меж столбов, меж античных колонн.
И мне хочется выйти и следом уплыть

---

[1] Червоное – красное.

За любимой, узнавшей, зачем нужно жить.
И зачем нужно нам каждый миг умирать,
И зачем этим стенам, как горы, стоять
Под снегами в печали, что сходят весной.
Если тут до нее доживем мы с тобой.

参考答案

Тест

1. Выберите правильные варианты ответов.

(1) Где учился В.А. Шнип?

А. архитектурно-строительный техникум

Б. Литературный институт им. Горького

В. Белорусский государственный университет

Г. Минский лингвистический институт

(2) С какого года ответственный секретарь в газете «Наша слова»?

А. 1983 Б. 1984 В. 1991 Г. 1999

(3) В каком году было напечатано первое стихотворение?

А. 1983 Б. 1984 В. 1977 Г. 1999

(4) В кого был влюблен автор из рассказа «Любовь»?

А. Зоя Б. Людмила В. Алла Г. Люда

(5) С какого года главный редактор издательства «Мастацкая літаратура»?

А. 2008 Б. 1984 В. 2003 Г. 1999

(6) Как называется первый сборник стихотворений?

А. «Гронка святла» Б. «Поиск радости»

В. «Шляхам ветру» Г. «Горад Утопия»

(7) В каком году вышел сборник стихотворений «Гронка святла»?

А. 1983 Б. 1984 В. 1977 Г. 1999

(8) Куда отвел автор своего друга из рассказа «Книжная лавка»?

А. в ресторан Б. в магазин «Дружба»

В. в книжный магазин Г. в «Центральный книжный магазин»

(9) На какие языки переводились произведения В.Шнипа?

А. украинский Б. китайский В. польский Г. румынский

(10) Положены ли на музыку стихи В.Шнипа?

А. Да Б. Нет

2. Ответьте на вопросы.

(1) Как вы думаете, почему рассказ автора состоит из коротких рассказов, объединенных общим названием?

(2) Можно ли творчество В. Шнипа сравнить с творчеством какого-нибудь китайского писателя?

Михаил Поздняков

Биография

Михаил Павлович Поздняков (24 января 1951 года) – поэт, прозаик, переводчик, критик, языковед, публицист. Родился в д. Забродье Быховского района Могилевской области. Окончил Белорусский государственный университет в 1977 году. Работал учителем в школе с 1974 по 1977 года. Затем до 1981 года научным сотрудником Института языкознания Академии наук Беларуси. С 1981 по 1983 года – директором литературного музея Максима Богдановича, после которого работает главным редактором в издательстве «Юнацтва», журналов «Вожык», «Нёман». Теперь – председатель Минского городского отделения Союза писателей Беларуси. Член Правления Союза писателей Союзного государства. Автор более 100 книг. Пишет на русском и белорусском языках. Печатается с 1966 года в районой газете «Браславская звезда». Отдельные книги и произведения переведены на 24 языка народов мира. Лауреат 25-ти международных и республиканских литературных премий. В том числе Национальной литературной премии Беларуси. Председатель общества дружбы «Беларусь – Россия». Академик Международной литературно-художественной Академии Украины. Член-корреспондент Петровской Академии наук и искусств. Директор Минского городского театра поэзии. Имеет государственные награды Беларуси и Союзного государства.

Познакомиться с творчеством М. Позднякова можно на сайте: https://stihi.ru/avtor/mp0000.

Творчество

ПРЕДАТЕЛЬСТВО
(рассказ)

Каждый год летом я обязательно навещаю мое тихое, красивое Забродье, где родился и прожил семнадцать удивительных и, вероятно, самых ярких на впечатления лет. И каждый раз, приезжая на родину, вспоминаю первое в моей жизни и потому, пожалуй, самое тяжелое предательство.

Встречаю, случается, и того одноклассника, дружба с которым, обожженная тем предательством, так и не возобновилась за все последующие годы…

Случилось это в первом классе. Как раз была весна, пригревало, оживляло землю ласковое солнышко. Ко мне прибежал мой лучший друг Лешка и предложил вместе пойти к ручью покататься на льдинах. Наигрались, позабавились вдоволь. Но и воды в сапоги набрали, пора домой – сушиться. И тут Лешка неожиданно предложил развести костерок, чтобы обогреться – подсушиться прямо возле ручья.

– А спички? – развел я руками. – Кто их нам даст?!

Лешка, демонстрируя свое преимущество, вытащил из кармана запретную коробочку. Быстро собрали немного хвороста и прошлогодней листвы, но огонь развести не удалось – все сырое. Я вызвался слетать за смоловыми щепками – ручей находился недалеко от нашего сада-огорода. Но Лешка остановил меня, указав на стожок соломы, желтевший на соседском участке. И мы направились к стожку. Принялись выдергивать слежавшуюся за зиму солому. Увлекшись этим занятием, я не заметил, как мой друг чиркнул спичкой и зажег солому прямо под стожком.

– Ты что?! – увидев дым, подбежал я к Лешке.

Через несколько мгновений мы принялись руками сбивать пламя, которое поднималось по обсушенному весенним солнцем стожку, но огонь разгорался…

– Надо ведро, вода ведь рядом, – зашептал испуганный Лешка.

Я опрометью бросился за ведром. Тяжело дыша, влетел в хату, схватил первое попавшееся ведро и рванул назад. Но возле воротец на огород меня остановила мама:

– Зачем доенку взял?! Куда летишь?

– Мамочка, пусти, я скоро принесу, – заплакал я, боясь выдать Лешку.

– Ты же промок, быстро в хату, на печь!

Возле стожка, охваченного пламенем, уже суетились люди, раздавались крики, и мама, вырвав у меня ведро, бросилась туда. По ее лицу было видно: она обо всем догадалась, более того, мама посчитала поджигателем меня.

Уже когда я согрелся на теплой печи, мама вернулась в хату. Она плакала и приговаривала.

– Зачем спички брал? Зачем поджег? Ой, горюшко ты мое!

Я тоже заплакал, и плач, мучительный, горький, из-за того, что плачет мама, плачет из-за меня, да еще безвинного, просто душил меня.

Причитая, мама поднялась на печь, нащупала мои ноги, опустилась вниз, немного успокоилась, убедившись, что я от переполоха не сбежал, не спрятался где-нибудь во дворе, а нахожусь в тепле.

А еще немного спустя прибыл с работы отец. Конечно, соседи рассказали ему о произошедшем. Войдя в хату, отец стащил меня с печи, и его беспощадный ремень заскакал по моему телу.

– Зачем спички брал? Что вытворяешь?! Ты же мог всю деревню сжечь! – кричал он.

– Не брал! Не поджигал, папочка! – заходился я от боли…

Мама прилетела на помощь, вырвала из отцовских рук ремень:

– Может, и не его вина, сына искалечишь…

Отец повел меня к Лешке. Я обрадовался, надеясь, что вскоре все прояснится, друг подтвердит, что я вовсе не виноват, что спички были его.

Но Лешка, уминая белый хлеб с вареньем, спокойно и уверенно заявил, что стожок поджег Мишка (это, значит, я), что он поднял крик и позвал людей, благодаря чему удалось спасти постройки. А я, дескать, испугался и убежал домой. От жестокой, убийственной лжи моего лучшего друга я на некоторое время потерял дар речи, просто не понимал, что со мной происходит. Лешкино предательство обожгло меня намного больнее, чем папин ремень.

Несколько дней я ходил сам не свой, не было сил ни разговаривать, ни думать, ни понимать. Казалось, неумолимый жестокий мир придавил меня всей своей безысходной тяжестью…

С той поры между мной и Лешкой протек ледяной ручей отчуждения. Я даже никогда не напоминал Леше о том случае, хотя десять лет мы учились в одном классе. И только лет через двадцать пять, когда в доме хозяина того сожженного стожка в присутствии Алексея мне как-то припомнили «детскую шалость», из-за которой могла бы сгореть вся усадьба, и воздали должное Алексею за его «детскую смышленость», благодаря которой большой пожар был предотвращен, я с дружеской улыбкой на устах обратился к бывшему другу:

– Может быть, теперь ты скажешь, наконец, как все было? Столько лет прошло, детьми ведь были… Скажи при всех, чтобы услышали и мои родители, и твои, соседи…

Алексей замялся на мгновение, чуть покраснел, но заявил с такой же уверенностью, как и в первом классе, что не помнит того происшествия. Дескать, столько воды утекло, столько событий промелькнуло, такая мелочь не задержалась в памяти.

«Снова струсил», – посочувствовал я бывшему другу. Не может такого быть, чтобы не вспомнил. Просто духу не хватило признаться.

Кстати, обида на Лешку развеялась давным-давно, еще в школьные годы. Поэтому, приезжая в отпуск на родину и встречая Алексея, я не чуждаюсь общения с ним. Жаль его, так как по глазам улавливаю: где-то на дне его души в этот момент просыпается ощущение вины. Жаль, что он никак не догадается или не решается избавиться от него одним словом: «Прости».

КОНФЕТЫ
(рассказ)

В детстве мне неудержимо хотелось конфет. Может быть, потому, что магазина в нашей деревушке не было, да и семья у нас была большая. Попробуй купить всем, если маме приходилось часто одалживать деньги даже на хлеб. Время было трудное, конец пятидесятых годов: страна еще не залечила тяжелые военные раны.

Катилось хлопотливое лето. В сентябре я должен был идти уже во второй класс. Надо было покупать учебники, и мы с одноклассником Лешкой собрались в соседнюю деревню, куда автолавка из райцентра привозила эти учебники.

Мама дала мне (тогда в ходу были совсем другие деньги) десять рублей, которых хватило бы на все необходимые книги к новому учебному году. Десятку, красненькую бумажку, она положила мне в левый карманчик пиджака, взяла из платяного шкафа новый цветастый платок.

– Книги аккуратно завяжешь, не потеряй по дороге, не выпачкай.

– Мамочка, дай на конфеты, – взмолился я.

Мне помогали младшие брат и сестра.

Мама посмотрела на моего одноклассника, который сжимал в кулаке несколько карамелей и не две ли держал во рту, снова развязала носовой платок и дала рубль.

– Положи в правый карманчик. Купи конфет, только по дороге все не съешь.

Из хаты я выбежал самым счастливым.

– Смотри, сынок, не перепутай деньги, – предупредила вдогонку мама, – десятка – на книги, а рубль – на конфеты.

До соседней деревни, куда мы направились, было три километра. По дороге Лешка угостил меня конфетой, она быстро растаяла во рту – вкусная-превкусная.

– Продай мне конфет, – не удержался я и протянул однокласснику рубль, как только мы вышли за деревню.

Лешка вытащил из кармана двенадцать карамелей. Восемь я отсчитал, чтобы принести домой, одну сразу же развернул и сунул в рот.

Пока мы дошли до школы, у меня осталось всего только шесть конфет. Я ничего не мог поделать – с каждой минутой конфет хотелось больше и больше.

Учебников не было. Автолавка из райцентра не приехала, и мы решили немного подождать. Ходили по школьному двору. Лешка увлекся спортивным городком, а мне все не терпелось расправиться с последними конфетами. И как ни сопротивлялся своему неуемному желанию, одну за другой съел и их.

– Видимо, книг сегодня не дождемся, – решил, наконец, мой одноклассник. – Идем домой.

Узнав в школе, что автолавка вряд ли придет, мы потянулись со школьного двора.

Возвращаться без конфет мне решительно не хотелось: ведь дома ждут младшие.

– Я подожду, а ты иди, – сказал я Лешке.

Как только тот исчез за поворотом, я поспешил к магазину.

Покупателей там было много, однако я без колебаний занял очередь. Сначала решил, что куплю только на один рубль, но чем ближе продвигался к продавцу, тем чаще кто-то другой во мне настойчиво подсказывал, принуждал: «Купи на всю десятку, вот праздник будет! Всем хватит!»

Конфеты разных сортов в ярких цветных обертках соблазнительно посматривали на меня из ящиков, стоявших за спиной продавца.

«Она, видимо, сколько хочет, столько и ест, – пронеслось у меня в голове, – вот повезло! Эх, если бы моя мама работала здесь!»

– Чего тебе, мальчик? – оборвала мои мысли продавец.

– Конфет: дюшеса и барбариса – на все! – выпалил я одним духом, положив на прилавок десятку.

– Что?! – удивилась та. – Ты ничего не перепутал?

– На все! Мама сказала, вот и платок дала – увяжите, – твердо заявил я, чувствуя как стыд обжигает меня под пристальными взглядами присутствующих.

Когда вернулся домой, мама была в огороде, полола гряды. Меня с радостными криками встретили младшие брат и сестра. В хате я высыпал конфеты на стол. Часть из них быстро исчезла. Я смотрел на веселую картину за столом, счастливый, что столько радости в хате.

Через несколько минут вошла растерянная мама. Младшая сестра успела сообщить ей неожиданную новость и угостить горсточкой конфет. Она посмотрела на стол, и ее лицо из испуганно-растерянного превратилось в гневное:

– Я же тебя предупреждала, чтобы только на один рубль! А ты, горюшко мое, неслух белозорый... – запричитала она на всю хату, снимая со стены ремень.

– Не бей, не бей его, мамочка! – обступили меня младшие.

Мама швырнула в угол ремень и, вытирая слезы, вышла из хаты.

Конфеты мы ели недели три, но уже без той радости, с которой набросились на них в первое мгновение. Мама больше не упрекала меня за растрату ни на другой день, ни позже. Только глаза ее были грустные и задумчивые. А затем она, видимо, и вовсе забыла об этом. Только не забыл я.

И теперь, спустя многие годы, когда вспоминаю тот случай, мне становится обидно и больно, потому что отчетливо вижу заплаканные глаза мамы. Как мне хочется вспоминать ее веселую! Выбросить бы это воспоминание! Пускай бы я тогда вернулся домой вместе с одноклассником. Да из памяти этого уже не вычеркнешь и ничего не изменишь…

ЧУДАЧКА
(рассказ)

На перерыве к третьеклассникам зашла куратор из 9-го «Б» Вика Королёва.

– Наташа, – обратилась она к Ильенковой, – что же это такое получается? Весь класс дал сведения, кто кому помогает, а тебя что – честь класса нисколько не волнует?

Ильенкова никак не могла понять о чём речь.

– Завтра будут подводить итоги. А ты – ни слова о том, что взяла шефство над ветераном войны и труда.

– Это ты про Сергея Петровича?

– Да кто бы ни был.

– Мы на одной площадке живём. Я иногда покупаю ему хлеб и молоко.

– Отлично! Ты – настоящий пионер. Классу за это пятнадцать очков дадут. Только попроси ветерана благодарность на имя классного написать. Можем первое место занять.

– Неудобно как-то просить Сергея Петровича, – Наташа опустила глаза.

Лицо Королёвой стало суровым.

– Это ещё почему? Попроси! Слышишь?

– Не буду.

– Ну, как знаешь, Ильенкова. Не займёт класс первое место – будешь виновата.

* * *

– Эх ты, друзей подводишь, – подошёл после уроков к Наташе Вадик Петровский. – Напрасно я расхвалил тебя.

– Так это ты рассказал Королёвой про Сергея Петровича?

– А что тут такого?

– Ничего хорошего. Нельзя показухой заниматься.

– Вот чудачка! Ты же в самом деле это делаешь, почему же не помочь?

– Чем?

– Если победим, поедем на экскурсию в Беловежскую пущу. Поняла?

Ильенковой очень хотелось побывать в знаменитой пуще, посмотреть на могучих зубров, дотронуться до столетних деревьев…

* * *

Сергей Петрович открыл дверь, взял у Наташи пакет с хлебом и пригласил девочку в комнату:

– Заходи, соседка, про школьные дела расскажи, что планируете, какие проблемы волнуют?

Сергей Петрович почти всё время один. Жена умерла года три назад. Сын Виктор далеко – инженером в России. Дочь Капитолина заведует городским бюро путешествий и экскурсий, живёт в соседнем микрорайоне, но очень занята на работе. Ну, и семья, конечно. Сергей Петрович не обижается на дочку.

Ходит он с трудом, опирается на палку. Нога болит с войны.

Интересно Наташе у соседа. Сколько фотографий, писем от боевых друзей, наград за мужество в боях, за честный труд на заводе! Но Наташа чувствовала: одиноко Сергею Петровичу, тоскливо. Сегодня она решила: надо разыскать Капитолину Сергеевну.

* * *

Городское бюро путешествий и экскурсий находилось недалеко от Центральной площади. Возле высокого здания стояла вереница автобусов. Поднявшись по ступенькам, Наташа робко открыла дверь. В коридоре было людно. Она постояла немного, затем постучалась в один из кабинетов:

– Мне Капитолину Сергеевну…

– По лестнице вниз, комната 20, – голосом автомата ответила женщина.

Ильенкова быстро отыскала нужную комнату.

За роскошным столом разговаривала по телефону средних лет красивая женщина. Пышная взбитая причёска удлиняла лицо, на пальцах сверкали перстни. Женщина громко смеялась в трубку, просила, благодарила, обещала, что обязательно сделает, достанет из-под земли…

– Здравствуйте, – поздоровалась Наташа, когда женщина положила трубку. – Я от Сергея Петровича.

Капитолина Сергеевна насторожилась, занервничала.

– Что с ним? Ему плохо?

– Нет, нет, не волнуйтесь. Он только очень скучает, ждёт вас, а сам прийти не может, ноги не слушаются…

– Ну и напугала, – вздохнула Капитолина Сергеевна, – я уже подумала невесть что… А мне тут передохнуть некогда, да и у дочки учёба, программа сложная, уроков много… Подожди минуточку, я сейчас, – она вышла из комнаты.

Вскоре Капитолина Сергеевна вернулась со свёртком.

– Отдай, пожалуйста, отцу. Скажи, в конце недели я обязательно…

В этот момент дверь распахнулась, и на пороге появилась Вика Королёва.

– Мамочка, ну, как с путёвками? – она вдруг осеклась, узнав Наташу. – Ильенкова? – глаза её загорелись недобрым блеском. – Вот какая ты хитрая… Без класса путешествуешь?

– Вы что, знакомы? – удивилась Капитолина Сергеевна.

Наташа бросила свёрток на стол и выскочила в коридор. На пол посыпались апельсины.

– Ну и чудачка! Что за чудачка? – донёсся до неё голос Капитолины Сергеевны.

ВОЛОДЬКА
(рассказ)

Это было давно. Летом, взяв очередной отпуск, я уехал из душного города в деревню, где отдыхала моя семья.

На остановке встретил Руслан: загоревший, веселый, показалось, за три недели у бабушки подрос, окреп. Почти по-взрослому подал мне руку. Я не удержался, подхватил его на руки, расцеловал:

– Ты у меня уже такой взрослый, сынок!

– А ты удочку мне привез, папа? – перевел разговор Руслан совсем на другое.

– Конечно, привез.

– А мяч футбольный? А бинокль купил? А новые книги не забыл? – сыпал он вопросами.

– Привез, сынок, ничего не позабыл, – успокаивал я сына, вдыхая полной грудью свежий деревенский воздух.

– Володька! – вдруг спохватился Руслан. – Иди сюда! Вот мой папка приехал…

Только теперь я заметил светловолосого мальчика, стоявшего у самого забора. Он был меньше Руслана. По внешнему виду я легко определил в нем местного мальчишку. Ведь и сам родился, рос в деревне.

– Познакомьтесь. Это Володька. Мы с ним дружим. Он здесь живет. Его бабушка Настя воспитывает…

Руслан на мгновение замялся, словно что-то недоговаривая, потом подошел ко мне поближе и шепнул:

– У него папы нет, а мама в городе где-то…

– Здравствуй, Володька, – подошел я к мальчику и подал ему руку. – Звать меня – дядя Миша… Будем вместе рыбу ловить, в футбол играть?

– Угу, – тихо согласился тот, глянув на меня большими васильковыми глазами.

– Он маленький еще, только во второй класс перешел, но трудолюбивый, – похвалил мальчика Руслан.

– Молодцы! – обнял я друзей, радуясь за сына. – Вот вам пакет с апельсинами, несите вдвоем.

Пообедав, мы собрали удочки, накопали червей и втроем отправились на рыбалку.

– Папа, нужно было три удочки везти, – обеспокоено заметил Руслан.

– Ничего, сынок, – догадался я, о чем подумал Руслан. – Володька будет ловить моей удочкой, а я поброжу вдоль реки. Согласен, Володька? – обнял я мальчика и посмотрел в его голубые глаза. Лицо Володьки осветилось счастливой улыбкой.

Вот и река. В прошлом году мы катались здесь на лодочке, которую смастерили-построили сами: я, дочурка и сын. Оба борта украшали имена детей: Руслан и Таня. Покатаемся и этим летом, но попозже, – надо просмолить лодочку.

Солнце уже висело над лесом, опустив в него широкие малиновые косы. Мы выбрали удобное местечко, забросили удочки. Несколько минут клева не было.

– Может быть, дальше пройти? – засомневался Руслан.

– Не торопись, сынок. И не разговаривайте, рыба не любит шума!

Не успел я отойти от юных рыболовов и на десять шагов, как сын взволнованно закричал:

– Папа! Папа! Клюет!

– Подсекай!

Руслан рванул вверх, и, поблескивая серебристой чешуей, в воздухе мелькнула крупная плотвица.

– И у меня, папа, клюет! – внезапно прокричал Володька.

Я подбежал к нему, и через мгновение вторая плотвица, сверкнув над нашими головами, затрепыхалась в траве.

– Это же мой папа! – поправил друга Руслан, с улыбкой поглядывая на меня.

– Распугаете всю рыбу, – прервал я сына, – Володька просто оговорился, а ты пристыдил его…

Володька присел в траве, насаживая на крючок червяка. Но тот никак не нанизывался…

Вечером варили уху. Я чистил рыбу, Руслан – картошку, Володька собирал дрова для костра. Разговаривая с ними, я радовался их детской непосредственности и сообразительности.

Когда уха была готова, Володька побежал и принес банку.

– Теперь жар надо залить водой, чтобы пожар не случился и торф не загорелся, – рассудительно заметил он.

С этого дня, собираясь на рыбалку, мы всегда звали Володьку.

Очень понравилось Володьке играть в футбол. За огородом, на пустыре, обустроили небольшое футбольное поле. Нашего маленького друга я каждый раз брал в свою «городскую» команду. Он бурно радовался, когда, забив гол в ворота другой команды, я подбегал к нему, брал на руки и несколько раз подбрасывал вверх. Володька стоял на воротах и всегда был готов заплакать, если пропускал гол.

– Ничего, отыграемся, – успокаивал я мальчишку. – А когда подрастешь, ни одного мяча не пропустишь.

Однажды я был настолько занят, что не пошел играть в футбол с ребятами, и Володька отказался стоять на воротах.

– Придет Русланов папа, тогда и я буду играть, – объяснил он свой поступок.

– А ты позови своего, хватит ему собакам сено косить, – издевались более взрослые местные мальчишки.

Володька заплакал и убежал домой.

Два дня я не видел его. Как-то после завтрака мы с сыном собрались в лес – появились лисички. По дороге заглянули к Володьке. Мальчик обрадовался и попросился с нами.

По дороге Володька рассказывал нам о своих грибных находках прошлым летом, о том, как однажды ему «очень повезло, потому как нашел аж двадцать пять боровиков».

Я поинтересовался, какие грибы еще попадались ему в лесу.

– Маслята, подберезовики, подосиновики, сыроежки, рыжики, свинушки, курочки, грузди, волнушки, зеленки, опята – перечислил Володька. – А мухоморы самые красивые, но их брать нельзя, они ядовитые, – авторитетно заметил он.

Знал мальчишка и такие места, которые особенно нравились грибам, потому и привел нас сразу на небольшую полянку, на которой густо высыпали лисички.

Собирая грибы, я забрел в густой молодой ельник. Выбираясь назад, внезапно услышал истошный крик Володьки.

– Га-а-ай!!! Па-па!!!

Изо всех сил побежал на голос и через несколько секунд был рядом с Володькой.

– Что? Что случилось, мой мальчик?

– Там, там волк под кустом... Он хотел укусить меня... – сквозь слезы произнес Володька и указал на орешник.

Я заглянул под куст, но, кроме истлевшего пенька, там ничего не было, да и не могло быть.

Понимая мальчика, я обнял его:

– Успокойся, Володька. Успокойся, сынок. Это гнилой пень, а волк боится нас, его здесь и близко нет. Вот и Руслан подтвердит… И мы тебя в обиду никому не дадим…

Я взял Володьку за руку, и теперь мы собирали грибы вместе. Мальчик смеялся, радовался лесным дарам, подсвистывал птицам, будто перед этим ничего и не произошло.

СТИХИ

* * *

В деревушку пустую, где рос,
Я приехал опять из столицы
Побродить средь печальных берез,
Землякам до земли поклониться.

Мама, тесно в могилке лежать? –
Не обнимешь меня никогда ты...
Папа, видишь? – я дома опять...
Только тени на окнах распяты.

Дед Кузьма! Дед Иван! Дед Петрок!
Дядьки Миша, Сергей и Микола!
Ах, какой лучезарный денек!
Луг не кошен... Заброшена школа...

Бабки Анна, Прасковья – со мной
Ваши добрые, светлые взгляды.
Тетки Маня, Надежда! – травой
Поросли и сады, и ограды.

Вы простите, родные, меня,
Что давно – городской и упрямый,
Что ветра пролетают, звеня,
Сквозь пустые оконные рамы.

По родной деревушке пойду,
Где унылa заря золотая,
Где лишь ветер кричит про беду,
Одиноко в ветвях завывая...

* * *

С каждым годом родней деревенька моя.
Всё настойчивей сделался голос природы,
Что зовет воротиться в родные края,
Где хватает душе и тепла и свободы.

Там домок покосился – отцовский, пустой,
Одичали в саду позабытые груши.
Но отчетливо слышу: «Сыночек, постой…» –
То рыдают родителей светлые души.

Потому я всё чаще в деревню стремлюсь,
Как весною журавлик обратно стремится.
Постою в тишине…
Помолчу…
Помолюсь…
Вдруг над хатой отцовской дымок заструится…

* * *

Не всё продается,
Не все продаются.
Великие сердцем
Не могут прогнуться.

Есть Бог и Отчизна,
Есть Воля и Правда –
Бесценное в жизни
Сегодня и завтра.

* * *

Кто-то едет в «Мерседесе»,
У него полно всего.
Я брожу по перелескам,

Но счастливей я его.

Не забьётся сердце чаще,
Не родит ни вздох, ни плач,
Потому что слову «счастье»
Нет синонима «богач».

参考答案

Тест

1. Выберите правильные варианты ответов.

(1) Где учился М.П. Поздняков?

А. Белорусский государственный педагогический университет

Б. Литературный институт им. Горького

В. Белорусский государственный университет

Г. Минский лингвистический институт

(2) С какого года работает учителем в школе?

А. 1981 Б. 1974 В. 1977 Г. 1966

(3) С какого года начинает печататься М.П. Поздняков?

А. 1981 Б. 1974 В. 1977 Г. 1966

(4) В какой газете была первая публикация М.П. Поздняков?

А. «Браславская звезда» Б. «Юнацтва»

В. «Наша слова» Г. «Мастацкая літаратура»

(5) На сколько языков переведены произведения М.П. Позднякова?

А. 15 Б. 19 В. 20 Г. 24

(6) Кто главные герои рассказа «Предательство»?

А. автор Б. Лешка В. мама Г. сестра

(7) Кто из героев рассказа «Чудачка» помогает Сергею Петровичу?

А. Наташа Ильенкова

Б. Вика Королева

В. Капитолина Сергеевна

Г. никто не помогает

(8) Почему Вика Королева из рассказа «Чудачка» хотела, чтобы Наташа Ильенкова подала сведения, что помогает ветерану войны и труда?

А. отстоять честь класса

Б. занять первое место

В. поехать на экскурсию

Г. получить хорошую оценку

(9) Кем является Вика Королева из рассказа «Чудачка» Сергею Петровичу?

А. дочерью Б. внучкой

В. племяницей Г. никем не является

(10) Почему Наташа Ильенкова из рассказа «Чудачка» не рассказывала, что помогает ветерану войны и труда?

А. не считала это чем-то необычным

Б. не хотела хвастаться

В. это был ее сосед

Г. стеснялась

2. Ответьте на вопросы.

(1) Можно ли творчество М.П. Позднякова сравнить с творчеством какого-нибудь китайского писателя?

(2) Какие особенности в произведениях М.П. Позднякова вы бы выделили?

Наталья Батракова

Биография

Наталья Николаевна Батракова (18 мая 1964 года) – современная белорусская писательница, автор популярных романов.

Родилась в небольшом городке Белыничи Могилевской области. В 1981 году с отличием окончила Белыническую СШ № 2, после чего поступила в Белорусский университет инженеров транспорта в Гомеле, который окончила в 1987 году. С 2014 по настоящее время – консультант по перевозкам в транспортной компании.

Любовь к литературе Наталье привили родители, поэтому еще со школьной скамьи пробует писать первые стихи.

Публикуется с 2000 года, автор четырёх сборников стихов, член Союза Писателей Беларуси. Известным автором стала после романа-дилогии «Территория души».

Победитель многочисленных международных и национальных фестивалей и конкурсов по литературе.

Автор 12 книг, издававшихся в Беларуси, Польше и России: романов-дилогий «Территория души» (2002), «Площадь Согласия» (2005), «Миг бесконечности» (2012), «Бесконечность любви, бесконечность печали» (2016, 2019). Её романы-дилогии стали настоящими бестселлерами на белорусском книжном рынке.

Сборники стихов «Состояния души» (2000), «Сто сорок жизненных мгновений» (2004), «Я играю не по правилам» (2009), «Экстрасистолы любви. Монолог женщины» (2014). На польский язык два сборника стихов перевела и выпустила отдельными книгами в издательстве «Прекрасный мир» гданьская поэтесса Малгожата Мархлевска. Подписан договор о переводе на китайский язык романа «Миг бесконечности». Общий тираж книг, неоднократно переиздававшихся в Минске, Гданьске, Москве.

По итогам 2019 года заключительная книга романа дилогии «Миг бесконечности» «Бесконечность любви, бесконечность печали» признана абсолютным лидером продаж крупнейшей книготорговой сети в Республике Беларусь «Белкнига»

Познакомиться с творчеством Н. Батраковой можно на сайтах: https://www.livelib.ru/author/226804/latest-natalya-batrakova, https://online-knigi.com/author/5079/batrakova-natalya-nikolaevna.

Творчество

ЯБЛОКИ

(Отрывок из романа «Миг бесконечности»)

– Добры вечар! Як пачуваецеся[1]?

Среди ставшего привычным попискивания медицинских приборов Катя расслышала новые звуки и размежила[2] веки.

«Сон, – заторможенно попыталась она осознать реальность. – Мова[3]? Здесь??? Бред!»

За два дня нахождения в клинике она и русскую-то речь слышала дважды: от сербки, определявшей ее в стационар, которую поняла лишь на уровне контакта, и от готовившей ее к операции медсестры. Женщина обладала явно выраженным прибалтийским акцентом и была скупа на слова, но говорила свободно.

Затуманенное сознание выхватило в полумраке палаты фигуру в синей униформе, сфокусировавшись, идентифицировало мужчину, внимательно смотревшего на мониторы над кроватью.

– Усё цудоўненька[4]! – меж тем пробормотал он.

– …Вы кто? – пытаясь придать резкость изображению, близоруко сощурилась Катя.

– Доктор, – ответили ей. – Олег. А вы… – он бросил взгляд на один из мониторов, – Екатерина? Очень приятно.

Разговаривать, не различая лица и мимики собеседника, было некомфортно.

– Где мои очки? – забеспокоилась она.

– Вот, держите, – протянул очки мужчина и уточнил: – Вы ведь из Минска?

– Из Минска, – кивнула она, наконец-то рассмотрев собеседника.

Высокий, плотный молодой человек, с ежиком коротко остриженных светлых волос, с серыми глазами, обрамленными густыми выгоревшими ресницами,

---

[1] Как чувствуете себя?

[2] С трудом открыла глаза.

[3] Язык.

[4] Все отлично!

пухлыми губами.

«Лицо доброе», – сочла она.

Поймав изучающий взгляд, Олег улыбнулся.

– А я тоже минчанин! – сообщил он и не менее радостно добавил: – Третий год здесь работаю и впервые разговариваю с землячкой! Заступил на дежурство, просмотрел список больных и первым делом к вам побежал. Как себя чувствуете? Что-то беспокоит? – спросил он, став серьезным.

– …Ничего, – прислушалась к себе Катя.

– Разрешите, я посмотрю, – попросил он и, не дожидаясь ответа, откинул одеяло. Бережными движениями слегка помял живот, снял край лейкопластыря, прикрывавшего послеоперационный шов, приклеил его на место и снова прикрыл больную одеялом.

«Ничего не говорит о ребенке, – болезненно поморщилась Катя. – Надо спросить… Боже, как страшно!»

– Болит? – тут же отреагировал доктор.

– Скорее ноет, – успокоила она. – Терпимо.

– Понятно, – он что-то пометил на планшете. – Вы, наверное, хотите знать, как ваша дочь? – словно услышал он ее немой вопрос.

– Да, – выдавила Катя мигом пересохшими губами.

Внутри все сжалось, скукожилось, на что один из мониторов тут же отреагировал тревожным попискиванием.

– А вот так нельзя! – предостерег доктор. – Ваша задача после кесарева – как моно быстрее встать на ноги: вам еще ухаживать за ребенком! Насколько я знаю, операции прошли успешно: и у вас, и у девочки, – ободряюще улыбнулся Олег.

– А как она сейчас? Вы могли бы узнать? – с мольбой в голосе произнесла Катя.

– Конечно. Сейчас к вам зайдет медсестра, сделает необходимые процедуры, за это время я завершу обход и свяжусь с дежурным неонатологом в детской реанимации.

– Я буду ждать… – прошептала Катя и «поплыла» обратно в полудрему.

Иногда размыкая веки, она напряженно щурилась, следя за мельканием цифр в углу монитора, и снова впадала в забытье. Но при этом слух обостренно реагировал на малейший шум в коридоре.

Наконец открылась дверь, в палату кто-то вошел. Распахнув веки, Катя попыталась рассмотреть размытую фигуру. Скрипнула табуретка, фигура стала ниже и ближе.

«Олег!» – обрадовалась она, узнав доктора, и тут же заволновалась: на данную минуту самым главным в мире было состояние ее новорожденной и тут же прооперированной дочери.

– Все в порядке, – успокоил Олег, коснувшись ее ладони. – Ваша дочь – еще тот боец: состояние стабильное. Вам надо отдыхать. Спите.

– Подождите! – ухватила она доктора за руку. – Не уходите! Как вы считаете… каковы наши шансы? – отрывисто спросила Катя. – Говорите все как есть, – придала она голосу твердости. – Я ко всему готова. Пожалуйста.

– Ну, если так… – опустил он голову. – Вы уже знаете, что с такой множественной врожденной патологией дети живут от силы час-два. А ваш ребенок… – сверился он по часам на мониторе. – Вас в девять утра оперировали? После сложнейшей операции на крохотном сердечке прошло более пятнадцати часов, и время теперь – наш союзник. У профессора Сандина золотые руки. Все должно быть хорошо, надо верить! – ободряюще сжал он ее пальцы.

– Я верю, – улыбнулась Катя, на глазах показались слезы. – С первого дня беременности верила: что бы мне ни говорили, что бы ни советовали, как ни убеждали!

– Догадываюсь, через что вам пришлось пройти, – понимающе кивнул доктор. – И что еще придется преодолеть.

– Я знаю – две операции. Но я дала слово: мой ребенок выздоровеет, будет жить нормальной жизнью. Чего бы мне это не стоило.

Олег поднял голову, заглянул ей в глаза.

– Я всегда преклонялся перед силой материнского инстинкта и такими женщинами, как вы. Уверен, что у вас все получится… Знаете, я ведь тоже инвалид детства, и моя мама точно так когда-то дала слово: сделаю все, чтобы он выздоровел! И вот результат, – доктор показал на себя и расплылся в добродушной улыбке.

– Вы?! Вы – инвалид детства? – расширила глаза Катя. – Где мои очки?

– Держите, – протянул он очки. – Я астматик. С младенчества – по больницам, на капельницах да на гормонах. И все время рядом была мама, боялась на минуту одного оставить. «Хлюпик», «маменькин сынок», «заучка» – чего только я ни наслушался! – усмехнулся он. – Как сейчас помню: ребята во дворе будто заведенные носятся, а я несколько шагов пробежать не могу – сразу кашель, одышка. И, откуда ни возьмись, мама с баллончиком: если и выпускала во двор – а мы на втором этаже жили, то всегда держала окна открытыми, чтобы слышать мой кашель. Так что я больше дружил дома с книгами.

Катя надела очки и с любопытством принялась изучать доктора: широкие плечи, мужские крепкие ладони, мускулистая шея, которую не мог замаскировать воротник-стойка униформы.

– Не верится, – сообразив, что так пристально разглядывать человека неприлично, смущенно отвела взгляд.

– А я и сам не верю, – снова расплылся в улыбке Олег. – Прошлым летом приезжал в отпуск, разыскал двоих ребят с того двора. Надо было видеть их изумленные лица! Они ведь долго не понимали, почему я – не такой, как все. Однажды взяли меня на «слабо» и подбили за яблоками слазить в заброшенный сад. Мы тогда на Чкалова жили, рядом как раз начали застраивать район Могилевской-Воронянского. Людей выселили, частные подворья снесли, а сады выкорчевать не успели – яблони, груши, сливы! И год урожайный выдался, гроздьями висели, дразнили. Мы, дети каменных джунглей, такого бесхозного изобилия в жизни не видели. Набрали огромные пакеты яблок, я нести вызвался. Хотелось стать своим для ребят. Ну, мальчишка, словом, – усмехнулся он. – И вдруг сторож со стройки выскочил: как рявкнул – все врассыпную. А я-то с яблоками – не могу добычу бросить, бегу, волоку пакеты. Стал задыхаться. Хлоп по карманам – баллончика нет: во двор-то ненадолго вышел, на приступ не рассчитывал. Пацаны собрались – меня нет. Не испугались, вернулись обратно, а я на земле валяюсь, уже синеть стал. Побежали к сторожу, тот скорую вызвал… А спустя пару дней приехали они ко мне в больницу и привезли те самые яблоки: брось они меня тогда – помер бы в кустах.

– Молодцы ребята, – похвалила Катя.

– А то! У нас двор вроде как и спокойный был, но хулиганья вокруг хватало: девяностая школа рядом, о ней ого-го какая слава ходила! Но я в первой учился. Так вот, пока не переехали с мамой, больше никто меня во дворе не задирал. Уважали.

– А я знаю, где девяностая школа, и где первая, знаю, – обрадовалась Катя.– Я дважды жила в том районе: сначала студенткой квартиру снимала, а после – по семейным обстоятельствам. В доме между аптекой и хлебным!

– Неужели?! – искренне удивился Олегу. – В этом доме до сих пор живет моя первая любовь! Детская, на три года старше, Татьяной зовут. Не знакомы?

– Нет. Я там недолго жила, пару месяцев… А почему вы переехали? Такой район замечательный, зеленый, тихий!

– Отец с мамой развелись: не выдержал он моих болезней. Бабушка к тому времени одна жила, вот мы к ней и перебрались на Якуба Коласа, – поделился Олег. – Окна квартиры прямо на трамвайные пути выходили. Я, когда в мединституте учился, часто за книгами по ночам засиживался, с первым трамваем спать укладывался. До сих пор стук колес по рельсам снится. Но друзьями я на новом месте не обзавелся…

Ностальгически улыбнувшись, Олег посмотрел на монитор.

– Ну вот и замечательно: давление нормализовалось, сердечко ровно стучит, – констатировал он. – Самая надежная анестезия – приятные воспоминания! Спите. А мне пора.

– У меня сейчас вообще ничего не болит. Как только о Минске заговорили, сразу отпустило… Олег, не уходите. Пожалуйста, побудьте со мной еще недолго. С вами – как-то спокойнее, – попросила Катя.

– Ну хорошо, пять минут у меня еще есть, – сверил он время по часам на мониторе. – Только я дверь в коридор открою, чтобы слышать...

– …А как вашей маме удалось… – Катя пыталась сформулировать волнующий ее вопрос.

– …вытащить меня из болезни? Верила, как и вы, хотя руки порой опускались. На трех работах вертелась, деньги откладывала, чтобы на лето нас с бабушкой в Крым отправить. Там мне и в самом деле становилось легче, но стоило вернуться – приступы повторялись. К каким только врачам она меня ни возила, какие только методики ни опробовала – ничего не помогало. Пока один доктор не рекомендовал подводное плавание: мол, не надо убегать от проблемы, надо идти ей навстречу. А в моем случае главное – правильно дышать и не паниковать. Так что мама, как ни берегла свое чадо от простуд, решилась отвести меня во Дворец водного спорта. От отчаяния, наверное. Но буквально через пару месяцев случилось чудо: приступы почти прекратились. Правда, с медицинской справкой возникали сложности: меня ведь уже в инвалиды записали, какое плавание? – улыбнулся он. – Вот такая история… Еще годик здесь подучусь – и домой, – неожиданно добавил он.

– Как домой? – удивилась Катя. – Вы серьезно?!

– Серьезней некуда, – подтвердил Олег. – Хотя после того как отработал распределение в одной нашей больнице и получил гранд на учебу за рубежом, был уверен, что уезжаю навсегда. Маму хотел со временем перевезти, и поначалу ради этой благой цели сил не жалел: учился, работал, язык совершенствовал, во всякие юридические тонкости вдавался. Жил по графику: поспал – и за работу.

– А давно вы здесь?

– Скоро три года.

– Странно…

Катя задумалась: человека, который хотел вернуться на родину и честно в этом признавался, за два месяца жизни в Германии она встретила впервые.

– И почему передумали? Расскажите, для меня это важно.

– Стоите перед выбором? – предположил Олег. – Не уверен, поможет ли вам мой рассказ: каждый свой путь сам выбирает… Хорошо. Понимаете, раньше мне казалось, что ностальгию люди просто выдумали – от лени, от безделья, от желания как-то себя оправдать… Ну, как бы вам объяснить… – попытался он подыскать правильные слова. – Мне тут недавно земляки книгу дали почитать: «Территория души». Слышали?

– Да, – неуверенно кивнула Катя, пытаясь припомнить сюжет давно прочитанного романа.

– Очень правильное понятие – «территория души». С одной стороны, ну какая может быть территория у души? Если, конечно, не считать тело, в котором она живет. А на самом деле такая территория есть: место, где ей хорошо, комфортно, где царит умиротворение, покой… Весной мне надо было принять окончательное решение: остаюсь или возвращаюсь? Никак не мог определиться и на нервах все пошло не так – на работе перестало ладиться, грипп подхватил. Слег с высокой температурой, впадал в забытье. И преследовали одни и те же видения: первая любовь, мама, ребята во дворе и те самые яблоки… Не поверите, но я даже их запах чувствовал! Так могли пахнуть только те яблоки, из детства! – воодушевленно уточнил он. – Очнулся и сразу решил: возвращаюсь! И так стало на душе легко, свободно. Понял, что убегал от самого себя, старался не слышать, как мается душа, жил умом, а не сердцем. Стоило определиться – сразу стал выздоравливать. Дела наладились. Поставил новую цель: стать со временем таким же детским кардиохирургом, как профессор Сандина. Ну, чтобы таким, как вы, не пришлось лететь за помощью в другую страну, – пояснил он. – Мову пачаў вывучаць... Мабыць, за мяжой найбольш востра паўстае пытанне: хто ты ёсць насамрэч[①]?

– А как ваши друзья отнеслись к такому решению?

– Вы имеете в виду тех, кто здесь работает? – уточнил Олег. – Так здесь мы большей частью не друзья, а конкуренты в борьбе за место под солнцем, – усмехнулся Олег. – И это нормально: стимулирует… Думаю, некоторые из них обрадовались.

– А те, кто не обрадовался?

– Те считают мое решение ошибочным. Только я думаю иначе. Эмиграция – жестокая штука: здесь по ночам каждому снятся свои «яблоки». Рано или поздно наступает момент истины, но изменить что-то уже невозможно: работа, семья, дети. Страшно. И возраст, опять же. «Яблоки» – это и есть ностальгия. Иногда она переходит в хроническую форму, как болезнь. Многие эмигранты спят и видят, как бы вернуться на родину, но не все могут в этом признаться даже себе. Так и чахнут при полном внешнем благополучии.

– Вы уверены? – озадачилась Катя.

За время жизни в Германии такое она слышала впервые. Конечно, в русскоязычном кругу частыми были рассказы о родине – где кто родился, вырос, учился. Но особенной грусти в этих разговорах она не уловила. Или дело в чем-то другом?

– Уверен, – кивнул Олег. – Вот давайте возьмем пример из жизни растений. Хорошо известно, что пересадить большое дерево, чтобы оно прижилось, практически невозможно. Разве что с огромным комом земли, сохраняя корни в благоприятной среде. И пересаживать желательно в подобную же среду обитания: береза никогда не приживется в пустыне среди кактусов. Люди – как деревья: эмигрируя, они должны выдрать себя с большим «комом земли». Если безжалостно отсечь корни – могут не прижиться, а если и приживутся, то все равно не будут такими, какими могли бы вырасти на родине, – пышными, красивыми. Разве что в оранжерее...

– А вот здесь я с вами не соглашусь, – все еще раздумывая о своем новом

① Язык стал изучать. Пожалуй, за границей наиболее остро встает вопрос: Кто ты есть на самом деле?

окружении, перебила Катя. – Многие здесь продолжают цвести и пахнуть. Во всяком случае, я пока только таких встречала.

– Вы здесь недолго, и наблюдаете за видимой частью айсберга, – многозначительно произнес Олег. – Поначалу и мне так казалось… Вот только прежней питательной силы даже пересаженному с «комом земли» дереву хватает ненадолго – от силы несколько лет. И если к тому времени не образовались новые корешки и не пошли новые ростки – начинается процесс увядания.

– Новые ростки, я так понимаю, дети?

– Да. Но здесь кроется другая беда: когда они вырастут, это будут уже гибриды. Потому что изменилась среда обитания. Не исключено, что через несколько поколений они окончательно потеряют родительские черты. Но я хочу, чтобы мое продолжение сохранилось… как вид, что ли. Эволюционировало – да. Но при этом не потеряло идентификационный код, или, того хуже, не превратилось в перекати-поле.

– А вы философ, Олег, – переваривая монолог доктора, уважительно заметила Катя.

– Я не философ, я практик: знаю, что в итоге пересиливает – сознание или подсознание... Вот давайте проведем эксперимент. Закройте глаза, – Катя послушно опустила ресницы. – А теперь быстро вспомните самое главное, что осталось дома, люди, самые яркие впечатления, ассоциации… Раз, два, три... Стоп! – скомандовал он. – Рассказывайте, что видели?

– …Вади… – начала женщина, но тут же осеклась. – Любимый человек, – поправила она себя, – отец… И два клена за забором: один желтый, другой красный, – подняла она удивленный взгляд.

– Вот! Что и требовалось доказать! У вас тоже есть свои «яблоки»! И корни ваши остались там… Так что я не философ… – повторил он, усмехнувшись. – Философом по образованию была мама, но ради меня бросила науку и пошла мыть подъезды. Я вас познакомлю, если хотите.

– Хочу! Я очень даже хочу познакомиться с женщиной, вырастившей такого чудесного сына! Вот только не знаю, когда я вернусь в Минск.

– Не переживайте. Мне понятно, что вас здесь держит. Пока не разрешится главный вопрос – вы будете ни здесь, ни там… Но вы вернетесь, – убежденно произнес Олег. – …Однако я засиделся, – доктор решительно поднялся с табуретки. – Спите, я загляну к вам утром… Да, забыл сказать: ваш муж звонил, справлялся о состоянии, – вспомнил он уже в дверях.

– Спасибо. Но он мне не муж, – внесла ясность Катя и покраснела: Генриха в своем мимолетном воспоминании она не видела. Даже стыдно стало: он столько сделал для нее и Марты! – Подождите секунду! – попыталась она снова задержать доктора. – Я смогу завтра увидеть дочь? Вы мне поможете?

Коснувшись дверной ручки, Олег остановился:

– Постараюсь, – что-то обдумав, пообещал он. – Спокойной ночи!

– Спокойной… Спасибо за ликбез из жизни растений! – добавила она вдогонку.

«А ведь он прав: сколько людей уехало из страны, сколько пытается прижиться на чужой земле… Многие уже без корней… И иногда обрубали их осознанно, в надежде, что так будет проще… Удивительный молодой человек, – закрыла она глаза. – И он прав: я вернусь… Мы вернемся…» – с улыбкой подумала Катя, медленно погружаясь в сон...

А навстречу, расставив ручонки и заливисто хохоча, уже бежала подросшая дочь. За ней с любовью и нежностью наблюдали двое мужчин, за их спинами, шелестя листвой, раскачивались два клена – красный и желтый…

СТИХИ

* * *

Осень – листопад воспоминаний,
Снов печальных царство по утрам...
Грусть моих несбывшихся желаний
Изморозь развесит по кустам,
Сбросит с них последние наряды,
И бесстыдно шрамы оголит,
И напомнит, что другой когда-то
Я была. И сердце заболит...
...Девочкой рыдала у подъезда,
Боль обиды жала на висок.
И листвой потерянной надежды
Расстилался клен у самых ног...
Капли-сны или дождинки-слезы
Занавесят небо кисеей...
Осень – листопад воспоминаний
В воздухе, насыщенном тоской...

***

Нам одиночества порою не хватает.
От всех, куда глаза глядят, бежим,
Себя от мира словно отрезаем
И в темноте наедине с собой молчим.
Когда же тишь вокруг висит, надсадным гулом
Звенит в ушах, усиливая мощь,
Мы пулей вылетаем из укрытья
И рвемся к тем, кто сможет нам помочь.
Вот так и мечемся: от тишины – к веселью,
В благопристойности поманит вдруг порок.
И не дано узнать, в какой же точке

Замрем, когда уже настигнет срок...

***

С возрастом приходит грусть...
Настигает, как расплата –
Грешен ты или же нет,
Прав или же виноватый.
Все едино ей. Она
Спрятаться не даст, слукавить,
Ждет, когда же вновь тоска
Ей позволит балом править.
Опыт – верный мой партнер.
Он давно не верит в чудо,
Гордо смотрит свысока
Снисходительный зануда.
И печальный полонез
Вряд ли будет тешить ухо,
На унылых лицах всех
Лишь усталость и разруха:
От крушения надежд,
От подмены идеалов,
От завистников, невежд, –
В жизни было их немало.
И все чаще мне на бал
Шлют немое приглашенье.
С возрастом все меньше сил
Гнать такое настроенье...

Восхищаться, ликовать...
Как же это получилось,
Что с годами лишь грустить
Безупречно научилась?.

***

Подарите скорей вуаль...
Вся в слезах под ней улыбнусь
И, смеясь, буду тайно рыдать –
Никому не нужна моя грусть.
Подарите густую вуаль...
Как болезнен солнечный свет:
От лучей лишь слезятся глаза,
Видно, надобности в них нет.
Оградите, прошу, от встреч,
Упасите от добрых фраз!
Не бегите за мною вслед –
Это я убегаю от вас,
Чтоб самой себя исцелить.
...Но сейчас мне нужна вуаль.
Вдруг и вам передастся грусть,
Как же станет тогда вас жаль...

***

Зажги камин. Мы свет погасим,
Присядем молча на полу.
И первобытностью окрасим
Весь вечер, странную игру,
Где страсть бушует на поленьях,
Сгорает, в небо унося,
Волшебной магии мгновенья,
К которым тянется душа,
Где лижет пламень пень сосновый
За толстым граненым стеклом.
И хочется спросить. О вечном.
Зачем мы все-таки живем?
Огонь погаснет. Сизый пепел
Запрячет свой ответ немой.
...Но в снах не раз меня согреет

Твое дыханье за спиной...

***

Мой положительный герой –
Один в машине, среди ночи.
Огни приборов и дисплей,
Да ворох мыслей. Он не хочет
Впускать кого-то, приближать,
А приближая, гнать обратно,
Весь спрятан в ракушку, кольцом
Закрученную многократно.
Доверчивость – лишь маска, блеф,
Рванешь навстречу – хлопнут двери.
Хронометраж его судьбы
Для всех по порциям отмерен:
Одним чуть больше, а другим –
Лишь крохи, сладкие мгновенья.
Но я похожа на него...
Давно утратив все сомненья,
Мне так понятно, отчего
То камнем с неба, то взлетает –
Мой положительный герой
Быть идеальным не желает!
И, видно, нужен мне такой,
Но прячу тайну в подсознанье.
...Он может рядом быть – Чужой.
И Близкий – но на расстоянье...

***

...Доченька моя, моя отрада,
Посмотри: порхает мотылек,
И утра хрустальная прохлада
Каплей опустилась на цветок.
Милая моя, взгляни – под крышей

Ласточки устроили гнездо!
В роще соловьи ликуют, слышишь?
Солнышка лучи стучат в окно.
На небе ни облачка... Пусть ясно
Будет также и в твоей судьбе.
...Восемнадцать лет назад мы вместе с папой
Подарили этот мир тебе.

***

Больно потерять дружбу,
Грустно, если гаснут чувства,
Тяжело утратить доверие,
Одиноко, холодно, пусто.
Замыкаюсь, прячусь и плачу...
Жизнь опять отнимает подарки.
И в видавшей виды душе
Фейерверк гаснет, самый яркий.
Безысходность съедает заживо,
И в бессилии падают руки...
Вот какие бывают мысли,
Вот такие бывают муки...

***

Мне время преподало свой урок,
А я уж думала, что в свете всех мудрее...
Но не истек отпущенный мне срок
Вершить ошибки. Боль от них острее...
И как порой мне нужен тот Мудрец,
Что, выслушав, спокойно сосчитает,
Всех глупостей суммирует итог.
...Мне пальцев на руках уж не хватает.

***

Крупинки снега, потемневшие края

На нежных лепестках последней розы...
На вид она по-прежнему крепка,
Но приглядишься, и заметишь слезы,
Что, замерзая, прячут подо льдом
Всю красоту. Бедняжка, опоздала...
Над снежным полем веточка-душа
Последним вздохом осень провожала.
И, затухая, все искала взглядом луч,
Еще вчера ласкавший при закате.
А первый снег дарил ей напослед
Красивейшее свадебное платье...

***

…Мы были близнецами в прошлой жизни…
Неосязаемы, невидимы они
Те нити, что протянуты меж нами, –
Их натяженьем мы порождены.
Не сознавая, держим каждая в ладошке
Всего начало и всего конец.
И чувствуем: за много миль на свете
Нам в этой жизни есть душой близнец.
И встретившись, разлучены годами,
Событьями, местами бытия,
Вдруг с первого мгновенья понимаем:
Ничто разлука, коль едины ты и я,
В сомненьях, мыслях, действиях, поступках…
Друг друга понимая с полуфраз,
Благодарим за посланную свыше
Судьбу, соединяющую нас…

***

Ника, Никочка, Никуша…
Вероника – свет очей...
В тишине ночной шептались

С внучкой маленькой моей.
Вместе сказку сочиняли
О красавице-девице,
Что сидела у окошка,
Из-за моря ждала Принца.
– Он приедет на машине?
Он прискачет на лошадке?
Он подарит мне игрушку
И большую шоколадку?
В зоопарк пойдет со мною?
Купит мне воздушный шарик?
И мороженое тоже?
И еще большой фонарик?
Он придет на день рожденья?
– Да, и утренней порою!
– Хорошо. Хочу родиться
Завтра. Но хочу весною!
– Но ведь осень – так красиво!
Только внучка вдруг заныла:
– Принц придет ко мне весною!
Раз волшебник – все по силам!
Вот оно! Свое, родное,
И по-женски так понятно!
Я тихонько улыбнулась:
Детка, как же ты занятна!
Как наивна, откровенна…
Кукла с ясными глазами!
Будет Принц! Конечно, будет!
Сказка сбудется с годами…
А реснички все моргали,
А глазенки соловели…
Мы уснули разом, вместе…
Принц зашел… А мы сопели…

***

Искать объект для подражания –
Пустое дело. Я устала.
Слеплю скульптуру с заурядности,
Сама же сброшу с пьедестала.
Но вот что странно и обидно,
Обескураживает нонсенс:
Тем, кто достоин восхищения, –
Мое не требуется вовсе!

***

Век сногсшибательных событий
И сумасшедших скоростей…
Сжимает время до предела
Мгновенья радостей, страстей.
Прессует в каменные блоки,
Где чувства тонкой полосой –
Нас как-то реже прошибает
Обычной искренней слезой.
Все что-то ищем, суетимся,
Все рвемся из последних сил.
Не замечая, что теряем,
Тех, кто нас преданно любил.
Кто отступил, не достучался,
И никогда уж не придет…
Мы камнепадом оградили
Себя от дружеских забот.

…Порой собьется сердце с ритма,
На миг зайдется от тоски.
Глядь, а вокруг – сплошные горы,
И души, сжатые в тиски…

***

Скажи, мой друг, куда спешили,
Зачем искали этот рай,
Где не дают покоя годы,
А время шепчет: «Вспоминай…»
И бродит прошлое с укором
Неслышной поступью вослед,
И горький ком стоит у горла –
Суд совести за много лет.
Срок давности давно уж минул,
И всех потерь не сосчитать,
И не развеять всех сомнений,
И от себя не убежать.
Тут откровенья не помогут
И время вспять не повернут…
Скажи, мой друг, зачем он нужен,
Своих ошибок тяжкий суд?

***

Уходит старый друг… Я наблюдаю.
Уходит молча… У него свой путь.
Как не догнать ушедшего трамвая,
Так наше время вспять не повернуть.
И все бессмысленно: я даже не пытаюсь
Его окликнуть. Знаю – ни к чему:
Мы нашу связь былую потеряли,
И притяженье душ равно нулю.
А ведь когда-то… Ведь совсем недавно…
Сто лет назад… Как лихо мчат года…
В толпе людской расстались на секунду,
А оказалось, потерялись навсегда.
И чувства постепенно отмирали,
Старели, забывались, став глухи…
Цветок усохший вовремя срезают,

Подкармливают новые ростки.
Уходит друг, и за его спиною
Смыкает ветви мой цветущий сад.
Печально: в нем чего-то не хватает…
… Но оба знаем – нет пути назад.

***

Случайной фразой порванная нить,
Тончайшая, на грани подсознанья.
Неосторожностью вины не объяснить…
Остался где-то в тайнах мирозданья
Полет Души – открытой и родной.
На землю тут же рухнув от испуга,
Она закрылась каменной броней…
…А я едва не потеряла друга.

***

Эх, прожить бы жизнь на вдохе!
Не стесняясь рассмеяться,
Глупо, искренне, открыто
Всем на свете улыбаться!
И взлетать бы по желанью,
И парить бы над землею,
Всласть любить и наслаждаться
Чувств безумной красотою!
Эх, почувствовать себя бы
Не песчинкой, целой частью!
И дарить бы только радость,
И делиться только счастьем!
Эх, прожить бы жизнь на вдохе,
Слов завистливых не слыша…
Жить с душою нараспашку –
Редкий дар, дается свыше…

***

Нет времени для вздоха,
Нет времени для плача.
В сплошном калейдоскопе –
Потери и удачи.
Невысказанность фразы,
Незавершенность мысли.
Барахтаюсь котенком
В реке бурлящей жизни.
Несет меня теченьем –
Нет сил остановиться,
На берегу мелькает
Знакомых вереница.
Я судорожно вспомнить
Пытаюсь чье-то имя.
Но уж другие лица –
И проплываю мимо.
И нету мелководья,
И не за что вцепиться,
Взгляд устремлен на небо,
Чтоб молча помолиться.
Усталость давит плечи,
Погода угнетает,
И раздражают встречи.
А силы тают, тают...
Затеплится надежда,
С реальностью поспорив,
Когда мечта приснится
Полоской синей моря,
Где я сольюсь с волною
Несильного прибоя
И, сняв с души тревогу,
Глаза свои закрою.
Из-под ресниц усталость

Стечет слезой горячей.
И я, вздохнув свободно,
Тогда навзрыд заплачу...

***

Как хочется куда-нибудь уехать
И, за собою двери закрывая,
Не слышать нервной трели телефонов…
Не нервничать. Себя не напрягая,
Спокойствию отдаться без остатка,
Под зонтиком пить ледяное пиво
И улыбаться, улыбаться, улыбаться,
На взгляд призывный реагируя лениво.
И ждать, когда отступит восвояси
Все напряженье. Мысленная тупость,
Раскрепостившись, сбросит все оковы,
Душа, резвясь, себе позволит глупость
Подумать о фривольном и запретном:
Как хочется немножечко влюбиться! –
Прочувствовав в случайном разговоре,
Что время вышло… И пора бы возвратиться…

***

Я снова всё испортила –
Ты снова всё разрушил.
Огонь играет душами:
То – разожжёт, то – тушит.
Испепеляя чувствами,
То вдруг взорвёт сознание.
То ледяною крошкою
Засыплет в наказание.
То – через край, то – насухо,
То – горячо, то – холодно,
То – серо, а то – солнечно,

То – досыта, то – голодно.
Теряемся во времени
И вязнем в расстоянии.
А нежность тлеет медленно,
Не вспыхнувшая пламенем.
Неужто все закончится,
Обуглится, развеется?
Друг к дружке души тянутся,
Им в худшее не верится.
Они еще надеются.
Но мы – друзья им скверные.
Давай же, хоть немножечко
Побудем милосердными…

***

Я – полутень, я – отраженье,
В тумане зеркала – виденье.
Полуживу, полумечтаю,
Полудышу, полурыдаю.
Полуогонь и полульдинка –
Меня осталась половинка.
Я так хотела: не хранила
И по частям себя дарила.
Делила ровно, без пощады.
Казалось мне, что так и надо.
Взамен о чём-то не молила.
Я никогда так не любила!
Переполняла сердце нежность,
Душа в полет рвалась, в безбрежность.
И не заметила сигнала:
Да, было много – стало мало.
Я пролетела, виновата,
Беспечно точку невозврата.
Души моей совсем не малость

Принадлежать тебе осталась.
Не возвращай. Полунаграда,
Полупечаль, полуутрата,
Полусогреет, подморозит,
Не промолчит и не попросит.
А надоест – оставь за дверью.
Я всё пойму. Но не поверю…

***

Меня – нет… Я – почти умерла.
Не смущает пусть розовость тела.
Дотлевает бедняга-душа,
Вся обуглилась и почернела.
Где же боли душевной порог?
Всё никак не теряю сознанье!
Я – в предсмертной агонии чувств,
Что связуют меня с мирозданьем.
Кто-то горестно плачет в углу –
Или мне это лишь показалось? –
От отчаянья. Это любовь –
Сил спасать у неё не осталось.
Всё хотела собой наградить,
Так беспечно огонь разжигала…
Только некому больше любить:
Догорает душа, отстрадала…

***

Обиду, злость, презренье, ярость –
Всё, недостойное любви,
Мы допустили в наши чувства.
Святое – не уберегли
От оскорблений, унижений,
Предательства и низкой лжи…
Как жить в согласии с собою,

Обиды бремя как снести?
Как всё простить? Чему поверить?
Как, начиная жизнь с нуля,
Смириться с тяжкою потерей,
Что тянет камнем в никуда?
Так больно жжет и мучит душу
Всепоглощающей тоской.
…А ведь казалось: всё – так просто,
Ты мне ниспослан был судьбой…

***

Как это мучительно и больно!
Близок уж финал знакомый пьесы:
Спрятавшись от всех, заледенеет
Сердце заколдованной принцессы.
Только лишь душа ее согрелась,
Только лишь растаяли сомненья –
Зимние укутали метели
В плащ из белоснежного забвенья.
…Осень наигралась и украла
Всё, что так нежданно подарила.
И сказать «спасибо» не успела…
И застыла, и опять застыла…

***

Я знаю, что ты позвонишь
И спросишь меня осторожно:
“Ну, как поживаешь, Малыш?”
Отвечу тебе односложно:
“Нормально…” И пальцем зажму
Забившийся мелкою дрожью
Тот нерв, что почти уже мертв
И дышит лишь милостью Божьей.
Я крепче на нерв надавлю –

И боль моя стихнет навечно…
“Ты знаешь, прекрасно живу!” –
Отвечу я чистосердечно.
“Прости, но сейчас тороплюсь”, –
Добавлю, на стрелки взирая.
…Когда-нибудь ты позвонишь,
Но я уже буду другая.

***

А знаешь, в том своя есть прелесть:
Нам никогда не быть вдвоём –
Не станем шаркать по бульвару
Под тёплым проливным дождем.
И не дождёмся наших внуков,
С тобой не вырастив детей.
Ворчать не станем друг на друга,
Забыв о нежности речей.
Ругая немощность и старость,
Не будем чахнуть на глазах:
Моих морщин ты не увидишь,
Я – твой последний тяжкий шаг.
Мы в нашей памяти навечно
Юны и счастливы с тобой.
Ты никогда не прикоснёшься
Ко мне иссохшею рукой.
О, как друг друга мы любили!
Есть жизнь за что благодарить
И прошептать с последним вздохом:
«Как жаль… Ведь всё могло бы быть…»

***

Я старалась забыть – не сумела.
Я пыталась заплакать – не вышло.
Я запела. Но в комнате пусто.

Никому моей боли не слышно.
Ранним утром любовь попрощалась,
Тихо дверь за собой затворила.
Я её удержать не пыталась.
Лютым холодом душу пронзило.
Я замерзла. Укуталась пледом.
Только стало еще холоднее.
Я гнала непослушные мысли.
Но они оказались сильнее.
Серебрилась морозным узором
Тишина, и меня превращала
В одинокую жалкую льдинку:
Замерзала, но всё же дышала.
И в какой-то последней надежде
Неподвижно застыла под душем.
Согревается медленно тело…
Только кто отогреет мне душу?

***

Однажды в маленьком кафе,
Рассеянно блуждая взглядом,
Внезапно вспомнишь обо мне,
Присмотришься ко всем, кто рядом.
Улыбка чья-то вдруг кольнет,
Походка чья-то растревожит,
И чей-то профиль промелькнет –
Такой похоже-непохожий.
И тембр голоса пронзит.
Замрёшь, желая обернуться,
Но чашка с кофе задрожит –
Назад в былое не вернуться.
Не прикоснуться, не припасть
К губам в желанном поцелуе
И не услышать, как душа

В восторге шепчет: «Аллилуйя!»
Дождь за стеклом и холода…
А в вазе – роза-недотрога.
И снова память обо мне –
Меня невыносимо много!
Все звуки, что вокруг тебя:
То – трель, то – грустное молчанье,
То ироничный нервный смех,
Как верный признак расставанья.
Все это было… Невзначай
Столкнется взгляд с призывным взглядом.
Иди, конечно же, но – знай:
Я есть во всех, кто будет рядом!

***

Есть прелесть в вечере осеннем,
Пронзенном светлою тоской.
Есть в затухающем цветенье
Блаженство, сказочный покой:
В свеченье раннем жёлтых окон,
В прощальном крике журавлей,
В студёном воздухе округи,
В листве опавших тополей.
Пьянит сознанье незаметно
Рай предвечерней тишины,
И не тревожно, что осталось
Совсем немного до зимы.
Камин пылает. Легкий отблеск
Теней игривого огня
На стенке дорисует образ –
А я ведь так и не смогла.
Мурлыкнет кошка на коленях,
Желая всех возможных благ,
Направит в царство сновидений –

Умиротворения очаг.
Душа расправит смело крылья,
Вспорхнет, закружит над землей…
И тайно вечером осенним,
На миг, но встретится с тобой…

***

Ах, с каким я встретилась взглядом!
Словно молния ослепила…
Продолжая двигаться дальше,
Я пыталась понять: что же было?
Отчего вдруг пронзает сердце
Чей-то лик, промелькнувший мимо,
За какие-то доли секунды
Проникая за грани незримого?
Ах, с каким я встретилась взглядом…
Вмиг влюбилась и разлюбила.
Ощущение чуда осталось.
…И гадаю: а правда ли было?

***

Предчувствие любви – иллюзия надежды
Несломленной, свободной, возвышенной души.
Но есть ли в мире тот, кто зов ее оценит,
Отбросит все дела, навстречу поспешит?
И будет ли тот день, когда все совершится?
И будет ли тот миг? И будет ли тот час?
Тот поворот судьбы, что мне ночами снится…
Но как его найти и кто мне знак подаст?
Кто выставит сигнал, мигнет мне поворотом:
“Туда! Спеши! Быстрей! Тебя давно там ждут!”
Как малое дитя, в предчувствии надежды
Отправится душа. И там найдет приют…

***

Столь неожиданный звонок…
Словно живительной водицы
Буквально дали пригубить –
А по ночам уже не спится.
Как мало нужно: пара фраз,
В которых сотни скрытых знаков!
Неужто для таких, как я,
Путь в книге судеб одинаков?
И тело сковывает страх:
Так страшно в том себе признаться,
Что я давно звонка ждала!
Но ведь могла и не дождаться?
Взирает бездна на меня
Манящим сладострастным взглядом.
Но послевкусие звонка
Пьянит сладчайшим в мире ядом...

***

Я чувствую, что это ты…
Мне б сделать шаг, к тебе прижаться.
Касанием твоей руки,
Глаза закрыв, мне б наслаждаться,
Сердцебиением совпасть,
Твоими думами забыться,
Твоим дыханием дышать,
В тебе навеки раствориться…
Но невозможен этот шаг –
И ты уходишь в день весенний.
Уходишь молча, чтобы вновь
Идти по жизни параллельно.
…Ты обернулся. Я тебя
Тайком коснулась, словно ветер.
Ты просто будь… Мне важно знать,

Что ты живёшь на белом свете!

***

Набираю номер… Телефон
Высветил красиво на дисплее
Имя, что со мною ночь и день
И, как в сказке, – всех душе милее.
Нет ответа… Где ты? Отзовись!
Голосом согрей, своим дыханьем,
Паузами смело интригуй,
Вызови мое негодованье,
Дай мне растеряться, замереть,
Разозли – есть повод поквитаться,
Обижай до глубины души –
Так, чтоб захотелось разрыдаться!
Камнем равнодушно брось на дно,
Оставаясь внешне беспристрастным…
…Позвони, случайно набери.
Умоляю, я на все согласна!
Ошибись… Всего лишь пять минут!
Повод есть неоспоримо веский:
Я тоскую. Этот крик души
Не послать обычной SMSкой…

Тест

参考答案

1. Выберите правильные варианты ответов.

(1) Где училась Н. Батракова?

А. Белорусский университет инженеров транспорта

Б. Литературный институт им. Горького

В. Белорусский государственный университет

Г. Минский лингвистический институт

(2) В каком году Н. Батракова окончила университет?

А. 1988 Б. 1990

В. 1987 Г. 1981

(3) После какого романа стала известным автором?

А. «Территория души» Б. «Площадь согласия»

В. «Миг бесконечности» Г. «Я играю не по правилам»

(4) Кем сейчас работает Н. Батракова?

А. консультантом по грузоперевозкам

Б. писателем

В. учителем

Г. инженером

(5) С какого года публикуется Н. Батракова?

А. 2000 Б. 2002 В. 2004 Г. 2012

(6) Какая тема поднимается в отрывке «Яблоки» из романа «Миг бесконечности»?

А. тема любви Б. тема дружбы

В. тема любви к родине Г. тема предательства

(7) Какая тема поднимается в стихотворении «С возрастом приходит грусть…»?

А. тема любви Б. тема одиночества

В. тема дружбы Г. тема родины

(8) Какие сборники стихов Н. Батраковой?

А. «Состояние души» Б. «Я не играю не по правилам»

В. «Территория души» Г. «Миг бесконечности»

(9) Какая тема поднимается в стихотворении «Набираю номер…»?

А. тема любви Б. тема одиночества

В. тема дружбы Г. тема родины

(10) Какой роман Н. Батраковой переводят на китайский язык?

А. «Территория души»

Б. «Площадь согласия»

В. «Миг бесконечности»

Г. «Я играю не по правилам»

2. Ответьте на вопросы.

(1) Можно ли творчество Н. Батраковой сравнить с творчеством какого-нибудь китайского писателя?

(2) Какие особенности в произведениях Н. Батраковой вы бы выделили?

Алесь Бадак

Биография

Александр (Алесь) Николаевич Бадак (28 февраля 1966 года) – белорусский писатель, публицист, литературный критик, поэт-песенник. Родился в деревне Турки Ляховичского района Брестской области. Служил в Советской армии. Окончил филологический факультет Белорусского государственного университета в 1990 году. Работал в Бюро пропаганды Союза писателей Беларуси, в редакциях журналов «Бярозка», «Полымя», «Маладосць», «Нёман». Сейчас – директор издательства «Мастацкая лiтаратура».

Дебютировал в 1979 году в газете «Пионер Беларуси». Начинал журналистскую деятельность в газете «Будаўнiк камунiзму» (теперь «Ляхавiцкi веснiк»). Первый сборник вышел в 1989 году. В начале 90-х годов начал активно сотрудничать с белорусскими композиторами. Результат этого сотрудничества, которое продолжается по сей день, – десятки песен на его слова, вошедшие в репертуар многих известных белорусских эстрадных исполнителей.

В 2003 году был в числе первых лауреатов литературной премии «Золотой апостроф». Позже отметился как автор прозы и произведений для детей. Выступает активным пропагандистом детской литературы, является одним из организаторов клуба детских писателей, много пишет для детей стихов, повестей, сказок и познавательной литературы.

Автор поэтических книг «Будзень» («Будний день»,1989), «За ценем самотнага сонца» («За тенью печального солнца», 1995), «Маланкавы посах» («Молниевый посох», 2004), «Развітанне з вечнасцю» («Прощание с вечностью», 2019), прозы «Адзінокі васьмікласнік хоча пазнаёміцца» («Одинокий восьмиклассник желает познакомиться», 2014), а также многочисленных сборников поэзии и прозы для детей. В 2014 году вышел том избранных переводов поэзии и прозы на русский язык «Побег на край дождя».

Книги прозы выходили в Таджикистане и Азербайджане, книга поэзии – в Сербии.

Лауреат I премии Республиканского конкурса на лучшее произведение 2008 года и Межгосударственной премии «Звёзды Содружества» за 2013 год.

Познакомиться с творчеством А. Бадака можно на сайте: https://libcat.ru/?story=Алесь+Бадак&do=search&subaction=search&titleonly=3.

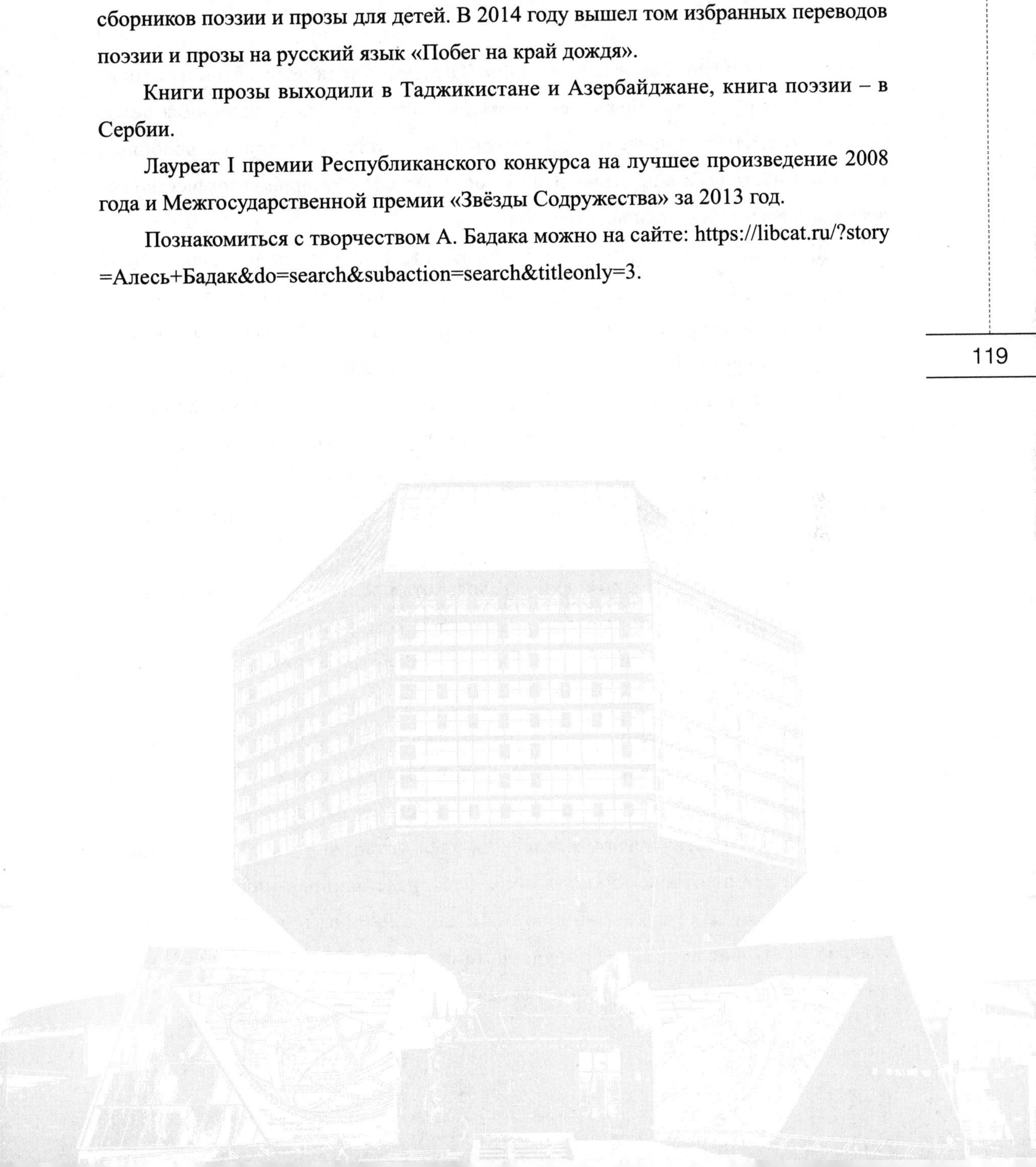

Творчество

ПО ТУ СТОРОНУ ОТРАЖЕНИЯ
(рассказ)

Мой дядя Юзик был сумасшедшим. О родстве с такими обычно говорят неохотно. Хоть, если собрать всех сумасшедших мира, получилось бы целое государство. И кто знает, может, это был бы наилучший пример всеобщей гармонии (пусть себе в пределах одного государства), к которой человечество все время, и пока что безуспешно, стремится.

Надо сказать, были дни, когда разум к дяде возвращался, наполняя собой его сознание так же незаметно и неожиданно для всех нас, кто с ним жил, как бесплодные после грозы тучи вновь наполняются дождем. Тогда – обычно такое случалось во время наших прогулок по берегу Свислочи, рядом с которой, на улице Янки Купалы, мы жили, – дядя часто рассказывал про моих близких и дальних родственников, живых и умерших. И хоть некоторые истории были слишком уж невероятными, чтобы в них сразу поверить, слушая его, я не раз повторял самому себе: «Порой Бог, давая человеку мудрость, взамен забирает у него разум».

Одну из тех историй я помню и сегодня, хоть прошло уже девятнадцать лет, как дядя покинул этот мир, так и не найдя свой дом, разбомбленный немецкой авиацией в последнюю войну, на поиски которого на берег Свислочи он отправлялся почти ежедневно, со мной или с кем другим.

У дяди Юзика, кроме моего отца, был еще один родной брат, Василь, старший из всех детей Опанаса Матусевича и Марии Загорской. Год рождения Василя Матусевича – 1908-й – мне запомнился легко и на всю жизнь, поскольку как раз тогда в шестиэтажном отеле «Европа» установили первый в Минске лифт, а мой дед по отцовской линии имел непосредственное отношение к этому знаменательному для города событию. Да и сам я сегодня, в некоторой степени, отвечаю, в том числе, и за лифтовую систему столицы. В такой степени, когда знать историю минского лифтостроения совсем не повредит.

Вообще, в нашем роду все мужчины имели дело или с техникой, или со строительством, кроме дяди Василя. Он писал стихи. Этому предшествовало раннее взросление, которому сильно поспособствовало время, один за другим посылающее на Минск вихри перемен, вызванных, с одной стороны, Первой мировой войной, с другой – российской революцией. Горожане еще только начинали привыкать к большевистским лозунгам, которые так же легко было прочитать по их лицам, как и на кумачовых плакатах, однако менее чем через четыре месяца после провозглашения того, что вся власть в Минске перешла в руки городского Совета рабочих и солдатских депутатов, в ночь с 18 на 19 февраля 1918 года, большевики город вынуждены были оставить, а через два дня сюда вошли немцы. После капитуляции Германии перед Антантой и вывода ее войск с захваченных территорий, в декабре восемнадцатого года большевики возвращаются в Минск, чтобы 8 августа следующего года снова оставить его – уже, правда, полякам. Однако через месяц поляки отдают город назад большевикам, но 15 сентября 1920 года заявляются сюда еще раз, ровно на неделю, окончательно сбив с панталыку горожан, которым в этом военном и политическом кавардаке рехнуться было легче, чем сохранить ясный ум. Наконец, чем-то ненормальным (хоть, на самом деле, это, наоборот, свидетельствовало о начале выздоровления нации) кое-кому казалось тогда другое. В начале двадцатых самопровозглашенных поэтов в Минске было столько, что у впечатлительного Купалы, который еще недавно в отчаяньи писал: «белорусы никого не имеют», и которого могло необычайно расчувствовать появление очередного нового таланта, глаза не успевали просыхать от слез радости. Правда, подавляющее большинство поэтов были приезжими провинциалами, из деревень и местечек. Их было так много, что создавалось впечатление, будто единственное, что мешало белорусам превратиться в писательскую нацию, – неважное владение жителями крупных городов белорусским языком. По крайней мере, Василю Матусевичу это обстоятельство, да еще прирожденная скромность, и вправду загородили дорогу на страницы газет и журналов. Выслушав как-то в одной из редакций достаточно жесткую критику своих стихов, он перестал даже записывать их на бумагу, а носил в себе отдельными, нередко незавершенными строками, которые в нем рождались и умирали быстрее, чем меняется небо в ветреную погоду, и так часто меняли свой смысл, что казались бессмысленными. Воображаемый мир, созданный поэтическими образами, и мир реальный в голове его перепутывались, и часто было не понять, в каком из этих миров рождались мысли, когда он говорил:

– Я сегодня видел человека с двумя языками. Одним он слизывал огонь с остатков уничтоженного костела, который он сам же и спалил вместе с товарищами, а другим утешал мать.

Василь не знал, что от рифмованных образов время от времени надо избавляться, отдавать их бумаге, иначе в голове их станет слишком много, и уже не ты будешь управлять ими, а они тобой. Так и случилось.

«Ему двадцать три года, а его совсем не интересуют женщины», – жаловался отец и, зная, что ключ от чужого сердца легче найти в столе, чем на кончике языка, однажды открыл ящик сынова стола, но не нашел в нем ничего, кроме папки с газетными вырезками и большим портретом Купалы сверху. Это были стихи и статьи поэта, интервью с ним, короткие сообщения о том, где и когда он выступал. А под кипой вырезок лежала тетрадка, на первой странице которой было записано: «26.04.30. Я все время сдерживал себя от того, чтобы вести дневник, но который день ношу в себе, под сердцем, без малого как беременная женщина, сказанное Им после того, как я, вместе с другими, помогал Ему спасать домашний скарб от наводнения. Он сказал: "Спасибо, миленький!" И когда я, разволновавшись, ватными губами прошептал: "Я Вас так люблю", он обнял меня и повторил: "Спасибо, миленький, спасибо!»

В те весны Свислочь в Минске любила показывать горожанам свой норов, затапливая многие дома, в том числе, и дом Купалы на Октябрьской улице. Охотников помочь поэту с временной эвакуацией (хоть при этом, чаще всего, имущество всего лишь поднималось на чердак), и правда, всегда хватало, особенно среди молодых поэтов.

Про папку и дневник, найденные в ящике стола, отец Василю не сказал, а все попытки поговорить с сыном о его личной жизни ничего не дали. Василь еще больше замкнулся в себе и только Юзику как-то признался:

– Порою мне кажется, что у меня два сердца. Одно наяву, а другое во сне. И я не знаю, какое из них настоящее, и где я настоящий. Только знаю, что во сне я совсем другой, даже внешне, хоть и никогда себя там не видел. Но если бы я мог взять туда с собой зеркало…

Вскоре после этого он купил на базаре и повесил на стене возле своей кровати большое зеркало, которое помнило лица не одного поколения бывших хозяев, но никак не мог забрать его с собою в сны.

20 ноября 1930 года страшная весть облетела Минск: Купала хотел покончить жизнь самоубийством и порезал себя перочинным ножиком. Встревоженный, испуганный Василь весь вечер не поднимался с постели. Он плакал. А ночью ему приснилось наводнение на Свислочи. Задыхаясь, он прибежал к Купаловскому дому, куда подступала вода. Как ни странно, Купала был один, даже без жены, тети Влади, и совершенно равнодушный к тому, что творилось с рекой. Левой рукой он держался за живот, пряча рану, словно хотел, чтобы ее никто не видел. «Наводнение! – закричал Василь во сне и наяву, разбудив Юзика. – Иван Доминикович, вода затопит Ваш дом! Надо выносить вещи!» – «Ну, что ж, – спокойно сказал Купала, – если хочешь, выноси».

Свободной рукой он взял нечто, что стояло у стены, и протянул Василю. Василь обеими руками схватил предмет, и только тогда понял, что ему подал Купала: это было зеркало, в котором он увидел себя…

Той же ночью, так и не освободившись от своего сна, Василь умер.

Мне казалось, что требовать от дяди доказательств правдивости этой истории, в которую я сам мало верил, по меньшей мере, некрасиво, учитывая его состояние. Поэтому я сказал достаточно неопределенно:

– Это просто невероятно, и не каждый в такое поверит.

Дядя долго молчал, а потом проговорил:

– Перед тем, как внести в квартиру гроб, мама завесила темным платком зеркало. А ночью я не выдержал и отвернул край платка. Я увидел в зеркале живого Василя. Только лицом он был как-то непохож на себя. Если бы у нас была сестра, я бы подумал, что это она смотрела оттуда на меня. Но что меня поразило и испугало – Василь был там радостным! Не улыбался, но весь светился. Я аж отскочил, и, пока не сняли платка, к зеркалу больше не подходил.

Дядя снова помолчал, а потом сказал:

– Когда-то я тоже увидел себя во сне в зеркале. И мне кажется, что я тогда навсегда остался там. Так и живу – во сне и в зеркале.

Я знал, когда это случилось. 5 марта 1953 года, в день смерти Сталина, дядя тоже плакал. А назавтра поехал в Москву, не подозревая, что каждый, кто тогда попадал на Трубную площадь, уходил с нее другим человеком. В день похорон он попал в самую давку, в которой погибли сотни людей. Обезумевшая от горя и любопытства толпа пронесла его сквозь земное чистилище, и когда он через неделю вернулся домой, глаза его светились кротостью, словно перед ними раскрылись таинства рая.

Надо сказать, что я и сегодня не очень-то верю в эти истории с зеркалом, которое теперь висит в моей спальне на стене, в своей стадии переступив тот рубеж, когда каждая новая трещина на деревянной рамке только добавляет ему красоты. И все же, когда, ложась спать, я думаю о том, что в снах можно увидеть кого угодно, но не себя самого, мое сердце начинает биться сильней. Может, потому, что теперь мне очень тяжело, и кажется, что я вот-вот не сдержусь и заплачу...

ПОБЕГ НА КРАЙ ДОЖДЯ
(рассказ)

– Дождь, – задумчиво сказала жена, и это было первое слово за долгие минуты их молчания.

Он поднял голову, сонно поглядел в окно электрички, – действительно, по стеклу сбегали дрожащие пунктиры – и перевел взгляд на дочку. Она сидела напротив, забившись в угол, тихая, безразличная ко всему, со своей любимой Барби на коленях.

Он боялся этой ее тихости, но трогать дочку тоже не хотелось: может, она вспоминает что-то приятное?

– Если бы поехали автобусом, аккурат успели бы до дождя, – с сожалением сказала жена.

Конечно, это он предложил добираться до деревни электричкой, но иначе им пришлось бы проезжать мимо того места, о чем она знает не хуже его, однако же все равно не может смолчать. Такой уж она человек: если хочется выть волком, то плохо должно быть всему свету.

Он все посматривал на дочку, его взгляд остановился на ее лбу – на рыжеватом тоненьком рубце с трещинками над левой бровью.

– Катя, будешь есть? – спросила жена. Дочка покрутила головой.

– Андрей, а ты?

Его голова, следом за Катиной, в точности повторила те же движения.

– Как хотите, – вздохнула жена и спрятала бутерброды.

Через полчаса они стояли на маленькой пустынной станции, на которую напирал густой, мрачный лес. Дождь почти стих. Андрей в одну руку взял большую дорожную сумку, другую протянул дочке. От железной дороги до тещиной деревни вела прямая тропка. Она сначала пересекала шоссе, а после, скатившись с горки, сливалась с деревенской улицей.

Когда переходили шоссе, пропустив несколько машин, дочка крепко стиснула его пальцы, и ему показалось, будто ток пробежал по руке, по всему телу, до самого сердца, и оно, до этого неслышное, дернулось и вновь стихло.

Теща – состарившаяся женина копия, которую он, словно факир, порой вызывал силой своего воображения, когда злился на жену, – как раз хозяйничала на маленьком дворике. Увидела гостей у калитки, радостно ойкнула, поставила ведро с водой и бросилась навстречу. Сперва обняла и поцеловала дочку, после зятя – но не поцеловала, а ткнулась ему в щеку вытянутыми сухими губами. Впрочем, он не сделал и этого. Затем она склонилась к внучке, и тут ее подбородок неожиданно сморщился и задрожал.

– А моя ж ты внучечка!

– Мама! – недовольно сказала жена. – Ей нельзя волноваться. Я же просила…

– Ага, ага! – женщина резко, будто испуганно, отшатнулась от девочки.

Жена помогла матери собрать на стол. Последней на столе появилась бутылка вермута, которую они привезли с собой.

– Катя, что будешь кушать? – спросила жена.

– Ничего. Я потом поем. А можно посмотреть телевизор?

– Посмотри, – вздохнула жена. – Но возьми хоть печенье.

Когда дочка вышла из кухни через двери, что вели в светлицу, теща приглушенным голосом попросила:

– Так что ж там у вас утворилось? Расскажите толком.

Он поднялся со стула.

– Куда ты? – спросила жена.

– Покурю.

Она никогда не говорила ему в глаза, что это он во всем виноват, она вообще говорила как бы про себя, но все равно получалось – и про него: «Если б я была дома, если б я не поехала к сестре, я б ее ни за что не пустила!»

«Пустила бы! – не раз хотелось крикнуть ему. – Они не только мои, они и твои друзья! И кто мог подумать, что такое случится!» Но он ни разу не крикнул, даже не пробовал оправдаться. Он понимал, в этих словах, которые она после того несчастья всегда повторяла, когда речь заходила о дочери, жена находит душевное успокоение. Если бы он стал перечить ей, то как бы нарушил их молчаливое соглашение, и тогда она могла бы уже, и правда, всю вину взвалить на него.

В конце концов, может, было бы и лучше, если б они выговорились, выкричались, чтобы все выгорело, выстыло в душе. А так боль не отпускала, а только тлела в ней – уже вторую неделю, и этому, казалось, не будет конца, как не будет конца дождю, который повсюду следовал за ними, словно стал неотъемлемой частью их теперешней жизни, и она не могла измениться, пока не кончится непогода.

Много раз он в мыслях возвращался в тот страшный день, незримым оказывался в новеньком вишневом «форде» Алика Ждановича, своего друга еще со школьной скамьи. Вот они тоже садятся в машину – Алик, его жена Марина и Катя. Катя на переднем сиденье, рядом с Аликом. Вот – на этот раз в один миг – они уже за городом.

– Жаль, что твой отец не поехал с нами, – говорит Алик. – Я покажу тебе место – только по большому секрету, – где рыбу можно ловить руками.

– Папа не мог поехать, у него сегодня важная встреча на киностудии, – напоминает Катя.

– В выходные дни, Катенька, надо отдыхать даже режиссерам, – поучающе, хоть и не совсем серьезно, говорит Алик. – И вообще, что может быть важнее для настоящего художника, чем встреча с природой, а?

Он подмигивает Кате и прибавляет скорость.

Проходит минута, другая, и вот оно, то роковое место. Из-за фуры, движущейся навстречу, выскакивает белый «фольксваген» и пересекает разделительную полосу. «Форд» резко сворачивает вправо. Катя кричит. Машина летит под откос, переворачивается и боком врезается в дерево…

Он видит – Боже, который раз и так отчетливо, словно в тот момент был вместе с ними, – он видит свою дочь, прижатую Аликом к сиденью; Алик навалился на нее, спасая от смерти; у нее широко раскрыты глаза, она глядит на Аликов окровавленный висок и не может закричать, от страха она даже не может открыть рот, а ее руки намертво вцепились в его майку, и она смотрит и смотрит, как по виску бежит красная ленточка крови, и не слышит ни Марининого крика, ни сирены «скорой помощи»…

Андрей бросил окурок на дорожку, и белую прядь дымка тут же прибило дождем.

Дождь шел и на второй день, и на третий. И даже когда стихал, словно для того, чтобы набраться сил, небо не прояснялось.

– А в деревне дождь совсем другой, чем в городе, – задумчиво сказал он. – Не такой однообразный и более живой.

– Боже, неужели он когда-нибудь кончится, – вздохнула жена. Для нее дождь всегда был просто дождем, обычной водой, которая приносит с собой холод и грязь. И так во всем, каждый день, уже семь лет, что они вместе. Как он вытерпел это, на что надеялся?

– На что ты надеешься? – спросил у него Алик еще до того, как они со Светой поженились. – Думаешь, золушка может превратиться в принцессу? Ты романтик, тебе надо снимать сказки, а не фильмы о войне. Ты всех женщин на свете хочешь сделать счастливыми, и не понимаешь того, что чаще не хватает жизни, чтобы сделать счастливой хотя бы одну. Надо браться за то, что тебе под силу. И выбирать ту, которая, по крайней мере, не будет мешать тебе делать ее счастливой.

Алик остерегал его от того, чему перед этим сам поспособствовал, позвонив однажды утром и пробасив в трубку:

– Старик, мне нужен твой антиквариат.

Антиквариат – на вид шикарное старинное колье – был бутафорским. Он хранил его как память о своем первом полнометражном фильме, в котором смешал все: и современность, и войну, и отступление Наполеона через Березину. Сюжет фильма строился вокруг наполеоновских сокровищ, среди которых – по фильму – было и это колье.

– Интересно, и где встречаются женщины, способные носить украшение для принцесс?

– Представь себе, в ЦУМе. Когда она передо мной наклонилась над витриной, чтобы выбрать браслет для часов, я увидел такую натуру…

Алик был профессионалом – во всех красивых женщинах он видел прежде всего натуру для своих будущих картин.

– Надеюсь, тебе не долго пришлось ее уговаривать?

– Хм, после того, как я назвал ей сумму? Но у нее есть жених, и ей позволено позировать только в его присутствии.

Андрей пришел в мастерскую чуть позже, чем договаривались. Невысокий, патлатый парень коршуном бросился ему навстречу, заслоняя собой голую девушку, сидевшую в кресле, как королева на троне, но его взгляд успел скользнуть по ослепительной белизне ее тела, на мгновение задержался на лице, природная красота которого хорошо дополнялась выражением извечной женской загадочности, одинаково притягательной и в такой вот девочке, и в сорокалетней женщине.

Алик взял у него колье и, подмигнув, протянул ключи от своей квартиры, которая была в том же доме, что и мастерская.

– Подождешь?

Прежде чем зайти в квартиру приятеля, Андрей купил в ближайшем гастрономе две бутылки шампанского, апельсины, бананы, затем прикинул и попросил добавить еще одну водки…

– На что ты надеешься? – спросил Алик месяца через два, после того, как Андрей сказал, что у них со Светой, кажется, все всерьез.

– Ты ж увидел в ней принцессу, когда писал ее портрет, – задумчиво произнес Андрей.

– Всегда реален только человек, а не его тень. А художники часто рисуют тени.

– Если искусство является отражением заведомо недостижимого в реальной жизни, то чего стоит такое искусство?

Было утро – сырое и тусклое от туч, тяжелых, готовых вот-вот обрушиться на землю. Трава в огородике, когда на нее ступала нога, отрясала с себя столько дождевых капель, что казалось, будто идешь по воде. Андрей долго не мог насобирать дочке хоть горстку клубники – попадались то рыжевато-зеленые, то загнившие.

И вдруг – от неожиданности он аж отшатнулся: среди зеленой листвы на траве лежал мокрый птенец и поглядывал на него испуганными черными глазенками.

– Света! – позвал Андрей и осмотрелся. Только теперь он заметил, что над ним тревожно, с криком носятся две ласточки. В застрехе от их гнезда остались маленькие комочки земли, полукругом, как бусы в несколько рядов, прилепленные к стене.

– Что такое? – спросила жена.

– Гляди.

Он раздвинул листву.

– Бедненький, – жалостливо промолвила жена, склонившись над птенчиком.

– Может, он тут не один? Ласточки обычно выводят по четыре-пять птенцов.

Они начали искать, однако напрасно.

– Наверно, их съел кот. – В голосе жены ощущалось сожаление.

– Наш? – машинально и не к месту спросил он.

– Спроси у него, – ядовито сказала жена. – Пойду позову Катю.

– Только не говори ей про остальных.

Впервые после аварии дочка засмеялась. Нет, это был даже не смех – она улыбалась лишь уголками губ, но ее глаза! В них появилось радостное удивление, и это было так неожиданно и хорошо, и казалось таким правильным, что им, взрослым, тоже захотелось поглядеть на мир наивно-восторженными глазами. И маленький птенчик, напуганный, озябший, вдруг на минуту превратился в обычную игрушку. Но только на минуту, потому что потом дочка спросила:

– А он тут живет?

Андрей посмотрел на жену и, прежде чем ответить, выдержал долгую паузу.

– Нет, в гнезде.

– А где его гнездо?

– Оно было вон там, под стрехой, но упало на землю и разбилось.

– Разбилось? А где теперь птенчик будет жить?

Жить! Как у нее все просто!

– А может, перенести его на открытое место? – неуверенно предложила жена. – Может, ласточки станут кормить его тут?

Андрей помотал головой:

– Навряд ли. Ты часто видела ласточек на земле? А кошки? Не успеем мы выйти из огородика, как они его уже унюхают.

– А давайте заберем птенчика домой! – воскликнула Катя.

– И как мы его будем кормить? Он же еще совсем маленький.

– А давайте попробуем! Давайте попробуем!

Через несколько минут жена принесла неживую муху, потыкала ею в клюв птенчика, но тот, казалось, только крепче сжал его.

– Не хочет признавать в тебе свою маму, – усмехнулся он.

– На, попробуй сам. Только ты больше на орла похож, чем на ласточку.

Это она про его нос.

Он, словно в шутку, затряс перед птенцом руками, и произошло невероятное: птенец широко раскрыл клювик, он ждал, нет, он требовал угощения!

Дальнейшая судьба птенчика была решена.

Гнездо ему заменила коробка из-под торта. Пришлось, под тещино оханье, распороть старую подушку, чтобы куриным пером выстлать дно коробки. Сверху птенца накрыли тряпочками – хоть в хате было не так уж и холодно, он почему-то никак не мог высохнуть. Перед ним поставили игрушечную тарелочку с мухами, но птенец их будто и не замечал. Катю это даже обрадовало. Дочка добилась, что только она будет трясти перед птенчиком своими ручками-крылышками, и ей очень нравилось чувствовать ответственность за черненький живой комочек, который легко велся на ее обман, каждый раз широко раскрывая клювик. Дочка ожила, расшевелилась, стала чаще улыбаться.

Солнце не показывалось уже который день – словно его кто проклял. Они переловили почти всех мух в хате и начали подкармливать птенчика размоченным батоном.

Как-то вечером, ложась спать, Катя спросила:

– Почему он все мокрый и мокрый?

Он промолчал, а жена сказала:

– Не знаю. Завтра попробуем посушить его феном.

Однако ночью птенец умер. Это обнаружилось утром. Катя еще спала. Казалось, он тоже спит, но его маленькая головка откинулась набок, шея неожиданно сделалась очень длинной.

– О, Боже, – сказал он, когда они, крадучись, чтобы не разбудить дочку, вышли из спальни на кухню.

– Что будем делать? – спросила жена.

Он пожал плечами:

– Надо как-то подготовить ее.

– Ты хочешь сказать ей правду? А знаешь, каким это может быть для нее ударом – после того, что она пережила?!

– Тогда что ей говорить?

– Я не знаю… Ну, скажем, что птенчик улетел.

– Слушай, она уже не такая наивная.

– Ну тогда, что мы боялись, как бы он не умер, и подбросили его в чужое гнездо.

– И загодя ничего ей не сказали? И не взяли ее с собой?

Жена начинала нервничать. Словно он перечил нарочно, лишь бы назло.

– Ну, придумай сам что-нибудь! – раздраженно бросила она.

– По-моему, мы должны сказать правду.

– Что?

– Будет лучше, если мы скажем ей правду.

– Лучше? Будет лучше, если она снова замкнется в себе, если снова станет целыми днями молчать? Вот тебе и послушали докторов, привезли дочку в деревню! Лучше бы она в городе сидела.

– Ну, зачем ты так…

Он старался говорить мягко, опасаясь ссоры, он даже улыбался, но как раз этого и не следовало делать.

– Тебе смешно! И ты всегда спокоен! Конечно! Ты ж думаешь только о себе: лишь бы она на тебя не обиделась, лишь бы…

– Перестань.

– Что – перестань? Ты ж видишь ее только по выходным.

– У меня работа.

– Конечно, у тебя работа. А на мне дочка. Ты придешь, посюсюкаешь с ней – и ты хороший, самый любимый. Это можно? Можно. А это можно? Можно. Все можно. Хочешь с чужими людьми на речку? Пожалуйста. Едь, дочушка! Зачем ты пустил ее? Почему ж ты сам с ней не поехал?!

Он почувствовал, как внутри все сжалось, вот-вот готовое пружиной вырваться из него. Оно должно было в конце концов вырваться – теперь он это понимал как никогда. Беда не сблизила, она, словно рентгеном, просветила их души – казалось, по-прежнему далекие и не до конца понятные друг другу. На что он надеялся? Чего хотел от деревенской девчонки младше его на десять лет? Роль режиссерской жены, поначалу заманчивая, оказалась для нее излишне сложной, чужой и, наконец, не такой завидной, как ей когда-то чудилось. Но разве он виноват, что в том мире, куда он торжественно ввел ее, мире, для многих загадочном и недостижимом, ибо в нем жили актеры, артисты, художники, – разве он виноват, что в том мире были не только праздники, но и серые будни, много серых будней, с нудным однообразием, одиночеством и вечной нехваткой денег?

Внезапно дверь открылась, и на кухню босиком, в длинной, до самых пят, цветастой ночной рубашке осторожно вошла дочка. На ее раскрытой ладошке, прижатой к груди, лежал птенчик с откинутой набок головкой.

– Он умер, – тихо сообщила дочка.

В оконное стекло билась уцелевшая муха – ее монотонное гудение заполнило тишину кухни.

– Его надо похоронить, – сказала дочка, и в этот момент она показалась им совсем взрослой, а они, по сравнению с ней, почувствовали себя наивными растерянными детьми.

– Мы обязательно похороним его, – это сказала, кажется, жена.

Утром, к счастью, дождя не было, и часов в десять они, захватив лопату, пошли в огород. Теща полола грядки, заметила их, выпрямилась, но ничего не сказала: может, потому что до них было далековато, а может, и так обо всем догадалась. Дочка сама выбрала на меже место для могилки, но копать доверила отцу. Она держалась на удивление спокойно и тогда, когда опускала птенчика в ямку, выстланную перьями из коробки, хоть глаза ее были полны грусти.

– Хочешь, мы купим тебе попугайчика? – спросила жена.

– Нет, – чуть слышно ответила дочка.

– Почему?

– Если мы куда-нибудь поедем, он останется один и может тоже умереть.

Наконец назавтра стало распогоживаться. К обеду небо на западе прояснилось, словно кто-то невидимый за лесом помалу тянул на себя серую дерюгу туч, она рвалась, и в эти дырки сразу просачивались солнечные лучи.

Теща привела за руку соседского мальчика.

– Как так, то все спрашивал, когда Катя приедет, а теперь стесняется идти.

Мальчика звали Антон. Ему было пять лет – на год меньше, чем дочери. Они познакомились год назад, но как раз перед Катиным отъездом в Минск.

– Пошли покажу, где мы похоронили нашего птенчика, – предложила дочка.

Антон ничего не ответил, просто послушно поковылял за ней.

Андрей достал сигарету. И пока не докурил, стоял на дворе и глядел в сторону межи. Дети сидели на корточках у могилы птенчика. Катя увлеченно, но с очень серьезным видом все о чем-то рассказывала, то разводя руками, то поднимая их вверх. Антон слушал молча, положив руки на колени. Он сразу, в первый же день их знакомства, признал в ней лидера и готов был делать все, что она пожелает.

Окурок упал в лужу, и яркое солнце в ней на мгновение разбежалось стайкой потревоженных золотых водомерок.

Боже, как давно он его не видел…

参考答案

Тест

1. Выберите правильные варианты ответов.

(1) Где учился А. Бадак?

А. Белорусский институт инженеров железнодорожного транспорта

Б. Литературный институт им. Горького

В. Белорусский государственный университет

Г. Минский лингвистический институт

(2) В каком году А. Бадак окончил университет?

А. 1988 Б. 1990

В. 1986 Г. 1981

(3) В каком году дебютировал А. Бадак?

А. 1989 Б. 1990

В. 1986 Г. 1979

(4) В какой газете дебютировал А. Бадак?

А. «Бярозка» Б. «Ляхавіцкі веснік»

В. «Будаўнік камунізму» Г. «Пионер Беларуси»

(5) Были ли положены поэтические тексты А. Батрака на музыку?

А. Да Б. Нет

(6) Какие исторические события упоминаются в рассказе «По ту сторону отражения»?

А. в шестиэтажном отеле «Европа » установили первый в Минске лифт

Б. большевики вынуждены были оставить город, а через два дня сюда вошли немцы

В. вся власть в Минске перешла в руки городского Совета рабочих и солдатских депутатов

Г. в Минск пришли поляки

(7) Какой белорусский писатель упоминается в рассказе «По ту сторону отражения»?

А. Василь Б. Янка Купала

В. Опанас Матусевич Г. Мария Загорская

(8) Что случилось с девочкой в рассказе «Побег на край дождя»?

А. попала в аварию Б. увидела смерть птенчика

В. потерялась Г. испугалась

(9) Как звали девочку из рассказа «Побег на край дождя»?

А. Катя　　Б. Маша

В. Света　　Г. Аня

(10) Для кого больше всего литературных произведений пишет А. Бадак?

А. для детей　　Б. для взрослых

В. для женщин　　Г. для родителей

2. Ответьте на вопросы.

(1) Можно ли творчество А. Бадака сравнить с творчеством какого-нибудь китайского писателя?

(2) В чем особенность произвелений А. Бадака?

Адам Глобус

Биография

Адам Глобус (29 сентября 1958 года, настоящее имя и фамилия Владимир Вячеславович Адамчик) – советский и белорусский писатель, поэт, художник, эссеист, издатель. Родился в городе Дзержинске, но прожил там всего один год. В 1959 году его отец, будущий классик белорусской литературы Вячеслав Адамчик, переехал с семьей в Минск. С тех пор Володя бывал в Дзержинске лишь в гостях у дедушки и бабушки.

Подростковые годы Глобуса прошли в самом центре Минска, в знаменитом писательском доме. Однако, дальнейший путь писателя был не в литературном институте, а в педагогическом отделении Минского художественного училища, которое окончил в 1977 году. Свою учебу А. Глобус продолжил на художественном отделении Белорусского театрально-художественного института, который окончил в 1983 году. Работал чертёжником, художником-реставратором, художником-оформителем, редактором журнала «Родник» (с 1987 года). Занимается издательской деятельностью (в издательстве «Сучасны літаратар»).

Литературный дебют Глобуса состоялся в 1981 году, когда в газете «Літаратура і мастацтва» было опубликовано его первое стихотворение. В 1980 года вышли его сборник поэзии «Парк» и сборник рассказов «Адзінота на стадыёне[1]».

В 1990 года у него вышли книги «Дамавікамерон» (1994) и «Новы дамавікамерон» (1998), которые считаются одними из первых произведений белорусской эротической литературы.

Многие писатели прячут ото всех подробности своей личной жизни. У Адама Глобуса все с точностью до наоборот. В книге «Дом» (2005), которую сам писатель назвал «раманам-аўтапартрэтам у сямейным інтэр'еры[2]», можно узнать многие, зачастую интимные, подробности о всех членах семьи писателя: от его родителей до жены.

Стихи и рассказы А. Глобуса переведены на многие языки мира, а также на осетинский и каталонский. Печатался в Великобритании, Германии, Словении, Чехии, Польше и России. На русском языке вышли книги «Оборотни» (1991), «Demonokameron» (1993) и «Лирика BY» (2007), составленная из переводов поэзии, сделанных русскими поэтами Александром Ерёменко, Алексеем Парщиковым, Вячеславом Куприяновым, Дмитрием Мизгулиным, и лирической прозы, переведенной Святозаром Барченко и Алексеем Андреевым.

Познакомиться с творчеством А. Глобуса можно на сайтах: https://magazines.gorky.media/novyi_mi/2010/5/skorbnyj-dom.html, http://www.zviazda.by/be/news/20180403/1522755090-adam-globus-smert-ot-bolshoy-lyubvi, http://www.zviazda.by/be/news/20190421/1555826113-adam-globus-dva-rasskaza.

① «Одиночество на стадионе»

② Романом-автопортретом в семейном интерьере.

Творчество

САМАЯ ТРУДНАЯ РАБОТА В МИРЕ
(иронический рассказ)

Самая трудная работа в мире – отдыхать. Не надо смеяться, я тебя прошу. Давай пройдемся вместе по одному обыкновенному дню отдыхающего. Чтобы тебя убедить, возьму свой день.

В отпуске надо вставать как можно раньше. Это дома можно поваляться в постели. Дома всегда много времени, и оно – малоценно. В отпуске не хватает времени, и оно очень ценное. Здесь каждая минута на счету. Поэтому никаких валяний в постели. Проснулся и вскочил. Зарядку надо делать добросовестно. Нельзя пропускать упражнения. Дома ты можешь присесть девять раз вместо десяти. В отпуске лучше присесть одиннадцать раз вместо десяти, чтобы порадовать самого себя своей старательностью. Мне говорили знающие люди, что самую добросовестную и самую совершенную зарядку делают в тюрьме. Верю.

Бриться в отпуске надо на отлично, потому как вокруг тьма чужих глаз и чужих, соответственно, злых языков. Бреюсь до скрипа кожи на щеках.

Пока я бреюсь, в стакане заваривается кофе. В отпуске у меня всегда с собой электрочайник. Стою на балконе, смотрю на море и маленькими глоточками выпиваю первый за день кофе.

Теперь на море. Ну и пусть себе вода ледяная. Она ледяная только в первые мгновения, когда зайдешь по… и присядешь. Она тебя обожжет и успокоится. Теперь можно плыть. Главное – не останавливаться. Главное – плыть в сторону горизонта. Есть только море, небо и ты.

Надо плыть и не думать про судороги. Они могут скрутить мышцу. У меня такое бывает, среди ночи – судорога. Просыпаешься и хочется закричать. Терпишь, чтобы никого не разбудить. Массаж делаешь. Так трешь, что не дай бог. У спортсменов интересовался, что нужно делать. Сказали: надо пить какой-то «магнате», какой-то магний. Так и не купил я себе «магнате». Главное, что я знаю про «магнате», и от такого знания становится спокойнее. Судорог не боюсь.

Вспомню «магнате», и мысли о судорогах уходят. Мысли уходят, а ты плывешь до изнеможения. Сейчас тепло. Сейчас можно не спешить, словно на пожар. Сейчас можно не спеша возвращаться на берег. К скалам. На пляжный песок. Стоя на нем, нужно растереться полотенцем так, чтобы кожа горела. Потом надеть плавки... Не говорил? Теперь я в плавках и могу спокойно признаться, что плаваю голышом. Именно – го-лы-шом. Я же тебе сказал, что есть море, небо и я.

В такие минуты себя уважаешь. Смог. Сделал. Проплыл. После плавания надо бегать. Бегу. Вдоль волны. От одной скалы к другой.

Бегаю, пока не согреюсь до пульсации крови в висках, и возвращаюсь в номер, становлюсь под пресный душ. Смываю песок и соль горячей водой. После душа в свежей полосатой, морского настроения маечке иду завтракать.

В завтраке главное – не спешить. После воды одолевает голод. Надо себя сдерживать. Начинать лучше всего с глотка горячего черного чая. Мне такое начало нравится. После холодного моря и контрастного душа глоток душистого чая тонизирует, добавляет доброты в настроение. В хорошем настроении можно подойти к повару и заказать омлет с луком, беконом и грибами. К омлету я беру пару кружочков колбасы с оливками, обжаренную сосиску и лепесток хамона. К хамону я делаю гренку с маслом. Без хруста хлебной корочки – завтрак и не завтрак, считай. Еще беру фрукты. Ананас должен быть тепло-желтый, тогда он сладкий. Если ананас блекло-желтоватый, он страшно кислый. Такой кислый ананас будет есть тебя, а не ты его. Дыня и арбуз не должны быть травянисто-пресными, у них должен быть сахарный вкус. Если почувствуешь травянистость, такой арбуз или такую дыню лучше отложить. Черешню я выбираю с хвостиками. Могу есть и без хвостиков, но перед тем, как закинуть ягоду в рот, мне очень приятно подержать ее над тарелкой за тонкий хвостик. После фруктов – двойной эспрессо и глоток прохладной воды, как точка.

Теперь, даже не заходя в номер отеля, можно отправиться в город. Он ждет меня. Всегда. Можешь не сомневаться. Город моих отпусков – Барселона.

Целый год я собираюсь на отдых. Целый год Барселона ждет меня. Целый год я пишу список нужных дел в Барселоне. В моем списке пунктов тридцать. Я пробовал сократить до двадцати. Каждый год я собираюсь сократить список, а он вместо того, чтобы сокращаться, – расползается... Подарки близким не сократишь. Одежду надо купить и обувь. Музеи, выставки и концерты желательно не пропускать. Материалы для работы художника лучше приобрести в Барселоне, чем в Минске или какой-нибудь Вильне. Туда-сюда, то-сё, этакое-такое – и набегает пунктов сорок. Я веду с количеством борьбу и иногда возвращаюсь к обычным и всегдашним тридцати пунктам.

За удачный день я могу вычеркнуть три пункта из списка. Исполнить и вычеркнуть. Это если постараться и если без расслабона. Допускать расслабоны на отдыхе нельзя: чтобы что-то переделать и исправить, придется ждать целый год.

Например, сегодня я займусь только своими художническими цацками – ручки, кисти, акварельная бумага. Все проще простого. Вхожу в многоэтажный гипермаркет… Вхожу и вижу, что в гипермаркете все совсем не так, как было раньше. Нет того, что раньше было. Это классик о гипермаркете написал. Он думал, что про любовь пишет, а получилось у него – о гипермаркете, в котором шустрые торговцы все попереставляли. Поездил я на эскалаторах и нашел краски, кисти и бумагу. Только той бумаги, к которой привык, сейчас нет. Есть другая. Приходится долго выбирать из того, что есть. Купил бумагу. Вычеркнул один пункт. А радость? Правильный вопрос! Радости нет, потому что еще неизвестно, как эта бумага себя поведет под амстердамским акрилом. Один Бог знает о поведении этой бумаги под моими кистями. Придется экспериментировать. Придется проводить опыты. Придется снова-заново привыкать.

Кистей нужного размера нет. Можно искать дальше, а можно взять немного больший размер. Зрение падает. Линия должна становиться более выразительной и жирной. Беру бо́льшие, чем планировал, кисти.

Осталось найти ручки для писаний и рисований. Люблю писать и рисовать в блокнотах. Без хорошей ручки в кармане не чувствую себя комфортно. Так что ручки я куплю, но сначала выпью кофе. Заеду на самый верх гипермаркета, сяду в кафе над Барселоной. Выпью чашечку эспрессо без воды и сахара, чтобы ощутить горечь своей жизни. Без такой кофейной горечи жизнь и не жизнь совсем.

По дороге из пентхауса я случайно наткнулся на японский отдел с канцтоварами. Набрался ручек, как жаба грязи. Жаба очень японское существо. Кто-то считает их грязными, а я считаю чистыми. Это я так – между прочим. Ручек я взял восемь штук. Разных. Если что, две-три могу кому-нибудь подарить. Шесть ручек на год – не так и много. Две обязательно потеряются. Ручки имеют изъян – теряются. А дарить их приятно и легко. Взял и какой-нибудь девочке или мальчику подарил. А вообще всем не подаришь...

На этом малоприятном моменте я и остановился в мыслях о подарках, потому что с моего носа упали очки. Они упали на эскалатор и поехали вниз, а я поскакал за ними. Мои стеклянные очки скакали, как та жабка, по металлическим ступенькам. О каждом подскоке очков я думал, что он последний. Думал, что очки сейчас разлетятся на мелкие осколки, а они скакали и скакали, как настоящая ловкая жабка. Я их чуть поймал. Подхватил. Нацепил на нос. Как я не упал? Как не скрутил шею на том эскалаторе? Не могу понять. Я соскочил с движущихся ступенек и схватился рукой за сердце. Был уверен, что у меня именно сердце. Но моя правая рука держалась за правый бок торса. Видно, я какую-то мышцу растянул немного, когда скакал по ребристым ступенькам. Теперь можно успокоиться, можно немножко постоять, посчитать до одиннадцати... Обычно люди считают до десяти, а я считаю до одиннадцати, а потом продолжаю осуществлять свой план.

План такой: легкий перекус перед сиестой. Хамон, овощи и фрукты. Надо немножечко перекусить, чтобы сладко спалось. Голодный человек плохо спит, ему низко под головой. Так в моем местечке, в моем родном Койданове говорили. Без сладких дневных снов ты весь отпуск пустишь под откос. Чтобы не пустить отпуск под откос, я еще перед сном читаю полстраницы из «Дхаммапады». Читаю и падаю в сладкий сон.

Сплю. Во сне привиделся отдых. Что я еще могу увидеть? Могу, конечно, работу. С меня станется! Это неправильно, если на отдыхе видишь во сне работу. Поэтому я делаю все правильно и по плану – вижу море. Так и напишем... В отпуске ему снилось море. Договорились? Кроме нас, здесь никого нет. Как мы договоримся – так оно и будет. Короче… Море! Оно сочно-синее, такое сочное море бывает после дождя. Хорошо, если на отдыхе дождь начался и закончился во сне, как будто его и не было.

Просыпаюсь – и на море поплавать... Нет! Пойду лучше в бассейн. После сиесты мне больше нравится спокойное плавание в бассейне. Там я беру большое синее полотенце. Перекидываюсь приветственными словами с смотрителем бассейна. Если бы я знал какой-нибудь каталонский, а он знал белорусский, мы могли бы и разговор завести. Не знаем и не заводим. Зачем нам нешибко нужный разговор. «Оля... Кеталь... Мувьен...» Бросаю полотенце на шезлонг. В этом жесте, в таком непринужденном бросании темно-синего полотенца на полосатый бело-голубой шезлонг – концентрация отдыха. Жизнь удалась! Полотенце летит на шезлонг. Если бы в Беларуси было кино, я бы снял фильм об отдыхе, который начинается с броска полотенца на шезлонг. Видишь? Как он летит, как мягко падает… В Беларуси нет кино, поэтому я бросаю полотенце просто из-за невыносимой сладости своего бытия. Затем по ступенькам неспешно спускаюсь в бассейн. С утра вода в бассейне успевает хорошо прогреться. В прогретой воде надо плавать неспешно, с чувством достоинства, даже с чувством *вашей милости.* В бассейне отеля я плаваю в черных очках. Для кого-то плавание в черных очках может выглядеть заносчиво, а мне так нравится, потому что удобно. Глаза надо беречь. Что все мои кисти и бумаги без зрения? Груда мусора! Жаль, что под душем нельзя стоять в черных очках. Нельзя, потому что неудобно. А если бы было удобно, я бы даже голову мыл, стоя в черных очках.

Чистая голова – моя фишка. В чистой голове – чистые мысли. С таким подходом к голове я и живу. Не только на отдыхе, кстати.

С вымытой и светлодумной головою иду в город. Трудная работа снова зовет. Я призванный. Свое призвание я почувствовал еще в детстве, когда был в детском лагере. Родители меня отправили на полуостров Крым в лагерь «Артек». Там я и увидел маленький синий спасательный круг. Он продавался в сувенирном киоске. Тот киоск работал только два дня в неделю – в субботу и воскресенье. Целых три дня я ждал, когда киоск откроется. Он открылся, и я на последние деньги купил спасательный круг – подарок для мамы. Радость была бескрайняя, бездонная была радость. Даже не хочется тебе теперь говорить, что по дороге из грязного Крыма в чистую Беларусь спасательный круг исчез. Кто-то украл подарок. В Минск я приехал без подарка, без синего круга. Мама, конечно же, все равно радовалась моему возвращению. А я чуть не заплакал, когда рассказывал о краже. Теперь я все самые ценные подарки держу в дороге при себе.

Теперь я внимателен к людям вокруг себя. Бдительность уменьшает вероятность кражи. Поэтому я внимательно и скрупулезно изучаю людей. Изучаю, чтобы уменьшить риски. Изучаю людей после плавания в бассейне. В сувенирных лавках изучаю тягу к бесполезному. В гипермаркетах хорошо изучается человеческая алчность. Смотришь, как сквалыга складывает товары в проволочную тележку, и диву даешься. Сколько же человеку всего надо! В костелах, церквях, зоопарках, школах хорошо изучать человеческую гордыню. Там один человек считает себя умнее других существ, даже считает себя равным Богу. Интересно за такими наблюдать. Раньше я любил наблюдать за разными проявлениями сладострастия в борделях. Но теперь наблюдаю за человеческой похотью через Интернет «…». На стадионах и спортплощадках я изучаю человеческую злость, ярость, зверство. Зависть можно наблюдать повсюду. Она какая-то вездесущая. Иное дело – обжорство, оно любит хорошо устроиться в барах и ресторанах. Интересно понаблюдать за обжорами через открытые окна на их кухнях. Лень хорошо выставляется на пляжах. На нудистских пляжах она даже обнаженная. Там можно понаблюдать и за унынием. Какие-то наблюдения зарисовываю и записываю. Кого-то интересуют деньги. Кого-то интересуют математические абстракции. Кого-то – философия и филология. Меня интересуют люди, человеки, двуногие без перьев, с плоскими ногтями. Они меня вдохновляют на бодрую и дерзкую жизнь среди грязи и пыли.

Чем больше вокруг меня народа, тем легче мне дышится. Без человеческой суеты мне грустно. Поэтому я ужинаю в многолюдном ресторане. Закусываю красной рыбкой с ананасом. Угощаюсь паэльей из черного риса. Ем запеченные ребра ягненка с жаренными на гриле овощами. Овощи повар посыпал крупной солью. Кристаллики крупной соли придают овощам южный вкус. Уголь и соль. Черное и белое. Пресное и острое. Если бы еще глоток красного… Глоток вина не помешал бы кому-нибудь другому, а мне повредит. Вино не для таких, как я. Мне нужна водка, с ее крепостью и прозрачностью. Я выпил водки столько, сколько смог, и еще столько, сколько смог себя заставить. Принуждение закончилось. Я ушел в глубокую трезвость. В ней мне спокойно. Ужин я запиваю горячим черным чаем.

Лечь спать с полным желудком я не могу. Иду прогуляться. Привычный маршрут: от отеля до цементерия, если по-нашему – до кладбища. Там мне очень спокойно под зелеными фонарями. Свет луны. Даты. Фамилии. Цветы. Каменные ангелы. Тишина. Мертвая во всех смыслах тишина. Только море беспрестанно шепчется с песком. Море вечно-живое. Вдоль вечно-живого моря возвращаюсь в отель.

Чищу зубы. Ополаскиваю рот. Ложусь в прохладные простыни. Читаю полстраницы из «Дхаммапады». С мыслями о «Дхаммападе» и засыпаю, потому что день был тяжелый.

Сплю… Обожди... Надеюсь, я тебя убедил, что самая трудная работа в мире – отдыхать.

(*Перевод с белорусского Натальи Казапалянской*)

СМЕРТЬ ОТ БОЛЬШОЙ ЛЮБВИ

(фрагмент)

Рассказы о страсти

Многие из тех, кого я хорошо знал, умерли от большой любви. Они не просто страдали, они именно умерли от своей сильной страсти. Говорю без шуток. Какие могут быть шутки возле могил добрых людей? Сам подумай. Меня даже у могилы заклятого врага холод пронимает, что тогда уже говорить о могилах наших близких. Поэтому скажу, что все же я вижу утешение в таком явлении, как смерть от любви. У человека было сильное и яркое чувство, он с ним жил и умер. Есть в этом простое счастье человеческой жизни, есть радость – однозначно.

Броник и жена

Пожарный Броник очень любил свою бабу Ядю. Жизнь у них была трудная, пережили три войны – польскую, финскую и немецкую. Вырастили детей, женили всех, вздохнули с облегчением, а тут и горе пришло – Ядю съел рак. Быстро, за какой-то месяц она сгорела и угасла. Броник два года плакал. Никто и подумать не мог, что дед Броник так сильно любит свою бабу Ядю. Два года каждый день Броник ходил на кладбище, ложился у могилы жены, обнимал ее и плакал. Броник исплакался и умер. Он умер от любви к Яде.

Юра и велосипед

Скульптор Юра любил гонять на велосипеде. Юра немного был похож на медведя, поэтому на велосипеде он выглядел не по-спортивному, а по-цирковому. Надо сказать, что ездил Юра мастерски, со знанием дела, с азартом. Если бы в Древней Греции были велосипеды, то, глядя на Юру, греки сложили бы миф о велокентавре. Любовь к велосипеду и погубила скульптора. За день до смерти Юра выпивал с коллегами по скульптурному цеху. Выпили мужчины сильно. Напились и затеяли спор. Юра сказал, что легко проедет на велосипеде сто километров. Утром после пьяного спора скульптор проехал сто километров, поставил велосипед в кладовку, лег на диван и тут же умер.

Казик и машина

Слесарь Казик людей не любил. Они причинили ему много зла. Казик любил металл, любил машины и самолеты. Он в детстве клеил самолеты. Месяцами мог сидеть над сложной моделью планера. Однажды Казик склеил модель и положил на диван. Соседская девка зашла в гости и села на модель. С Казиком случилась истерика. Он кричал на соседку, кричал на родителей, выбежал на улицу и кричал, что у соседей сыновья в партизанах. Казика поймали, связали, положили на печь. Отец Казика договорился с немцами, что те заберут крикуна на работы в Германию. Забрали. В Германии Казику пришлось несладко, потому что подростка заставляли работать как взрослого. От людей Казик получил много разных обид и унижений, а машины ему помогали. Больше всего на свете он любил свою машину, свой легковичок, свой «Москвич». Поэтому Казик, когда почувствовал, сидя за рулем «Москвича», острую боль в сердце, не стал сразу принимать нитроглицерин. Он решил притормозить и аккуратно припарковать любимую машину. Он полжизни собирал деньги на легковичок, поэтому старательно припарковывался. А сердце рвалось. Казик поставил машину, достал таблетки, но принять не успел. Умер с таблетками в руке. В любимой и аккуратно припаркованной машине, в своем чистом и ухоженном легковичке.

Саша и родители

Учитель Саша любил своих родителей. Все мы любим родителей, за исключением круглых сирот и слабоумных извращенцев. Саша любил родителей сильно, потому что никого близкого в этом мире, кроме папы и мамы, у него не было. В свои сорок пять Саша так и не завел свою собственную семью. Дети у него тоже не завелись. Жил с родителями. Смотрел стариков. Кормил молочным супом. Первым ушел отец. А за ним вскоре и мама перебралась из Чижовки на кладбище в Колодищах. Саша ходил на могилы родителей, там ему было уютно. Ему хотелось лечь между могилами отца и матери, лечь и заснуть, заснуть так, чтобы не просыпаться. От пьянства, одиночества и меланхолии Александру стало плохо. Он вызвал доктора, но не поехал с ним в больницу. Отказался. Саша даже расписку написал о своем отказе ехать в больницу. Он остался лежать в квартире своих родителей и через час умер.

Антак и сад

Местечковец Антак больше всего на свете любил свой большой сад. Он его знал с первых дней жизни, надо даже сказать, что его родители слюбились в этом саду. Они слюбились в саду, под яблонями, а через определенное природой время родился Антачок. Он рос на садовых межах, возле кустов красной смородины и крыжовника. Всю свою жизнь Антак ухаживал за садом. Белил стволы. Обрезал сухие ветви. Обкапывал деревья. Лучшего занятия он и не знал. В своем саду Антак закопал бутылку вина, когда уходил в армию. Когда вернулся измученный и раненый, он ту бутылку выкопал и выпил, сидя на земле под грушей «лимонкой». Если бы у Антака спросили, где он хотел бы жить и умереть, он сказал бы, что рад жизни под высокой грушей «лимонкой», и умереть он хочет весенним днем, сидя на стуле под своей грушей. Не получилось. «Лимонка» заболела и засохла. На ее месте Антак посадил грушу «бурачку». Умер Антак в саду, сидя на стуле, под яблоней – «белый налив».

Володя и водка

Человек знает, что можно делать, а чего – нельзя. Знать-то знает, но не всегда ведет себя благоразумно. Махнет рукой, скажет: «Живем только раз!» – и творит очевидную глупость. Такое поведение понять трудно, если сам ты не считаешь человеческую жизнь не очень нужной смешной глупостью. Володя не считал человеческую жизнь глупостью, но после пятидесяти стал беспробудно пить. Он и раньше выпивал и пил, и даже уходил в недельные запои, но после пятидесяти не просыхал. Несколько раз врачи выводили его из запоев. Ставили капельницы, пугали смертью, просили больше не тянуться к бутылке. Володя держался месяца три, а потом начинал пить с утра до вечера. Когда в последний раз друзья вытащили Володю из глубокого пьянства, доктор сказал просто: «Выпьешь – сдохнешь». Чтобы не грустить в квартире, Володя отправился путешествовать. Вместе с друзьями он плыл в челне по Припяти. Плыл и плыл, и стало ему так хорошо, что он достал припрятанную друзьями бутылку водки. Взял и тихонько выпил. Выпил и сидя в челне уплыл на тот свет.

Кто-нибудь, может, мне возразит, скажет, что люди умирают не только от любви, но и от разных болезней. Да, мы умираем от болезней. Согласен. Но только скажи ты мне, откуда те болезни берутся. Вот! Наши болезни появляются от любви. Кажется, как может воспаление легких стать последствием любви. Очень просто. Слушай…

ДВА РАССКАЗА

В школу идти не хотелось…

Серое утро. Туман. В школу идти не хотелось. Когда и кому хотелось идти в школу? Таких не знаю.

Я шел вдоль проволочной ограды детского сада и думал, что отсижу первые уроки и сбегу.

Мое место в классе – за второй партой, что в среднем из трех рядов. Рядом сидит Света. Она хорошо учится, как и я, – без троек. В пятом классе мальчик еще должен сидеть с девочкой, заведенка[1]. В шестом можно мальчику сидеть с мальчиком, а в пятом приходится сидеть с усыпанной веснушками Светой. В шестом я буду сидеть с Валиком. Мы договорились. На перемене я предлагаю Валику вместе сбежать из школы. Хотел еще перед уроками предложить, но он опоздал. Автобус, который вез школьников из деревни в город, задержался, и деревенские опоздали.

Первым уроком была история. Вел ее зауч старших классов. Уроки зауча лучше не прогуливать. Ясно. Вторым уроком была арифметика с очередной контрольной. Контрольную нужно написать. Пение, язык и ботанику я решил прогулять.

Предложил Валику:

– После арифметики сбежим. Просто сбежим, даже в медпункт заходить не будем. Одному еще можно выпросить справку, а сразу двоим они справки не дадут.

– Куда пойдем? – поинтересовался Валик.

– Можно в кино, можно в городе погулять...

– Гулять холодно, туман. Похоже, что дождь пойдет. Лучше сразу в кино.

– С портфелями в кино не пустят...

Такая реальность: все кинотеатры получили указ не пропускать в зал школьников с портфелями. Если ты с портфелем направляешься в кино, значит – прогульщик.

– Портфели спрячем.

---

① Так принято.

– Где ты думаешь спрятать портфели? – в вопросе Валика слышится тревога.

– Под мостом...

После контрольной мы выбежали из школы в туман. Бежать из школы надо быстро, чтобы оказаться как можно дальше и не встретить на дороге кого-нибудь из учителей. Если будешь топтаться возле школы, то обязательно нарвешься на географа или физрука. Встретишь школьного вурдалака и услышишь:

– Прогуливаем?

Придется что-то выдумывать и врать. Врать я не люблю. Поэтому мы быстро бежим от школы до винзавода. Под заводским забором отдыхаем, переводим дух и дальше спокойно идем к мосту.

Мост большой, под ним лежит аж шесть железнодорожных путей. Около моста стоит белый домик железнодорожников. За домиком начинается высоченный тюремный забор. Под мостом, в бетонной нише мы прячем портфели. Засовываем их как можно глубже, чтобы случайный прохожий не заметил.

В кинотеатре «Беларусь» два зала. Там всегда можно купить билеты. Недоверчивая контролерша спрашивает:

– Вы, часом, школу не прогуливаете?

– Нет! Мы во вторую смену ходим. У нас даже галстуков нет, – уверенно говорю придирчивой контролерше.

Галстуки мы сняли еще около винзавода и спрятали в портфели.

Киномир радует. Он широкий, многоцветный, героический и не похож на нашу вечно холодную, промозглую жизнь.

Из кинотеатра возвращаемся к мосту. По дороге обсуждаем совершенное мастерство главного киногероя в бросании большого ножа.

– Надо поехать в лес и научиться бросать! – говорю.

– Можно в подвале учиться. Поставим пару широких досок и будем бросать. Ехать никуда не надо. В подвалах нож никто не отберет. В лесу могут отобрать, – рассуждает Валик.

Он из деревни, ближе к лесу, ему можно верить.

В нише портфелей нет. Мы обыскиваем все ниши под мостом. Портфели пропали. Беда. Мы молчим. Сидим на цементных плитах под мостом, по которому с грохотом катятся грузовики, и еле сдерживаем слезы. Ждем, сами не знаем чего.

Из домика железнодорожников выходит рабочий с молоточком на длинной, почти метровой держалке. Он постучал молоточком по шпале так, чтобы мы его услышали, и стал призывно махать свободной рукой, чтобы подошли. Мы спустились к железнодорожному полотну и подбежали к рабочему. Он был сильно пьян:

– Потеряли портфели, подшиванцы? Продинамили школу и потеряли портфели? Несите каждый по пять рублей, и я верну портфели. Не принесете деньги через два часа, свои портфели больше не увидите! Бегом! Я сказал бегом, засранцы, – рабочий-железнодорожник захохотал громко и мерзко, так в кино хохочут полицаи и криминальники.

– У меня нет пятерки! – заскулил Валик.

– Найдешь! У папаши, если что, попросишь или украдешь. Бегом, у тебя два часа.

Когда мы поднялись на мост, заморосил дождь. Мы ускорили шаг, чуть не бежали, но домой я пришел совсем мокрый. Дома никого не было. Я переоделся в сухое. Попил сладкого чая. Достал из тайника деньги и пересчитал. Получилось три рубля с копейками. На выкуп портфеля не хватало почти два рубля. Их я взял в шкафу отца. Можно даже сказать, что я украл у своего отца два рубля.

Эти деньги я позже верну. Буду собирать и сдавать бутылки. Бутылка из-под пива – двенадцать копеек, бутылка из-под молока – пятнадцать. Дорогих бутылок из-под молока на улице не найдешь, пришлось собирать дешевые – пивные и винные.

Хорошо, что дождь закончился, и хорошо, что Валик съездил в свою Барановщину и одолжил у деда пятерку. Мы вернулись к домику железнодорожников в сумерки. Железнодорожников в домике было аж четверо. Они сидели за маленьким столом, застланным пожелтевшей газетой. Посреди стола стояла водка, вокруг нее нарезанное сало, хлеб, стаканы. Рабочие курили. В домике было темно от дыма.

Длиннолицый рыжий рабочий с мешками под мутными глазами забрал наши деньги. Достал из-под стола портфели и просипел прокуренным голосом:

– Еще раз увижу под мостом или возле путей, накостыляю. Пошли вон, уроды!

Мы выскочили из домика как ошпаренные. Пьяный, дурной, агрессивный рабочий мог и впрямь побить, а мог и убить.

– Как думаешь, почему он хотел нас побить? – спросил Валик, когда мы шли узенькой тропинкой вдоль тюремного забора.

– Позабавиться хотел. Побить человека, чтобы показать свою силу, показать власть. Мозги он пропил. Козел рыжий. Надо его, козла, проучить! Давай наберем камней, вернемся и с моста будем бросать камни в домик, пока не побьем стекла.

– Поймут, что это мы сделали. Может, они лазили в портфели, прочитали на тетрадях наши фамилии, может, даже запомнили их... Рискованно возвращаться.

– Сегодня рискованно, а через месяц, когда они забудут про наши портфели, мы вернемся и камнями повыбиваем им окна.

– Надо подумать, – сказал Валик, и я понял, что бить окна железнодорожникам он не пойдет.

Чтобы поскорее вернуть украденные рубли, я несколько дней слонялся по району в поисках пустых бутылок. Больше всего я их нашел на старом, засыпанном желтыми кленовыми листьями кладбище. Районные пьяницы любили выпивать в затишье, между могил и крестов. На том кладбище я и нашел гладкий, светлый, похожий на куриное яйцо камень. Он лежал возле песчаной тропинки, размытой октябрьскими дождями.

Тот камень был первым в моем арсенале. За ним появились второй и третий. На кладбище я собрал камней десять. Все они были гладкими и похожими на яйцо. Бросать такие камни – одно удовольствие. Хотелось поскорее пойти на мост и оттуда обрушить свою накопившуюся злобу на прокуренный домик железнодорожников. На мост я ходил, но без камней. Я старательно разрабатывал маршрут бегства. С моста надо бежать до кинотеатра «Нёман», оттуда закоулками нестись на старое кладбище, а через него идти домой.

Перед акцией я решил еще раз поговорить с Валиком. Подошел к нему на большой перемене в школьном буфете. Валик ел золотистую ватрушку и запивал янтарным компотом.

– Пойдешь бить стекла?

– Нет! Дед сказал, что я могу и не возвращать пятерку. Какой смысл теперь бить окна? Кстати, можно попасться, тогда и десяткой не откупимся...

– Не хочешь, как хочешь, – я немного помолчал, подождал, пока он допьет компот и сказал: – Я тоже один не пойду мстить. Одному скучно...

– Правильно! Не ходи. Пошли они на фиг. Прятать портфели в сарае с картошкой намного лучше. Сарай закрывается. Портфели никто не стибрит. Может, завтра удерем с последних уроков и сходим в «Беларусь»?

– Завтра посмотрим.

На другой день я ушел с уроков. Взял справку в медпункте, что заболел – простудился, и ушел. Пошел на озеро, чтобы протренироваться. Я пытался забросить камень с берега на небольшой остров, заросший тополями. Остров был далековато от берега, и добросить камень мне не удавалось, но бросал я достаточно далеко. На острове я набрался уверенности, что доброшу камень с моста до домика железнодорожников и попаду в окно.

Дождавшись темноты, я поднялся на мост, достал из кармана камень, размахнулся и бросил в золотой квадрат окна. Первый камень попал в стену. Второй камень попал в железную крышу и наделал грохота. В домике железнодорожников открылась дверь, и из нее повыскакивали рабочие. Они громко ругались и показывали руками на мост. Третий камень попал в окно. Стекло разбилось. Рабочие умолкли. Я пересек мост и пустился по склону в направлении «Нёмана». По склону я бежал наискосок, но все равно один раз поскользнулся на мокрой траве и проехался на пятой точке. Обогнув кинотеатр, я несся темными закоулками к кладбищу. Там я спрятался за часовней, сел на мокрые опавшие листья и притаился. За часовней я сидел долго, пока не отдышался и не успокоился.

Домой вернулся в хорошем настроении.

– Почему такой веселый? – спросил папа.

– Я лучше всех в нашем классе бросаю гранату.

На концерте

Купить билеты на концерт «Песняров»[①] было просто невозможно. В минском Дворце спорта шло десять концертов подряд, и на все аншлаг. Купить билеты было трудно, но их можно было достать.

Было такое время, когда все более-менее ценное у нас распределяли и распространяли через какие-то профсоюзные организации и через их так называемых деятелей. Получить право на обычное посещение концерта ансамбля «Песняры» считалось наградой. Ты не просто платил и даже переплачивал за билет, ты еще был и награжден. Кто-то из нас имел право на награду и не хотел слушать «Песняров», а кто-то жаждал их увидеть и услышать, но не имел права на такую награду.

Чтобы попасть на концерт, мне надо было посетить поликлинику, где

① Советский и белорусский вокально-инструментальный ансамбль, созданный в Минске в 1969 году.

работала подруга моей матери – Галина Львовна Киселева. Она работала участковым врачом в районе бульвара Шевченко. В том районе около озера и стояла маленькая, в два этажа, кирпичная поликлиника.

Кто и как передал билеты Галине Львовне, я не интересовался. Было даже неприлично задавать подобные вопросы. Хороший человек дал билеты доктору, а хороший доктор дала билеты сыну своей хорошей подруги. Так об этом говорилось и думалось.

Вообще-то, я сказал матери, что стал встречаться с однокурсницей Аленой и хорошо бы нам вместе сходить в какой-нибудь театр или на концерт. Мать поделилась новостью с подругами. Одна из них – Галина Львовна Киселева и предложила сверхценные билеты. Таким образом я попал в ловушку. Теперь я просто должен был купить дорогущие билеты, а с теми билетами в кармане пригласить Алену на концерт.

В поликлинику я пришел с тревогой в сердце и тяжелым кошельком. Пришел к кабинету Галины Львовны и стал в очередь. Минут двадцать стоял. Потом стул освободился, и я сел и сидел, пока Галина Львовна не выглянула из кабинета:

– Володя, почему ты сидишь? Почему сразу не заглянул в кабинет? Я тебя давно жду!

Пришел. Ждал. Тревожился. И получил выговор, потому что не полез без очереди. Стерпел я несправедливость, потому как Галина Львовна – авторитет. В моей семье к докторам всегда относились с большим уважением.

– Заходи. Садись…

Галина Львовна закрыла кабинет на ключ.

– Деньги принес? Ты же понимаешь, что это не мне десять рублей за два билета. Это хорошим людям, которые достали эти билеты для тебя и твоей девушки… Как ее зовут?

– Алена…

– Как ее фамилия? Майхрович? Она случайно не из наших девочек?

Обычно Галина Львовна не спрашивала и не вспоминала свое и чужое еврейство. Может, интимная обстановка с тайной передачей билетов за закрытой на ключ дверью побудили ее спросить про Алену.

– Нет. Алена не из еврейской семьи. Родители ее Марковичи, а не Майхровичи. Они перебрались из деревни в Полоцк. Приехала из Полоцка в минский интернат для одаренных детей, но по паспорту и в действительности она из белорусов.

– Прости. Нина мне о ней так рассказывала, что я подумала – из еврейской семьи Майхровичей. Если кто-нибудь спросит про билеты… Конечно, никто никогда не спросит! Но вдруг кто-нибудь чужой… Откуда у тебя, Володенька, билеты на «Песняров»? Скажи, что купил в кассе, во Дворце спорта. Отстоял километровую очередь и купил, как все покупают. Маме передавай привет.

С легким кошельком и приветом для мамы я вышел из пропахшей дешевыми лекарствами поликлиники. Когда выхожу из поликлиники, всегда радуюсь. Просто радуюсь первому глотку свежего воздуха.

Радость мая была короткой. Не знаю почему, но мне вдруг показалось, что Алена откажется идти на концерт. Скажет, что на такие концерты не ходит. Одно дело – пригласить девушку в кино, а другое – на настоящий концерт. Мне легче было уговорить Алену раздеться и попозировать обнаженной. Что я и сделал дважды. Мне легче было ее обнаженную уговорить заняться сексом в институтской мастерской, что я однажды и сделал. Тот быстрый и какой-то совсем спринтерский секс Алене, между прочим, не понравился. Он и мне показался пресным, потому что в быстром возбуждении и согласии Алены была еще и какая-то бабская практичность. После того как я остановился, она безразличным голосом спросила: «И все? Я рассчитывала на большее…» – «В следующий раз сделаем!» – поспешно пообещал я. Теперь вместо длительной секс-игры я приду и предложу Алене сходить на концерт...

Алену я нашел в большой комнате общежития. Кроме ее кровати и тумбочки в той комнате стояло еще одиннадцать кроватей и одиннадцать тумбочек. Жить в такой комнате, может, и не очень удобно, но в ней было аж два окна и даже имелся балкон, на котором можно было постоять и покурить. Я начал с предложения покурить:

– Лен, может, покурим на шикарном балконе?

– Курить не хочу, но могу с тобой постоять, пока ты покуришь…

Мы вышли на балкон. Я прикурил «Орбиту» [1] и достал из кармана билеты:

– Сходим на «Песняров»?

– Ты достал билеты на «Песняров»?

– Сама видишь.

---

① Название сигарет.

– Девки не поверят, когда я скажу, что иду с тобой на «Песняров».

– Можешь и не говорить своим девкам.

– Как это не сказать? Скажу! Пусть, сучки, завидуют.

– Если для того, чтобы их жаба передушила, скажи. Еще лучше – скажи, что мы с тобой просто идем в кино. В кино все всем понятно.

– Про кино неинтересно даже говорить. В кино не надо одеваться нарядно. А тут – я стану наряжаться, и девки обязательно спросят, куда и с кем отправляюсь.

– Скажи, что Ян Буланчик пригласил тебя на репетицию «Пинской шляхты».

– И я наряжаюсь, чтобы посмотреть «Пинскую шляхту» с Яном Буланчиком?

– Хорошо, давай ты всем скажешь так, как есть. Самое простое и надежное.

Что сказала Алена своим одиннадцати соседкам по комнате, я не поинтересовался. Наверное, сказала, что идет со мной на концерт «Песняров».

Около Дворца спорта я ее встретил в белой рубашке. Бывают моменты, когда мне хочется надеть белую рубашку. Кому-то для самоутверждения нужна желтая рубашка, а мне – обязательно белая. Алена тоже пришла в белой полупрозрачной блузке. Мы были светлой парочкой. Этакой летней и светлой.

Вместо привета Алена подняла левую руку и покрутила перед моими глазами. На ее среднем пальце сияло золотое колечко:

– Родители подарили на восемнадцать лет. Нравится? Его я надеваю только в самых торжественных случаях!

Колечко мне понравилось. Аккуратное. Широкое. Отделанное ровными черточками.

Было приятно поглаживать в темноте руку, украшенную золотым кольцом. Это была первая женская рука с кольцом, которую я нежно поглаживал во время музыкального концерта. Сказать правду, из всех частей Алениного тела я полюбил только ее левую руку, которую и поглаживал. До-по-гла-жи-вал-ся! Не знаю, как так получилось, но колечко сползло с пальца и упало под кресло. Под креслом оно закатилось в щель между досок и провалилось.

Хорошо, что колечко провалилось не в начале концерта, а в самом конце, когда «Песняры» пели свое всегдашнее и прощальное «Бывайте здоровы, живите богато…». Если бы кольцо провалилось в начале песняровского выступления, то Алена успела бы меня съесть вместе с белой рубашкой, а так она успела только покусать. Покусала сильно, но только морально, до физической ватки зубами дело не дошло.

– Что я теперь родителям скажу? Пошла на концерт и потеряла золотое кольцо? Кольцо провалилось между досок? Кто мне поверит? Только девки и поверят! Они обрадуются, потому что жаба зависти, что их душила, теперь душить перестанет...

Алена шипела, сипела и посвистывала, как самая настоящая змея. Если бы она знала, как я не люблю змеюк, она сипела бы еще больше.

Когда в зале зажегся свет и публика понемногу покинула дворец, я подошел к уборщице и попросил помощи. Я рассказал про золотое кольцо, которое провалилось между досок. Так как билеты у меня были дорогие и сидел я в одном из первых рядов, то мое кресло стояло на дощатом подиуме. Уборщица показала место, с которого лучше лезть под тот подиум. Я полез. В белой рубашке я залез в грязь и пыль. Пролез между какими-то металлическими уголками и трубами к месту под своим стулом и нашел золотое кольцо. Я зажал его в кулаке, поднял голову и взглянул в щель в досках. Острый свет резанул по глазам и рассек мне голову. Моя рассеченная голова стала похожей на дивный цветок, и я увидел одновременно свое будущее и прошедшее. В том будуще-прошедшем сразу зазвучали все мои песни и все мои стихи, что когда-то напишу. Одну из них даже исполнял песняр Борткевич.

Довольный, я вылез из-под подиума.

– Не нашел? Так и знала, что не найдешь!

Золото на моей ладони ее успокоило, обрадовало, но шипеть Алена не перестала.

– Даже не верится, что ты его нашел. Просто не могу поверить, что это мое кольцо! Девки тоже не поверят...

– Слушай, Лен, давай подойдем к Борткевичу. Вон он на сцене стоит, около микрофона...

– И что мы скажем Борткевичу? Скажем, что потеряли и нашли золотое кольцо? Думаешь, его заинтересует история с кольцом?

«Думаю, что Борткевич будет петь мою песню!» – подумал я, но промолчал.

参考答案

Тест

1. Выберите правильные варианты ответов.

(1) Настоящее имя и фамилия А. Глобуса?

А. Вячеслав Адамчик Б. Адам Глобус

В. Владимир Адамчик Г. Павел Адамчик

(2) Где прошли подростковые годы А. Глобуса?

А. в центре Минска Б. в писательском доме

В. в Дзержинске Г. в Москве

(3) В каком году дебютировал А. Глобус?

А. 1981 Б. 1990 В. 1983 Г. 1980

(4) Где учился А. Глобус?

А. Минское художественное училище

Б. Литературный институт им. Горького

В. Белорусский государственный университет

Г. Белорусский театрально-художественный институт

(5) Кем работал А. Глобус?

А. художником-реставратором Б. чертежником

В. редактором Г. издателем

(6) В какой книге А. Глобуса раскрыты подробности жизни всех членов семьи?

А. «Парк» Б. «Дом»

В. «Оборотни» Г. «Дамавікамерон»

(7) По мнению автора, какая самая трудная работа в мире?

А. отдыхать Б. писать рассказы

В. читать книги Г. слушать музыку

(8) Почему из рассказа «В школу идти не хотелось…» главный герой разбил окно?

А. хотел отомстить железнодорожникам

Б. было скучно

В. хотел похвастаться перед другом

Г. случайно попал

(9) На концерт какой группы собирались герои рассказа «На концерте»?

А. «Песняры» Б. «Сябры»

В. «Верасы» Г. «Белорусы»

(10) Как звали героев рассказа «На концерте»?

А. Галина Львовна
Б. Алена
В. Володя
Г. Борткевич

2. Ответьте на вопросы.

(1) Кто из китайских авторов писал в эротическом жанре?

(2) С какими китайскими писателями можно сравнить творчество А. Глобуса?

Андрей Федаренко

Биография

Федаренко Андрей Михайлович (17 января 1964) – советский и белорусский писатель. Родился в деревне Берёзовка Мозырского района Гомельской обл. Родился в крестьянской семье. А. Федаренко окончил Антоновскую восьмилетку (1978) и Мозырский политехнический техникум (1983). Служил в Советской Армии (1983 – 1984). Работал на железной дороге в Калинковичах, в Антоновской библиотеке. Закончил Минский институт культуры (1990). С апреля 1990 г. корректор еженедельника «7 дней», с мая 1990 г. заведующий отделом науки и искусства журнала «Полымя» (Пламя) и «Маладосць» (Молодость). Теперь – стильредактор в журнале «Дзеяслоў» (Глагол). В 1992 г. за рассказ «Пеля» получил первую премию Международной ассоциации фондов Мира и Московского центра «Филантропия». Первые публикации А. Федаренко (рассказы «Сачыненне», «Пісьмо») появились в 1987 г. в журнале «Маладосць». Печатался в коллективных сборниках «Жнівеньскі праспект», «Перад маімі вачыма», в республиканских журналах и газетах. Автор повести «Гісторыя хваробы». Пишет о сегодняшнем дне, стремится постигнуть духовный мир современника, понять его заботы и тревогу. Его проза покоряет любовью к человеку, хорошим знанием жизни села и города, тонким психологизмом, эмоциональностью и искренностью. Также переводит с белорусского на русский язык.

Произведениям Андрея Федаренко свойственна преемственность по отношению к традициям реализма, в некоторой степени, «деревенской» прозы. Тем не менее автор не боится вводить в повествование элементы модернистской и постмодернистской игры. Герои многих произведений – молодёжь, живущие в общежитиях студенты с деревенскими корнями. Герои повестей «Щербатый талер» и «Афганская шкатулка» – подростки.

Историческая повесть «Ничьи», посвящённая Слуцкому антибольшевистскому восстанию в контексте Гражданской войны.

Как выходец из Белорусского Полесья, Федаренко часто в своём творчестве затрагивал тему экологической катастрофы в результате аварии на Чернобыльской АЭС. Рассказ «Бляха» признан лучшим на эту тему.

В 2006 году на экраны вышел мини-сериал «Три талера», снятый по мотивам повести «Щербатый талер».

Его произведения переводились на русский, английский, японский, китайский и другие языки.

Познакомиться с творчеством А. Федаренко можно на сайтах: https://mir-knig.com/author/21066, https://www.livelib.ru/author/300264/top-andrej-fedarenka.

Творчество

БЛЯХА[1]

(рассказ)

I

Беда всех стрижет под одну гребенку. Только после Чернобыля Бляха узнал, что и он – человек. Кто бы мог прежде подумать: дед, самый когда-то крепкий на деревне хозяин, пришкандыбает[2] к нему и станет просить, чтобы он, Бляха, помог завтра зарезать кабана. Да как просить! «Мне уже, Вите, копцы[3] – сам видишь. Всё, отжил свое...» Даже, как звать, вспомнил. Вина бутылёц[4] принес. Мог бы и Бляха ему кое-что припомнить – ну, к примеру, тот случай, когда его, огольца еще, этот дед не пустил к себе колядовать, хотя других пускал и давал, как никто, – по рублю. А на его счет сказал: «Еще и ты тут вьешься!» Мог бы припомнить, как – тоже давно – дедова жена наклепала на него, будто бы это он покрал у нее какие-то ведра, что ли, а Бляхи в тот день и дома-то не было – ездил в Наровлю к зубному... Мог бы, но, само собой, смолчал, похлопал деда по плечу: «Приду, бляха, где я денусь...»

Бляха этот был добродушный, безобидный человек, еще до Чернобыля, когда деревня жила-поживала, шел за чарку к любому и делал любую работу, но сельчане его остерегались и недолюбливали, как вообще остерегаются и недолюбливают в белорусских деревнях людей незадачливых и беспутных. Да и то: дохляк, пьяница, к тому же спознался с тюрьмой. Жил без отца, мать ни в грош не ставил, учился кое-как, в восьмом классе украл мопед и отсидел за это полтора года. Пока сидел, матери не стало. В тюрьме, видно, хлебнул лиха, что-то отбили – возвратился оттуда с «группой». На мизерную – шестнадцать рублей – пенсию как-то и перебивался. Жил бобылем: ни одна девушка не пошла бы за него, да он

---

[1] Прозвище главного героя. Получил он его за то, что в разговоре часто вставлял для связки слов – бляха.

[2] Нехотя прийти куда-либо.

[3] Конец.

[4] Бутылка.

и сам боялся к ним приближаться.

Когда после Чернобыля понаехало в деревню военных, которые принялись сперва поливать из брандспойтов хаты, потом – вкапывать за околицей бетонные столбы и тянуть по ним колючую проволоку, когда из соседних деревень, из-за проволоки, как в войну, пошли чередой автобусы и груженные людьми и скотиной машины, когда мало-помалу стали пустеть и соседские дворы, Бляха ожил. Он помогал людям грузиться, увязывался за иными, когда те шли на погост попрощаться со своими покойниками, выслушивал плач, причитания, ругань, иногда сам вставлял что-нибудь вроде: «Ну, утворили...» Ему много и охотно наливали. На него смотрели, с ним говорили так, словно он был этим чужим людям самой что ни есть близкой родней. Впервые читал он в людских глазах не презрение к себе, а какую-то вроде бы вину и то самое расположение, которого ему так не хватало всю жизнь.

К зиме в их и без того небольшенькой деревушке остались, кроме Бляхи, только дед со старухой да одинокая пожилая фельдшерица, которой Бляха особенно охотно ходил помогать – она проставляла чистый спирт. Последним уезжал Бляхин сосед. Проводив его, Бляха в тот же вечер махнул через забор, сорвал с заколоченного крест-накрест окна доску, вынул стекло и, сам не зная, чего и зачем, залез в соседову хату. Посидел за столом, за которым совсем недавно обливалась слезами хозяйка и он, Бляха, выпивал с хозяином, прошел в горницу, где стояли пустой шкаф с распахнутыми створками, две голые кровати с заплатами на матрасах, два стула у стены ножками вверх – как посыл скорого и счастливого возвращения... Бляха ничего не искал, ничего не собирался брать, просто интересно было: жили-жили люди и вдруг – никого... После того он и еще лазил в хаты односельчан, но нигде ничего не взял. Несколько раз вечерами ходил в «зону» – в соседние брошенные деревни. Там было еще интереснее: хаты с коврами на стенах, с телевизорами, холодильниками, с полными шкафами одежды. Если бы не этот нежилой дух, можно было подумать, что люди еще живут здесь: просто вышли куда-нибудь на огород. Из этих походов Бляха принес радиоприемник, хотя у него был такой же и свой, бутылку постного масла, куртку болоньевую на кнопках... Потом перестал ходить – стало неинтересно, да и страшновато. Как-то едва спасся от одичавших собак, которые в последнее время шастали по деревням целыми сворами и рвали напропалую все живое, что попадалось на глаза (у деда недавно прямо под окном, в конуре, загрызли собаку

Туза); в другой раз его поймали у проволоки солдаты и надавали по шее; в третий раз, возвращаясь из «зоны» затемно, он увидел возле одной из хат две легковушки с погашенными фарами и услыхал приглушенные голоса. Бляха сидел в кустах, боясь пошевелиться, и смотрел, как что-то выносят из хаты и распихивают по машинам. С тех пор и расхотелось ему ходить в «зону».

Вот так после Чернобыля пьянчужка, по кличке Бляха, сделался человеком, и его, как настоящего мужчину, зрелого, знающего толк в хозяйстве, звали бить кабана.

Проснулся он позже обычного, глянул в окно и понял, отчего так хорошо спалось, – шел снег. Влез в брюки, натянул куртку, шапку зимнюю, допил натощак остатки вина, принесенного накануне дедом, и подался во двор. Дверь едва отворилась – столько за ночь навалило снегу. Шел он и сейчас – пахучий, белый, падал густыми хлопьями. Улица – даже мертвая, без единого следа вдоль заборов, без дымков над белыми крышами – была по-зимнему торжественна, с белыми деревьями по обе стороны и с провисшими от снега проводами на столбах.

На перекрестке улицы с наровлянским шоссе Бляха увидел светлую легковушку с распахнутой передней дверцей. У машины стоял молодой парень в коричневой кожаной куртке, в спортивных шароварах и без тени смущения поливал снег. Машины – и военные, и милицейские, и всякие другие – сновали теперь по шоссе день-деньской. Эка невидаль – еще одна. И Бляха, почему-то глядя себе под ноги, давая понять, что ему нет никакого дела до того, кто тут и что делает, прошел мимо легковушки.

– Мужичок, одну минутку... – услыхал он сзади и обернулся.

Парень, застегивая куртку, подходил к нему. Он был совсем молод, видно, еще до армии, коротко пострижен, – подходил и смотрел на Бляху блестяще-круглыми бездумными глазами. Бляха сжался под этим взглядом. Людей с такими глазами он за свою жизнь повидал вдосталь. Таким почему-то всегда требовалась разминка, почему-то всегда хотелось кого-нибудь бить – без всякой причины, без повода, просто бить, чтобы бить, а потом смотреть, что из этого выйдет. Такие глаза связывались у Бляхи в памяти со следствием, с тюрьмой, с вокзалами, с наровлянской забегаловкой...

Парень молча ткнул его ногой в грудь. Бляху развернуло, он отлетел к забору, зарылся носом в снег, но проворно вскочил и бросился в ближайший двор – благо, калитка была не заперта... Стоял, прислонившись спиною к воротам, и ловил ртом воздух, пока не услышал, как заурчал мотор машины. Услышал и... осел прямо в снег – так у него дрожали колени. Хорошо еще, что не погнался, – добил бы здесь и никто не стал бы искать. Да-да, он еще легко отделался – только в груди болело, да шея ворочалась через силу. Особой обиды на парня у Бляхи не было, разве что досада – все это дома, в его деревне, на его улице...

II

Голодный кабан громыхал в своем катухе лоханью, снег все валил, а Бляхи не было и не было. Жена поднялась еще часов в пять, протопила печь, вымыла чугуны, пропарила кадку, ополоснула корытце под кишки, слазила на чердак и сбросила сноп соломы и теперь расчищала у хлевушка снег, то и дело бросая лопату и выбегая на улицу, мысленно кляня и такого бойца, как Бляха, и этот снег, что разошелся некстати... Топтался помаленьку и дед, которого сегодня чуток отпустило: подробил молотком соль в лотке, положил под поветью наточенные ножи, веревку, поставил ведро с кружкой – собирать кровь, долил бензину в паяльные лампы. Он видел, что жена нервничает, даже не заговаривает с ним, и сам виновато молчал. А в чем, если подумать, он был виноват? Что расхворался не ко времени? Что снег такой валит и неведомо, как этого кабана смолить, если сыщется кто-нибудь, кто его зарежет? Разве он, дед, всегда был таким, как сейчас? Да он всю жизнь за версту обходил не то что таких, как Бляха, а любых помощников. Разве стал бы он бить в такой день кабана? Он всегда выбирал денек тихий, чтоб и снег какой-никакой лежал, и морозец; он разговаривал с кабаном, чесал ему живот, за ушами, затягивал петлей на задней ноге веревку, привязывал осторожно к воротному столбу, р-раз! – валил на спину и попадал непременно в самое яблочко – кабан и не верещал у него, как у других, а только хрипел и задыхался, отчего больше набиралось крови. И смолил он сам, сперва – соломкой, потом – лампой или газом, желто, ровненько. Даром что делал все один, а к такому вот времени, как сейчас, кабан уже бывал осмален и вышарован – только разбирай. И еще: если по-хозяйски, разве пустил бы он под нож такого маленького, с лета, не обернись все так с этим Чернобылем, о котором прежде никто и слыхом не слыхал, не знал, что есть он где-то такой? Благо, хоть хватило ума никуда не уезжать. А то ведь и к ним приходили, уговаривали ехать в город к сыну, сулили, что их пропишут там на любую площадь, и грозились, что рано или поздно все равно вывезут, силой. Слава Богу, что не послушались, – теперь и приходить перестали, никто никому не нужен. Ни в какой Чернобыль, ни в какую радиацию дед с бабкой, известное дело, не верили, как не верили в это девяносто процентов тех, кого выселяли или кто уезжал по доброй воле. Невозможно было поверить в такую чушь! Что ж она, эта радиация, взялась откуда-то сама по себе? Нет, все это исходило от людей и напрямую с людьми было связано; не она же, не радиация гнала людей из-под родных крыш, придумывала, огораживала «зону», не она же запрещала косить сено, не принимала на базу молоко, коров, свиней... Все это делали люди – такие же, как они, дед с бабкой. А от людей они издавна привыкли себя защищать: до войны, в войну, после войны... Надо было только жить себе тихо, никого не задевать, сносить все молчаливо, тогда и тебя никто не тронет – ни человек, ни, тем более, какая-то там радиация.

Одна беда: перестал приезжать из города сын с внучкой. И к себе, как прежде, не приглашал. Старики не обижались, наоборот, одобряли сына. Не потому, что верили, будто бы какая-то радиация может пойти во вред внучке, а просто потому, что так поступали все, – никто не приезжал. Дед с бабкой даже осудили фельдшерицу, к которой на «октябрьские» наведалась племянница с маленькой дочуркой. Но как было не повидать внучку, если дед настолько расклеился, что уже без обиняков говорит: доживаю, мол, последний год, если и бабка не вечная... Вот и нашелся повод к ним поехать: не с пустыми руками, со свеженинкой[①]. А во-вторых, на кой ляд он сдался, этот кабан: откормишь и ломай голову, куда девать? Всё, прошла жизнь, и хозяйство ни к чему, хватит трех кур, если им и посчастливится уцелеть, порвали же одичавшие собаки Туза, одна конура осталась да свисает со столба ржавая цепь...

Уже смирились с мыслью, что никто не придет, что бить поздно, уже бабка несла кабану пойло, как во двор ступил Бляха – какой-то помятый и суетливый:

– Ну, давайте, где тот кабан? Я, бляха, думал, что рано иду.

III

Хороший хозяин сказал бы о такой работе: «А-а, придушили с горем пополам...»

Кабанчик был не велик, но плотен, пружинист, в нем не было сонливости, неповоротливости сальных, закормленных боровов, под которыми подламываются

① Свежее мясо.

ноги и которых легче всего резать. Когда его выпустили в загон, он сделал круг, не нашел корыта, недовольно чмыхнул раз-другой, тычась рылом в снег, и подался было назад в хлев, но бабка уже закрыла дверь. Стала почесывать ему живот. Дед, который в загон не входил, совал Бляхе через щель в досках веревочку:

– Надо привязать, как я делал...

Бляха отмахнулся, широко отвел правую руку с ножом, потоптался вокруг кабана, изготавливаясь, потом с внезапной, какой-то отчаянной прытью упал вдруг на него, схватил за переднюю» ногу, опрокинул на спину. Но прежде, чем нож толком достал горло, обезумевший кабан с диким визгом, от которого закладывало уши и стыла кровь, вскочил на все четыре.

– О, господи! – в ужасе крикнула бабка, не зная, где искать спасения. С визгом, шедшим из разинутой пасти вместе с кровавой пеной, кабан со всего разгона ударил головой в дверь хлева, встал в рост, полез на дверь, обдирая передние копыта о железный засов. Подскочив сбоку, Бляха отыскал место, куда попал в первый раз, еще трижды вогнал в рану нож на всю длину и вытащил его. Только после этого из раны хлынула кровь, визг захлебнулся, и кабан сполз по двери вниз. Он хрипел, корчился в судорогах, заливая кровью снег и размазывая кровь по себе, так часто и с такой силой сучил передними и задними ногами, что никто не осмеливался к нему приблизиться. Крови не набрали ни капли.

– Скажите спасибо, что на дверь полез, – засмеялся дед и почему-то снял шапку, когда кабан наконец затих. – А в рост они часто встают. Я когда-то...

– Малость не рассчитал, – оправдываясь, перебил его Бляха. Правая рука у него и сейчас еще дрожала – с ножа срывались на снег мелкие алые брызги.

Пока смолили да разделывали, тоже изрядно упарились. Снег шел уже не хлопьями, а сек крупой, с ветром, – сбивал пламя с соломы. Кабана пришлось все время обметать веником. И лампами смолилось хуже некуда: где-то осталась щетина, где-то пережгли; когда переворачивали, распороли на брюхе шкуру. Бабка едва сдерживалась. Помыли, отрезали голову, поставили в снег, чтобы вытягивало кровь. Взялись за тушу и разорвали кишку. Тут уж бабка заплакала, крикнула на деда:

– Ну!

Бляху она словно и не замечала, словно и не было его рядом. Худо-бедно кабана разделали, снесли мясо в сени, разложили на столах вдоль стены. Бабка принялась жарить на газе мягкое, дед, обтерев полотенцем руки, нарезал хлеб, доставал чарки. Бляха, все это время чувствовавший себя не в своей тарелке – никак не угодить бабке, – спросил:

– Где у вас вода теплая, руки помыть?

– Возьми снегом потри, вот тебе и вода. Кто мне ее, воды этой, наносит... Когда садились за стол, не было еще четырех, а за окном уже хоть глаз коли.

Знай ветер шумел да скребся крупою в стекла. Бляха пролез в красный угол, к окну, а дед сел напротив, спиной к печи. Бабка принесла в дом корытце с кишками, принялась плюхаться в нем, ни разу не взглянув в сторону стола. Так идемте, мамаша... – со всей любезностью, на какую был способен, позвал ее Бляха, наполняя чарки.

– А без меня что, не обойдешься? Скорее пейте, да... У меня еще дел до полуночи!

– И что вы, бляха, все злые такие? Что, жизнь пошла наперекосяк? Так у меня ее вовсе не было, а я не плачу! Правильно, дед?

– Верно говоришь...

– Мы такая нация – нам, бляха, что хрен, что радиация. Правильно?

– Верно, всё, отжили свое...

– Пейте вот – хватит тут бляхать...

Бабка оставила кишки и вышла в сени. Было уже совсем темно, ночь, да и только. Она зажгла свет, выкатила из кладовки дежку и принялась резать, солить и укладывать в нее сало, застывавшее на глазах.

Бабка злилась не на Бляху и не на жизнь – дай Бог каждой прожить так, как она прожила за дедом, – а на то (тут Бляха угадал), что катится все как-то бестолково, по-дурацки, и не знаешь, что делать, а оно хуже и хуже с каждым днем... Почему бы и не выпить за столом, и не закусить толком, и не спеть, – но чтобы над душою ничто не висело, чтобы все было чинно, спокойно, чтобы знать, что дед здоров и что сын приедет на выходные, чтоб ни о чем, как когда-то, когда она, бабка, не знала никаких хворей и была проворна да сноровиста, не болела голова... А тут хоть ты разорвись: ночь на дворе, а еще ничегошеньки не сделано! О курах, которых в последнее время боялась выпускать во двор, совсем забыла – так и просидели с утра впроголодь. Решила, что сало обождет, насыпала в рукавицу пшена и пошла кормить кур.

У нее ветром вырвало из рук дверь. Ветер был сухой, студеный, он метался по двору, завивая снег вихрями, и, казалось, его взметало со двора в небо. Посреди двора было чистехонько, словно подметено, а у забора, у хлева, под стрешкой дровяника намело настоящие сугробы. Заслоняясь от ветра, бабка дошла до конца желтого прямоугольника света, падавшего из окна, и тут, на границе света и тьмы, из-под самых ног у нее метнулась черная большая тень. Впереди, у дровяника, где смолили кабана, увидела еще несколько теней и даже сквозь завывание ветра услышала, как лапы гребут снег; ей тотчас вспомнился отчаянный визг, стоявший под окном, когда собаки рвали Туза, а они с дедом побоялись ступить шаг из хаты. В страхе она вскрикнула, и тени-собаки, недовольно поскуливая, отступили за дровяник, потом – еще глубже в темноту. Но насторожил их не ее крик, а блеклый чужой свет, пробившийся с улицы сквозь метель и скользнувший по стене хлева, да еще – глухое, из-за ветра едва слышное урчание мотора.

Пока бабка, пятясь, проделала обратный путь до крыльца, напрочь забыв про кур, уже скрипела, отваливая снег, калитка – во двор кто-то шел.

Бляха, сидевший у окна, отвернул занавеску и пытался что-нибудь разглядеть. Но за окном лишь бесновалась метель.

– Собаки... Падлы... Повадились... – говорил, перекатывая пустыми деснами во рту жареное мясо, дед. Он уже заметно ожил. – Чуют!

– Да, бляха, дед, до хрена охотников до этой вашей несчастной свеженины! – засмеялся пьяный и уже готовый обнять весь мир Бляха.

Посидели еще малость, покалякали, Бляха покурил и уже надевал куртку и шапку, когда брякнула щеколда и в хату ввалилась, тихо причитая, заламывая руки, ни живая ни мертвая бабка.

– А людечки! А за что ж мне такая до-о-ля! Дед, беги, что ли, в милицию... А он же и окорок забрал, и ребра, и са-а-ло! Да с румзаком[1]!

IV

Пока они пили, какой-то негодяй прошмыгнул в сени, припугнул и без того онемевшую от страха бабку и набрал всего, что попалось под руку. Все трое стояли в сенях и не знали, что делать.

– Что ж вы молчали? – крикнул Бляха на бабку, стоявшую рядом с дедом, – оба одинаково старые и сгорбленные.

– А если б он огрел чем-нибудь по голове-е-е?

---

① Рюкзаком.

Со двора, от калитки, донеслись собачий визг, лай, человеческий крик, мат, и звуки эти, сплетаясь в клубок, становились все более громкими и внятными – клубок уже катился по двору, к хате, к дверям...

Бабка снова запричитала и убежала в дом. Бляха схватил со стола нож и стал сбоку двери. Дед вытащил из-за мешков в углу какой-то секач.

Клубок с визгом и взлаиваньем как бы ударился о стену, чуть-чуть притих, и в дверь, которую никто не запирал, заколотили. Стук прерывался по-детски тонким, перепуганным голосом:

– Мать!!! Мать, прошу – кто-нибудь!!!

Бляха тоже крикнул:

– Смотри, чуть что – убью! – и приоткрыл дверь.

В сени ввалился молодой парень. Ввалился и тут же осел спиной к ушаку на пол, зажимая между ногами окровавленные по локоть руки. На нем не было живого места. Короткая кожаная курточка была вся изодрана, превращена в лохмотья, через располосованные спортивные шаровары виднелись кровоточащие шрамы, а из носа на губы и на подбородок стекала кровь... Он обвел сени круглыми, глубоко запавшими глазами и прошептал:

– Перевяжите... В машине аптечка...

Бляха, не сводивший с парня глаз, опустил руку с ножом.

Так тебя, значит, перевязать? –прищурился он. – Так ты, значит, вот какими делами занимаешься? Где мясо?

– Люди добрые, прошу... – прошептал парень, еще больше сжимаясь – точь-в-точь, как Бляха утром.

– Где мясо?

– Где, где... Собаки отняли, – ступил ближе возбужденный и довольный дед, не выпуская из рук секача.

Бляха вдруг пнул парня ногой в бок.

– Люди, прошу!!! – взвизгнул, откуда только взялись силы, тот и повалился ничком.

– Будешь знать, как красть! – засмеялся дед.

У косяка, на том месте, где сидел парень, темнело кровяное пятно. Бляха наклонился:

– Ну-ка, ну-ка, покажи... – и выпростал руки парня, до этого цепко зажатые в клешнях ног. – Обомлел, бляха... – произнес растерянно. – Глянь, дед, как порвали... Живое мясо...

Посмотрел, пощупал и дед.

– Как бы не помер... – почесал он потылицу. – Эти же собаки все шальные... Если б милицию или скорую...

– Что ж делать, а, дед?

Бляха уже жалел, что ударил парня. Вместе с этим ударом не только прошла вся его обида, злость, а какая-то пьяная, дурацкая жалость, какая-то слезливая нежность к парню ударили ему в голову, – словно был он, этот парень, Бляхиным сыном, что ли... Чтобы прогнать эту жалость, чтобы, чего доброго, че прослезиться, Бляха хотел было закурить, но спички где-то запропали, и он не находил себе места.

– Жаль же, бляха, стервеца... Мальчишка совсем... Слышь, дед, зови бабку, тащите его в дом! Может, перевязать или что там... Я сбегаю за фельдшерицей. А нет – на пост, к солдатам. Слышишь?

– Вот устроил он себе... Вот и поживился мясом... – говорил дед и не двигался с места.

– Дед, бляха, кому сказано? Я быстро!

VI

Он выскочил во двор разгоряченный, пьяный, полный сил, сжимая в руке нож, и успел добежать почти до самой калитки – уже видел контуры светлой легковушки на улице, – как сгоряча, с разбега налетел на черного зверюгу-пса, грызшего что-то под забором, и тот, с каким-то злорадством рявкнув, впился ему в бедро... Он успел еще отскочить, но поскользнулся, упал на четвереньки, махнул впустую ножом, успел даже подумать: «А собаки ли это?», но его уже грызли за ноги и рвали на плечах, добираясь до лица и до горла, легкую болонью куртки... Он отмахивался, пытался бежать, как-нибудь доползти до двери в сени, что-то кричал, – но крики эти глохли, вплетаясь в лютое завывание, в истошный визг возбужденной, вкусившей крови своры, которая, словно на охоте, обложив ненавистного зверя и не дожидаясь команды охотника, наскакивала и рвала, и грызла, и норовила впиться прямо в горло... И некому было прийти на помощь, защитить, спасти – лишь ветер завивал снег вихрями снизу вверх, как бы вещая конец света.

(*Перевод с белорусского Вл. Жиженко*)

ПЕЛЯ

(рассказ)

Давно, лет двадцать тому назад со мною приключилась история, которую долгое время даже вспоминать было стыдно.

Стояла середина лета. Я только что сдал сессию за первый курс института и через несколько дней должен был ехать в стройотряд, в Крым, а пока сидел в своей деревне и от скуки не находил себе места. То читал, то включал среди бела дня телевизор, то просто протирал лавочку у калитки, покуривая. И, ей-богу, не потому, что в Минске заделался таким уж лодырем. С первого же дня я предпринимал попытки подступиться к чему-либо: переделать забор, подновить полуразрушенный курятник. Но все оказалось таким заброшенным, трухлявым, что стало ясно: тронь одно – повалится другое. Тут требовалось капитальное обновление: новые столбы, жерди, доски, нужно было время – месяц, а то и до конца лета, иначе не стоило и начинать.

Меня тянуло в Крым, где я к своим двадцати годам еще ни разу не был, – к пальмам, кипарисам, к морю, на могилу Максима Богдановича, чтобы «и моя тень легла на эти святые камни»... А что здесь? Будто я не видел этой картофельной ботвы, этого леса, что подступил к самому огороду, к самой хате. Да там мне, казалось, было знакомо каждое деревцо.

И лишь когда наступил долгожданный день (ночной симферопольский поезд останавливался на минуту-другую на полустанке самой деревни), мне сделалось как-то тоскливо, ностальгично как-то; другими глазами я осматривал двор, грядки, курятник, до которого так и не дошли руки, – смотрел и жалел все тут, как живое... Я вот уеду, много всякого разного увижу, а это все так и останется здесь. Мне захотелось продлить свое умиленно-тоскливое настроение, пройтись по лесу, по знакомым местам, а если удастся, то и половить на болотце карасей.

Матери дома не было – пошла по ягоды, но я решил не оставлять никакой записки. Зачем? Часам к десяти вечера вернусь, хватит времени собраться, еще и почитаю, а потом, в поезде, буду отсыпаться. Натянул старые армейские брюки, гимнастерку, копанул по-быстрому червей, сунул в карман смотанную удочку и пошел любимым своим маршрутом – на Ткачево болото, что километрах в четырех от деревни.

Было около шести, пригревало мягкое солнце, легко и приятно шагалось по лесной тропке; я поймал, наконец, свой ритм: время больше не летело вскачь, не плелось до раздражения медленно, а текло как-то в лад моему шагу. Запахи лесной подстилки, черничника настолько естественно вязались с птичьим щебетом, с неярким солнцем, с шорохом кедов на тропинке, что и в мысли приходила долгожданная и редкая гармония: вот я есть, я живу, все у меня отлично, я учусь в институте, а значит, на несколько лет, а то и навсегда определена моя «жизненная линия»; я пройдусь по знакомому чудесному лесу, порыбачу, а потом поезд понесет меня к удивительным берегам, о которых столько наслышался и начитался.

Незаметно дошел до поваленной старой березы, от которой нужно было сворачивать на болото, но нигде не обнаружил ни дорожки, ни тропки, ни следа. Я слышал, что болото передохло, но, чтобы даже дороги позарастали... Всюду был самый обыкновенный лес – с ягодником, с высокими кустами голубики. Не без страха – помню, сколько здесь водилось гадюк, – стал продираться сквозь кусты и скоро наткнулся на полянку, где мы когда-то, пацанами, приходя на рыбалку, жгли костер и пекли картошку. Узнали не глаза, а ноги – они сами остановились. Вот здесь когда-то был берег, от этой ольхи начиналась вода, и мы забрасывали отсюда удочки... Теперь только высохший сплошной мох под ногами давал знать, что я не сбился с пути, что когда-то здесь и впрямь было болотное дно. Я пошел по этому мху дальше, березки попадались все реже, все больше встречалось сухостоя, трава густела. Шел, пока не увидел овальную, диаметром примерно в километр низину, всю в кочках, поросшую осокой и кое-где кривыми низенькими деревцами. От огромного когда-то болота осталась, как у нас называют, пеля. Со всех сторон наступал на эту пелю лес, занимал ее территорию, и было видно – еще несколько лет и болоту конец...

Я выломал в молодом ольшанике два хлыста поровнее: один на удилище, другой в качестве посоха, и по кочкам, подминая ногами осоку, минут за пятнадцать добрался до воды. В самом центре пели была впадина – миниатюрное, но, видно, очень глубокое озерцо, берега которого обозначались все теми же кочками. Но стоило мне остановиться, чуть-чуть потоптаться на месте, как этот обманчивый берег зачавкал, стал зыбким, осел, и ноги по щиколотку оказались в холоднющей воде. Хорошо, что в нескольких метрах, у самой воды, росла карликовая, кривая, но довольно толстая в стволе ольха с островком около корней. Перебравшись к ней, я этот островок утоптал, повесил на нижнюю ветку садок для рыбы так, чтобы он наполовину был притоплен в воде, привязал к своему удилищу леску – и готово дело.

Вода, даже не темная, а черная, как нефть, ближе к берегу была сплошь затянута ряской и лягушечьей икрой, а к центру – с просветами. Я нацепил червя и забросил, но неудачно, в самую ряску, к тому же грузило, видимо, было тяжелое – потянуло за собою и перышко-поплавок. Ну-ка, что там? Стал подтаскивать, но тут удочку так рвануло, что я чуть не загремел в воду сам, благо успел схватиться за ольху. Сорвалось! И не какая-нибудь малявка...

Поправляя червя, я дрожащим голосом бормотал: – Вот тебе и грузило! Это же никакое, оказывается, и не грузило...

На этот раз я забросил через голову, подальше, насколько позволяло мое несовершенное удилище, в просвет среди ряски. Перо едва легло на воду, тут же и ушло в глубину. Я выждал, подсек и поверх воды – где тут было поднять в воздух? – подтащил к островку что-то черное и такое большое, что в пору было оробеть. Это был болотный карась, какая-то помесь с линем, – у них черная мелкая чешуя, сами длинные, толстые, с маленькими черными глазками. Правда, у нас их едят только вялеными: они пахнут болотом и запах этот не выжаривается и не вываривается. Таких я ловил и раньше, и много, но великана, как этот, – впервые.

Я понял, что нарвался на «неруш», как говорят грибники, – на место, где, может быть, несколько лет никто не рыбачил. Караси почти не сопротивлялись. Вскоре мне наскучило механически таскать их одного за другим, и я начал дурачиться – специально медлил с подсечкой или несолидно, как человек, ни разу не державший удочки в руках, дергал, когда поплавок еще не успевал лечь на воду... Клев был безотказным, и ни одного схода. Между тем солнце уже село, начали свой лет комары и, главное, за легким туманом скрылась не такая уж и далекая опушка леса. Но было еще совсем светло.

После каждого заброса я говорил себе: ну, еще один и на этом всё! Где там! Поймав этого одного, думал: а-а, сколько там ходу, а такой клев в жизни не часто выпадает.

И вот этот азарт, делающий человека глухим ко всему, едва не погубил меня. Разумеется, я слышал и комаров, и чмоканье рыбы в садке, и кваканье лягушек, и другие звуки вечернего болота, но попросту не придавал им значения, позволил себе расслабиться. А между тем у меня за спиной уже несколько минут слышался какой-то не болотный, человеческий, что ли, звук: словно кто-то набирал в рот воздуха и с шипением выпускал его сквозь сжатые зубы.

Обернулся. С соседней кочки на мой островок переползала черная метровая веревка – хорошо помню, что без всяких желтых ушек. – Т-с-с-с!

Нас разделяли полметра.

Как не поверить, что присуща этим гадам какая-то гипнотическая сила! Я был просто в какой-то мере парализован, ибо стоял и не мог пошевелиться, но потом сделал самое нелепое, что может сделать человек один на один с гадюкой, – я топнул ногой.

Должно быть, просто не пробил еще тот мой час. И без того ненадежный край островка, на мое счастье, вдруг, в единый миг отломился вовсе, и я навзничь рухнул в черную холодную прорву. Дна под ногами и в помине не было. Одновременно и руками, и спиной, и щеками я ощутил густое липкое месиво. Омерзение плюс холодная вода и помогли мне сбросить гипноз. Хватаясь за траву, за податливый, как глина, берег, нащупал наконец толстый корень и сравнительно легко вскарабкался на свою корягу. Да, это уже был не островок, а всего-навсего коряга. Позади булькала, дыша болотным смрадом, растревоженная пеля, меня облепили тина, какие-то корешки, комки грязи, порезанные пальцы сочились кровью, но то, что я только сейчас увидел, заставило меня забыть и об этом, и даже о гадюке, которая, может быть, где-то рядом готовилась к нападению.

Туман – густой, белый – властно надвинулся на болото и скрыл от глаз не только опушку леса, но и ближайшие кусты. Лишь метрах в трех что-то еще можно было рассмотреть. Я схватил садок с уловом – килограммов восемь – и, подогреваемый злостью, решительно ступил на свой старый след. Дальнейшее произошло так быстро, что я не успел ни испугаться, ни что-либо предпринять: ухнул сразу по грудь. Под руками заходила уже знакомая мягкая кашица. «А зори здесь тихие... Спокойно, теперь надо не утонуть!» Мало-помалу мне удалось вытащить мой посох, который торчком вошел в трясину почти на всю длину, и, хотя пока вытаскивал, немного погрузился сам, я как-то сумел положить его плашмя. Кажется, лег на кочки. Подтягиваясь рывками, спиною вперед, вызволился до пояса, потом рванулся изо всех сил и обеими руками вцепился в свою ольху. Выполз.

«Как же я прошел? Я же именно здесь пробирался! Спокойно, теперь главное – не спешить!»

Мало-мальски привел себя в порядок, смыл ржавой водой грязь и до боли в глазах стал осматриваться. В той стороне, откуда я пришел и где только что пытал счастья, чернела грязью разверстая яма и в этой грязи лениво плюхались мои караси. Они-то в своей стихии. Ну, ничего, податься, слава Богу, есть куда – на все три стороны.

На этот раз я пустился в путь с предосторожностями, ощупывая кочки, тыча впереди себя посохом. Внезапно, когда было пройдено метра три, кочки исчезли и открылась ровная, заросшая зеленой травкой дорога. Посох легко пробил эту дорогу и ушел вглубь.

Вот это было уже серьезно.

Я мысленно нарисовал себе план западни, в которую угодил, и на лбу выступил холодный пот. Я стоял в самом центре пели. Вокруг, где открытая, где затянутая поверху мхом, лежала трясина. Она огибала озерцо подковой с узеньким просветом между краями. По дороге сюда я каким-то чудом набрел на этот просвет, а теперь яма, из которой только что выбрался, соединила концы подковы.

Возможно, были и еще проходы, возможно, было где-нибудь узкое место, чтобы перепрыгнуть или даже перешагнуть, – но, если бы все это днем! А сейчас, когда не видишь дальше протянутой руки?

Гадюку еще можно было отнести за счет случайности. Но когда все вместе, одно к одному – это уже нечто большее, недооцененное: как будто кому не хочется меня отсюда выпускать...

Уже не было видно ни воды, ничего. Я сидел под ольхой, на насесте-коряге, искусанный комарьем, отупевший, Я мне казалось, что та самая гадюка, подкравшись сзади, прокусила мне спину и высасывает кровь. Я встал – если там гадюка, почувствую ее тяжесть. Нет, не похоже. Ощупал спину рукой: жирная пиявка, свернувшаяся шариком, теплая, ребристая... С ноги снял еще двух.

Съездил в Крым, прошелся по лесу, половил рыбки! Далеко уже мой поезд...

Случись все это не здесь, да хотя бы вблизи соседней деревни – была бы досада, было бы отчаянье, но уж никак не ощущение какой-то трагедии. Эти места я знал с малых лет, любил их и всегда думал, что и они меня любят, почитают своим. Не было тут тропки, по которой я не ходил бы; рядом с этими пелями зимой и летом мы рубили дрова, гоняли сюда стадо. И никогда я не слышал ни о каких страшных историях, которые были бы связаны с этим болотом...

Стояла ночь.

Время от времени я срывался с места, хватал посох, тыкал им то в одну сторону, то в другую... Посох нигде не встречал сопротивления. Мне казалось, что я весь распух от комариных укусов; от их звона, от густых болотных запахов, от ощущения пиявок на теле, и от игры нервов кружилась голова. Чужим, каким-то сиплым голосом я заговорил, обращаясь к болоту:

Ты хочешь, чтоб я тут подох... Как бы не так, я выживу, мне даже смешно! И не переменюсь за эту ночь, никак она на мне не отразится... Все это будет стоить матери здоровья, у меня пойдет прахом лето – вот и все, чего ты добьешься. Но зато я плюю на тебя, смрадная лужа, гадючий питомник! Мало вас поосушивали! У меня еще все впереди, я увижу новые города, новую жизнь – я буду жить, а ты – задыхаться тут в собственном смраде, зарастать, пока к черту не высохнешь!

В ответ мне только звенело, чавкало, булькало и колыхался такой густой туман, что его было видно даже в сплошной тьме.

Утро наступило на удивление быстро. Уже к середине ночи, без солнца, начало светать, поубавилось комарья, защебетала какая-то птаха. Немного погодя я уже мог различить воду, свои ноги, кусты. Посреди пели плавала моя удочка, от которой расходились мелкие волны, – видно, на крючке сидел карась... На онемевших ногах вдоль самого краешка ямы, едва не ставшей вчера моею могилой, я выбрался на свой вчерашний след и вскоре был уже на сухом берегу. На пелю мне не хотелось даже оглядываться...

Сейчас, спустя столько лет, уже не так стыдно вспоминать, как возле самой своей хаты умудрился заблудиться и едва остался в живых. И не смешно. Пожил я за эти годы новой жизнью, повидал новые города, даже в Крым съездил. А вспоминаются почему-то не прокуренные сквозняки общежитий, не однообразные – на всю ночь – безрадостные пьянки, не скитания по чужим квартирам, когда вынужден был таиться от хозяев, что приехал из-под Чернобыля... Вспоминается пеля.

Кто-нибудь скажет: ну и что, больно нам интересна твоя ностальгия по каким-то болотам!

А я скажу: тем летом отряд наш был расформирован, потому что на второй день по приезде, в Крыму, автобус, подвозивший студентов на работу, врезался в скалу. Один человек погиб, двое остались калеками. Мог я оказаться среди них? И если это случайность, то что же такое тогда судьба?

Родина моя – деревня, болото... Оказывается, ты любила меня и любишь. Разве не любовь стоит за тем, что ты все чаще и чаще приходишь в мои мысли, воспоминания, сны и, словно оберегая от чего-то, – не отпускаешь?

参考答案

Тест

1. Выберите правильные варианты ответов.

(1) Где учился А. Федаренко?

А. Мозырский политехнический техникум

Б. Литературный институт им. Горького

В. Белорусский государственный университет

Г. Минский институт культуры

(2) В каком году А. Федаренко получил премию за рассказ «Пеля»?

А. 1990　　Б. 1992

В. 1987　　Г. 1984

(3) В каком году дебютировал А. Федаренко?

А. 1990　　Б. 1992

В. 1987　　Г. 1984

(4) В каком журнале первые публикации А. Федаренко?

А. «Маладосць»　　Б. «Полымя»

В. «7 дней»　　Г. «Літаратура і мастацтва»

(5) Что присуще прозе А. Федаренко?

А. любовь к человеку　　Б. знание жизни села и города

В. тонкий психологизм　　Г. эмоциональность и искренность

(6) Какую тему поднимает А. Федаренко в рассказе «Бляха»?

А. тема Гражданской войны

Б. тема экологической катастрофы

В. тема деревни

Г. тема Афганской войны

(7) Почему Бляха из одноименного рассказа опоздал к старикам?

А. на него напал молодой человек

Б. на него напала стая собак

В. напился

Г. заблудился в лесу

(8) Что случилось с молодым человеком из рассказа «Бляха»?

А. подрался с Бляхой　　Б. на него напала стая собак

В. напился　　Г. заблудился в лесу

(9) Что такое пеля из одноименного рассказа?

А. почти высохшее болото Б. болото

В. глубокое озеро Г. низина

(10) Какая тема поднимается в рассказе «Пеля»?

А. тема Гражданской войны Б. тема экологической катастрофы

В. тема деревни Г. тема Афганской войны

2. Ответьте на вопросы.

(1) Кто из китайских авторов писал деревенскую прозу?

(2) С какими китайскими писателями можно сравнить творчество А. Федаренко?

Наум Гальперович

Биография

Наум Яковлевич Гальперович (14 января 1948 года) – белорусский поэт, публицист, журналист. Член Союза писателей СССР с 1990 года.

Родился в рабочей семье в городе Полоцке. После окончания средней школы работал на полоцком стеклозаводе (1966 – 1967), в полоцкой газете «Сцяг каманізму» (1967 – 1977).

В 1979 году заочно окончил Витебский педагогический институт. В 1977 – 1980 годах работал в Новополоцке на радиовещании завода «Полимир». В 1980 – 1981 годы – сотрудник новополоцкой городской газеты «Химик». С 1981 года – собственный корреспондент Гостелерадио Белорусской ССР по Витебской области (Новополоцк).

С 1997 года живёт в Минске. С 1997 года работал заместителем главного редактора журнала «Вожык». С 1998 года – заместитель председателя Союза белорусских писателей. С 2002 года – главный редактор, заместитель главного директора, главный директор Дирекции зарубежного вещания Белорусского радио.

Литературной деятельностью занимается с 1967 года. Дебютировал как поэт в газете «Химик» (Новополоцк). На стихи Н.Я. Гальперовича написаны песни белорусскими композиторами. Произведения поэта переводились на русский, болгарский, румынский и польский языки.

Познакомиться с творчеством Н. Гальперовича можно на сайте: http://www.skorina-lib.by/wp-content/uploads/2018/09/GalperovichNYa.pdf.

Творчество

ВЕРНОСТЬ
(рассказ)

Мамы моей не стало, когда отцу было уже за семьдесят. Точнее, семьдесят один, потому что он был старше её на добрый десяток лет. Да-да, старше, а мама моя, молодая, красивая, угасла так рано!

Умирала она долго, мучительно, прикованная сначала инфарктом, а потом инсультом к кровати, около которой день и ночь единственной бессменной сиделкой был мой однорукий седой отец. Он каждый день варил еду и кормил её из ложечки, мыл её и переворачивал, перестилал постель, бегал по магазинам и аптекам…

Соседи и мы, дети, удивлялись, как у него хватало сил на всё это – он ведь был далеко не богатырем, и кроме руки, потерянной на фронте, у него ещё имелось множество других болячек.

Не сказать, чтобы до маминой болезни в их с отцом отношениях царила полная идиллия: часто я был свидетелем их перепалок, особенно, когда отец являлся домой в сильном подпитии[①], а с ним это случалось не так уж и редко. Трезвый он оставался спокойным, тихим, смирным, но когда выпьет, ждать можно было всякого. В войну он состоял в особом истребительном батальоне, который не раз ходил в атаку об руку со штрафниками, и всё богатство фронтовой лексики можно было услышать во время тех ссор из отцовских уст мне с сестрой да маме с бабушкой.

Мама была из хорошей интеллигентной семьи, а отец – из полоцкой рабочей бедноты. Помню, как стыдно ей было перед соседями, передо мной и сестрой за те отцовы «концерты», и душой мы были всегда на её стороне. Но буря проходила, отец вновь становился тихим и ласковым, и в доме устанавливался покой. С годами отец заметно поутих, но мне казалось, что той тёплой атмосферы, того умиления, той мягкости, которые, на мой взгляд, возникают между любящими

① Сильно пьяный.

мужем и женой, не было.

Но вот с мамой случился первый инфаркт, потом инсульт, и отец стал совсем не таким, каким был прежде. Он перестал пить, даже бросил курить, и всё своё время отдавал больной. И она смотрела на него тихо и беспомощно, как дитя, часто брала его за здоровую сильную руку, и так они сидели часами.

Последнюю мамину ночь на этой земле я помню, как будто это случилось вчера. Отец позвонил вечером и дрожащим голосом сказал:

– Сынок, если можешь, приезжай, маме очень плохо.

Жил я в соседнем Новополоцке, но ехать было – по столичным меркам – не так и далеко. В людном автобусе слышался смех, разговоры, и не хотелось верить, что мама умирает, что уходит навсегда.

Отец встретил меня на удивление спокойным, сосредоточенным. Мама спала.

– Ты ужинал? – спросил отец, – У нас сегодня драники.

Надо сказать, что драники он научился печь особые – тоненькие, прозрачные, румяные, они просто таяли во рту.

Мы почти не говорили, да и о чем говорить? Неделю назад навестила маму по моей просьбе моя бывшая одноклассница Люба, Любовь Игнатьевна, врач-невропатолог. Она тогда, пряча глаза, сказала, что до самого худшего осталось совсем недолго…

– Ну хорошо, сынок, мама, видишь, спит, так что езжай домой, поздно уже. Я тут и один справлюсь.

Мне и ехать не хотелось, бросать его одного, и страшновато было оставаться, потому что каким-то потаенным чутьём я понимал, что мама доживает последние минуты. Не сговариваясь, мы с отцом будто бы хотели как можно дольше оттянуть этот страшный момент, он, хоть и вызвал меня, настаивал сейчас, что мама спит, и мне нужно ехать домой.

Страшное всё же случилось, как только я ступил за порог. Но отец не сразу вернул меня. Сколько минут или даже часов просидел он с угасшей навсегда мамой, я не знаю. Его горький звонок раздался только под утро.

Я почти не помню, как мы выдержали эти похороны. Благо все заботы о кладбище, поминальном столе, других соответствующих случаю процедурах взял на себя. Отец же не отходил от гроба. Маленький, похудевший, он держался за край своей единственной и потому могучей рабочей рукой, которая не потеряла силы в мышцах и в кулаке. И время от времени он незаметно гладил мамину худенькую, сморщенную и уже холодную ладонь. Нет, он не плакал – плакали другие, глядя на него.

«Боже, – думал я, – что понимаем мы в любви, что значат все романы и поэмы в сравнении с этой молчаливой верностью, этой преданностью?» Я и сегодня готов встать на колени перед моим седым отцом, который не умел говорить красивых высоких слов, но мог так сильно любить. Он прожил после маминой смерти пятнадцать лет. В заботах о детях и внуках. Один. Пока не заставила его, совсем слабого, переехать к себе моя младшая сестра.

(*Перевод Павла и Татьяны Соловьёвых*)

СТИХИ

***

Найти не сразу, что потеряно,
А найденное – потерять…
Стучала в окна птица серая,
Не в силах многого понять.

И мир вставал в окне неведомый
И тайный, будто бы не он,
Наполненный тоской и бедами,
Вчера был, словно страшный сон.

И просыпался мир, исполненный
Тишайшим счастьем бытия,
Такой же радостный и солнечный,
Как в люльке малое дитя.

И сам себя превозмогающий,
Восставший против злой беды,
Вставал, зарёй благословляющий
Деревья, улицы, сады.

***

Иней лежит на полях. Подморозило.
Лодки до лета ушли на покой.
Тихое небо и тихое озеро.
Вечер. Прозрачность. И пахнет зимой.

Тихое небо и тихое озеро.
Голые вербы, стоят над водой…
Нежные краски прощания с осенью

Переполняют мне сердце тоской.

Сколько ошибок за прошлыми зимами,
Сколько же бед отсчитали года,
Чтобы я понял: вот это – любимое,
Это любимое – и навсегда.

(*Перевод Елизаветы Полеес*)

***

Поговори со мной, когда уныло
Идет беда, спеша забрать покой.
Чтоб сердце одиночеством не стыло,
Прошу тебя: поговори со мной.

Когда молчать уж больше нету силы,
И радости остались за спиной,
И мир вокруг, как на краю могилы,
Прошу тебя: поговори со мной.

Я помню, как душа моя хотела
Отдаться правде, мудрой и святой,
И как, светясь надеждою, летела,
Но все прошло. Поговори со мной.

Поговори со мной, пока я верю,
Что в грустный день забытости земной
В мой одинокий дом закроешь двери –
И не уйдешь. Поговори со мной.

***

Ночью густой и серою
Выдохну тихо: «Верую».
Что-то в душе отпустится,
Словно весной распутица.

Взгляд повстречается с вечностью,
Утро с тишайшим вечером.
Там, где земля родимая,
Там, где моя любимая,
Там, где поступки чистые,
С этим всегда я выстою.
Ночь отзовется серая:
Верую,
Верую,
Верую.

***

Монолог городских окраин.
Тишь осенней ночной поры…
Я, как детство свое, читаю
Эти улицы и дворы.

Отступают печаль и горе,
Прошлый миг возвратив назад.
И совсем не чужой мне город,
Что укрылся за свой фасад.

А вокруг – фонари и тени,
И листва потеряла цвет.
Лишь загадочное сплетенье
Давних мыслей и давних лет.

И покорно душа сгорает
На безжалостном том огне
Одиноких ночных окраин,
Что сегодня открылись мне.

***

А в садах опять созрели сливы.

Паутинки просятся в полет.
Я подумал: только тот счастливый,
Кто в согласье с осенью живет.

Ведь земная жизнь когда-то спросит:
Чем себя корил и утешал?
Лето – в прошлом… На пороге – осень,
И тревогой полнится душа.

И яснеет разум в одночасье.
Затихает прожитая боль.
И приходит тихое согласье
С целым миром и самим собой.

***

Не суетиться б только, не мельчать…
Какие родники нам смотрят в лица!
А завтра мы их сможем повстречать?
Не суетиться б нам, не суетиться.

Кузнечик день читает без труда.
Вода спешит с природой породниться.
И хочется, чтоб было так всегда.
Не суетиться б нам, не суетиться.

Мы в слепоте сбиваемся с тропы.
Все дни мелькают, как в колесах спицы.
Чтоб и самим не превратиться в пыль,
Не суетиться б нам, не суетиться.

***

В задушевных объятьях травы
Я в мечтанья уйду с головою –
И познаю единство святое

С этим миром, вовеки живым.

И чудесным покажется мне
Все, что вижу. И чудиться станет,
Что куда-то плыву на спине
Я в зеленом густом океане.

И наполнюсь я верой такой,
Что когда быть собой перестану,
Прорасту молчаливой травой
Там, где родиной дышат поляны.

***

Нам здесь любить, смеяться, быть в слезах,
Порядок этот мудрый не нарушив…
А голуби летают в небесах –
Высокие и светлые, как души.

Над полем, где трава уже встает,
Над молодым и яростным разливом
Весенней песней длится их полет,
Возвышенный, свободный и счастливый.

И купола как будто бы летят,
И солнце в них купается беспечно.
И мир вокруг – как малое дитя.
И храм, как жизнь, вникающая в вечность.

***

Снова ходит тревога тенью,
Отбирая у сна покой.
Только слово – мое спасенье.
Только трепетный голос твой.

На рассвете играет соло
Беспощадный и злой мороз.
Снова жду, чтоб любимый голос
Луч надежды с собой принес.

(Перевод Валентины Поликаниной)

***

Заплачь же, скрипка, надо мной,
заплачь, чтоб ощутил душою
себя я в стороне родной,
где пахнет лесом и весною.

Развороши своим смычком
мою заснеженную память
и воскреси отцовский дом
через опавших листьев заметь.

Пусть разгадает твой скрипач,
где всей моей судьбы начало.
Ты на плече его поплачь,
как я на мамином, бывало.

***

Пускай не кроной, лишь корнями,
я с ненаглядной стороной…
Плывет над тихими полями
осенний сумрачный покой,

и пробуждается потребность
быть у родимых берегов
и слушать, вглядываясь в небо,
протяжный звон колоколов –

чтобы душою истомленной

вдруг ощутить, что стал сильней.
Так набирают мощи кроны,
питаясь соками корней.

(*Перевод Татьяны Шпартовой*)

参考答案

Тест

1. Выберите правильные варианты ответов.

(1) Где учился Н. Гальперович?

А. Витебский педагогический институт

Б. Литературный институт им. Горького

В. Белорусский государственный университет

Г. Минский институт культуры

(2) С какого года Н. Гальперович сотрудник новополоцкой газеты «Химик»?

А. 1980 Б. 1981

В. 1967 Г. 1990

(3) С какого года живет в Минске?

А. 1980 Б. 1981

В. 1997 Г. 1990

(4) С какого года член Союза писателей СССР?

А. 1980 Б. 1981

В. 1997 Г. 1990

(5) Где работал Н. Гальперович?

А. на полоцком стеклозаводе

Б. в полоцкой газете

В. на радиовещании завода «Полимир»

Г. на Гостелерадио Белорусской ССР

(6) С какого года заместитель председателя Союза белорусских писателей?

А. 1980 Б. 1998

В. 1997 Г. 1990

(7) С какого года дебютировал Н. Гальперович как поэт?

А. 1980 Б. 1981

В. 1967 Г. 1990

(8) В какой газете состоялся дебют Н. Гальперовича?

А. «Літаратура і мастацтва» Б. «Полымя»

В. Вожык Г. Химик

(9) Написана ли на стихи Н. Гальперовича музыка?

А. Да Б. Нет

(10) Какая тема поднимается в стихотворении «Заплачь же, скрипка, надо мной…»?

А. тема родного дома и малой родины

Б. тема любви

В. тема поэта и поэзии

Г. тема творчества

2. Ответьте на вопросы.

(1) В чем особенность поэзии Н. Гальперовича?

(2) С какими китайскими писателями можно сравнить творчество Н. Гальперовича?

Игорь Поляков

Биография

Игорь Поляков (3 декабря 1971 года) – белорусский писатель и режиссер. Родился и вырос в Гомеле в семье педагогов-математиков. Сейчас проживает и работает в Минске. В Гомеле окончил школу и в 1989 году поступил на математический факультет Гомельского государственного университета (ГГУ).

В 1994 году, после окончания университета, получил диплом инженера-программиста, который так и не найдет применения в реальной жизни, но инженерный опыт переселится в некоторых персонажей творчества И. Полякова.

В конце девяностых годов И. Поляков переезжает жить в Израиль. Изучает иврит, биомедицинскую инженерию, работает переводчиком.

С середины 2000 годов, после возвращения в Беларусь, работал в сфере видеопроизводства. А осенью 2009 года. дебютировал в качестве режиссера, сняв короткометражный фильм «Танго Октябрь…». Фильм побеждает в одной из номинаций кинофорума «КиноВарка-2009».

В конце 2012 года состоялась премьера нового фильма – «Секрет моего Повара». И через пару дней приходит новость о победе в литературном конкурсе «Первая глава» с повестью «Пространства». Книга была отмечена всеми членами профессионального жюри. Анатолий Андреев – член жюри, писатель, литературный критик, профессор: *«В повести «Пространства» присутствует своеобразная «поэтика временных сдвигов» – это и актуально, и в тоже время передает серьезное содержание произведения. Повесть, несомненно, отличает современный художественный язык»*. Через год белорусское издательство «Регистр» издаёт «Пространства».

В 2017 году, после успешного первого сотрудничества, в «Регистре» издана вторая книга – роман «Мистичковая история».

Публиковался в прессе: журнал «Чайка» (США) – эссе «Чемодан» и рассказ «Идеальная отговорка»; в журнале «Ева» (Беларусь) публиковался в качестве внештатного публициста и вел колонку в белорусской газете «Литература и искусство» на белорусском языке.

Игорь Поляков появился в литературе уже после своих сорока лет. Но в первые же годы, его книги и необычные книжные презентации совместно с коллегами по издательству стали событием в литературной и культурной жизни Беларуси.

Познакомиться с творчеством И. Полякова можно на сайтах: https://onebook.by/product/prostranstva/, https://onebook.by/prod-cat/authors/igor-polyakov/, https://www.chayka.org/authors/igor-polyakov-0.

ПРОСТРАНСТВА

(отрывок из повести)

Вместо предисловия

Из вводной лекции по геометрии профессора Шестакова Л.А., прочитанной 4 октября 1989 года в аудитории 3-1:

– Геометрия, друзья мои, – это пространство. Одно, два, множество. Одни пересекаются между собой, иные – параллельны. Вокруг нас – пространство, вокруг этого пространства – еще большее пространство. Да мы все живем в одном бесконечном мире-пространстве. А знаете, иногда мне кажется, что, возможно, некто такой же бесконечный и создал его вокруг нас и нас в нем. А значит – и мы с вами тоже можем создавать свои пространства миры. И мы создаем. Вокруг нас и внутри нас. Великие и малые. Плоские и объемные. Яркие и тусклые. Как сам мир.

В математике есть пределы-бесконечности и есть бесконечность пределов, так и наши с вами миры: у одних они умирают вместе со своими творцами, а чьи-то живут и после. В одних идет дождь, а в других светит солнце... Мы постоянно перемещаемся из пространства в пространство. В одном задерживаемся на миг, а в ином остаемся навеки. А может быть, и чье-то остается в нас. Таков наш мир, друзья, таковы наши пространства. Нда... Итак, геометрия...

Посвящается моему отцу – человеку,
который создавал вокруг себя и
внутри других людей пространства доброты.

I. ВРЕМЯ

– Синьор часовщик! Синьор часовщик! – стучал в окно мальчишка, разносчик газет.

Но синьору Мондини не хотелось отрываться от удивительного мира старинных часов, которые он перебирал в этот момент. Сделав вид, что не слышит, часовщик еще ниже склонился над столом, и вскорости мальчишка побежал дальше по лавкам других торговцев Via del Corso①.

«И зачем мне его газета? Какие хорошие новости могут быть в ней, в февраль-то сорок третьего?! Ох, и дернул же бес Дуче② ввязаться в эту войну...» – думал про себя старый часовщик. Да к тому же газетам он предпочитал радио, а там передавали прогноз погоды: «В Риме дожди, – но это он видел и так, из окна, – а на севере страны, в горах, ожидаются обильные снегопады. Возможны сходы лавин».

Но подняться ему все равно пришлось. В лавчонке становилось прохладно и сыро – нужно было подбросить в камин пару-тройку поленьев. Они были сыры, и пламя, без того жиденькое, готово было вот-вот потухнуть. Старик неохотно наклонился (в этой сырости совсем разболелась спина) и попытался картоном раздуть тлеющие угли. Поленья наконец затрещали. Пламя начало слегка подпрыгивать, и вокруг стало немного теплее. Часовщик, кряхтя, распрямил спину и вернулся к своему излюбленному занятию – починке часов. К этому процессу он с детства относился с каким-то благоговейным трепетом, почти священным, буквально уходя в миры своих, как он считал, живых подопечных, пытаясь разгадать в крошечных механизмах тайны мироздания. Впрочем, он был уверен, что знает о времени все…

До закрытия оставалось четверть часа. Об этом ему вразнобой сообщали бесчисленные часы, разложенные и развешанные по всей лавке. Но сверялся он всегда по большим часам, которые висели над входом. Они достались ему от деда, как, впрочем, и вся эта лавка. Часы были убедительны: всегда верно и спокойно отмеряли грузным маятником точность вечного, как и они сами, времени.

Вдруг звякнул дверной колокольчик, скрипнули петли двери и в лавку вошел человек. Старик узнал его. Последние дни этот высокий импозантный синьор в шляпе, с тросточкой в левой руке и пенсне на носу частенько захаживал в мастерскую. Ничего не спрашивал, только лишь рассматривал новые серебряные часы, которые месяц назад привез давнишний приятель торговца. У того

① Известная торговая улица в Риме. (*Здесь и далее – прим. автора*).

② Муссолини.

был часовой заводик, и время от времени он завозил Мондини какую-нибудь новинку. Приятель слыл большим оригиналом и всегда изобретал причудливые модели. Впрочем, синьор Мондини радовался любым часам. А эти, которые уже целую неделю рассматривал высокий синьор, были вполне забавны. Точнее, их циферблат: по окружности вместо привычных римских цифр от «I» до «XII» метки доходили до «XXIV». Более того, часы были еще и изящны! Резной, с замысловатыми узорами, серебряный блестящий корпус, плавно открывающаяся крышечка и длинная фигурная цепочка, тоже из серебра. Старик всего раз открывал их. В них было что-то таинственное, чуть ли не мистическое, как ему казалось. «А может, они просто созданы для мирной жизни? Может быть».

Но вдруг молчаливый посетитель задал вопрос:

– Простите, синьор...

– ...синьор Мондини, – нехотя ответил старик, в последнее время он не был расположен к новым знакомствам.

– Синьор Мондини, сколько стоят ваши часы? – и он приподнял их, открыв крышечку.

Часовщик весьма удивился: наверное, уже год никто ничего у него не покупал. Так, заносили иногда на починку, чем он и жил, но, чтобы купить... Старик не знал, что и ответить. Но господин не стал ждать ответа, достал из внутреннего кармана пальто бумажник и отсчитал несколько больших купюр. Мондини с острым взглядом часовщика быстро сообразил, что этой суммы ему с лихвой хватит, чтобы прожить до лета. Но он постарался не удивляться, только произнес:

– Они не заведены, синьор.

– Я вижу, стрелки едва сдвинуты к часу.

– Они новые, я их еще не заводил. Сейчас ровно без трех двадцать, – взглянул он на часы деда, – подведите их.

Но синьор в пенсне внимательно посмотрел на свою покупку и ответил:

– Зачем, синьор Мондини? У всяких часов есть свое начало, есть оно и у этих. Пусть будет, как будет, – он закрыл крышечку, подкрутил механизм, положил заведенные часы вместе с бумажником во внутренний карман пальто, взял тросточку и попрощался:

– Всего вам доброго, синьор Мондини. Спасибо за часы, – и тут же вышел.

Старый часовщик вяло махнул рукой в ответ и ничему не удивился. Он был уверен, что знает о времени все…

II. СНЕГ

Где-то падал снег... Хлопьями.

III. АЛЬБОМ

Почти полдень, небо высокое и ясное, видны даже звезды. Я уже час стою на Ponte Vecchio[1] и наблюдаю, как вся эта ясность отражается в реке. А еще я смотрю, как Арно[2] уносит на себе старые редкие листья. Мои мысли уносятся так же: медленно и бессмысленно. Позади суетливо и шумно: готовящиеся к празднику итальянцы передвигаются почти бегом. Конец декабря, скоро Рождество. Кстати, не забыть напомнить себе: у меня сегодня день рождения. Впрочем, неважно. Светит солнце, как осенью, только зябко. «А где-то сейчас падает снег... хлопьями», – отчего-то приходит на ум. Я кутаюсь в плащ. Надо бы заглянуть к старику Франческо, погреться.

Синьор Франческо – владелец небольшого ресторанчика неподалеку. Это старое кафе не указано ни в одном каталоге, и посему там почти никогда никого не бывает, для итальянцев оно почти как дом. У входа – его младшая дочь Лючия. Она подметает крыльцо.

– Ciao[3], Andreo! – они всегда приветливы и улыбчивы.

– Ciao, Lucia! – я очень люблю их.

Выбегает и младшая внучка. Малышка приветствует меня так же эмоционально. Я подхватываю ее на руки и даю леденец. Мы входим внутрь. В кафе тепло, пахнет утренней снедью и горячим кофе. Девочка бежит к деду и сообщает обо мне.

За столиком я быстро пробегаю глазами заметку о результатах футбольной игры: кто-то забыл утреннюю газету. Средняя дочь, Кьяра, приносит дымящиеся спагетти, тонко нарезанный пармезан, стаканчик белого тосканского и горячий капучино. Три года в моем здешнем образе жизни ничего не меняется. Впрочем, изменилось почти все! Имя, язык, даже акцент. И если бы не А.С.[4], я бы постарался забыть и русский.

---

[1] Старый мост (*итал.*) – один из флорентийских мостов через реку Арно.

[2] Арно – река, протекающая через Флоренцию.

[3] Ciao (*«чао» итал.*) – традиционное итальянское приветствие.

[4] Александр Сергеевич (Пушкин).

Теперь я согрелся. Через пару минут подходит и сам хозяин кафе.

– Ciao, figliolo[1]! – синьор Франческо расплывается в улыбке и по-отечески хлопает меня по спине и плечу.

– Ciao, don Francesco! – ему нравится такое обращение. И он садится рядом. Синьор Франческо достаточно грузен, и поэтому делает это не спеша, я бы даже сказал – величественно. Я улыбаюсь ему в ответ и говорю еще один комплимент:

– Очень вкусные спагетти, прекрасный соус! – старик доволен.

– Новый рецепт, сынок! – с гордостью отвечает он.

– Очень вкусно! – мне, правда, вкусно, а пара глотков тосканского приводит мои мысли в порядок.

– Здорово вы вчера повеселились, Андрео! Все кафе ходуном ходило! Ай, молодцы! – синьор смеется. Тут он прав: вчера мы весело отметили премьеру!

– Надеюсь, дон Франческо, мы вам ничего не поломали?

– Что ты, Андрео! Твои студенты просто замечательные ребята! Но столько Chianti[2] у меня не лилось рекой уж давненько!

– Да, Chianti у вас просто бесподобное! Не то что в каких-то там супермаркетах, – мне очень хочется говорить ему приятное.

– О чем ты, сынок! Какие супермаркеты! Ты же знаешь, Пьетро привозит мне бутылки со своих же виноградников. А у него что ни год – то урожай!

– Да, конечно, я знаю.

Тут дон Франческо резко достает из-за спины какую-то увесистую пластиковую сумку. Я сразу узнал ее. Старик протянул мне пакет, его лицо выражало неловкость.

– Ты извини, сынок, но-о... – он все делал не спеша, в том числе и говорил, – ты так увлекся вчера...

«Да уж, увлекся – это мягко сказано», – я опять вспомнил вчерашнее и сделал еще глоток вина, но он продолжал:

– ...и забыл его. Лючия нашла пакет под столом, – он замялся. – Ты еще раз извини, но это все женщины... – он обернулся к бару и крикнул дочери:

– Лючия! Быстренько два капучино! – он снова улыбнулся мне. – Альбом нечаянно выпал... и... ох уж эти женщины! В общем, мы немножко полистали его, bambino[3]! Там очень красивые фотографии!

---

① Figliolo (*«фильуло» итал.*) – сынок.

② Chianti (кьянти) – сорт красного итальянского вина.

③ Bambino (*итал. разговорный*) – малыш.

Я уже достал альбом из сумки и листал его. Там была вся моя семья, друзья, старинные и не очень, учеба: школа и университет, что-то и кто-то из новой жизни. Я совсем забыл о нем, но вчера, когда искал в шкафу туфли, наткнулся на этот самый пакет. Как же я обрадовался! Но времени хотя бы полистать его у меня не было, и я захватил альбом с собой на премьеру, а потом он оказался в кафе у синьора Франческо. Тот уже пересел поближе и вместе со мной рассматривал тех, кого я уже три года как потерял. Я коротко рассказывал синьору Франческо о них, о тех, кто был на старых, еще черно-белых, фотографиях, о событиях вокруг. И тут мы наткнулись на фото, сделанное в конце июня девяносто четвертого. Это был наш выпускной вечер в университете. Сердце екнуло и застыло. Я не знал, что рассказать о той, которая была на этой фотографии. Коротко не скажешь, но, честно говоря, после вкусного горячего завтрака и стаканчика тосканского я был не прочь поговорить. Старик уловил перемену во мне, но молчал: он не хотел меня торопить. Я знал его уже не один год: всегда эмоциональный и энергичный, но в то же время степенный, мудрый, тактичный и очень добрый. И всегда-то у него отыщется нужное слово! Он поставил передо мной еще чашечку своего фирменного капучино, потрепал по плечу и сказал:

– Не волнуйся, Андрео. У нас весь день впереди.

Я задумался ненадолго, с чего начать свой рассказ: важно было все. Но что было самым важным в то время? На секунду я остановил свои мысли... Самым важным все же всегда была только она, ее мир. Я еще раз взглянул на фотографию и начал:

– Это был май. Конец мая…

IV. ОНА

Моросит дождь. Капли на лице как слезы. Тепло. Я бегу через сквер. Дышится легко. Деревья уже зеленые, цветет сирень. Голова кружится. Нужно успеть к третьей паре. Она наверняка еще в общежитии. Я не видел ее месяц. «Прости! Три месяца без тебя – три месяца без жизни», – правильные слова тщательно подобраны. И... не помять цветок, приложил руку к груди – на месте. Все. Вот оно, общежитие. Третий этаж, большое окно приоткрыто, белый тюль, горит свет. Она дома.

Старое общежитие на Луговой мало чем походило на место для романтических встреч. Довоенное трехэтажное зданьице: бледно-желтые стены с облупившейся штукатуркой, раздолбанные ступеньки у входа, серая дверь на тугой пружине и вечный дед-политрук на вахте. Но ее комната – это всегда отдельная вселенная в сонных мирах пустых серо-зеленых коридоров с запахом нескончаемого ремонта, сырости и обреченной зябкости. И стоило только приоткрыть дверь в эту вселенную, как золотистый свет из-под оранжевого абажура увлекал в беззаботный и разговорчивый уют. Здесь все в своей гармонии: запах дома, аромат чая для гостей, свежесть воздуха и нежность духов. Музыка, настраивающая на нужное настроение, доносится из поскрипывающего кассетника[1]. Летние этюды в резных рамочках на фоне розоватых обоев с нелепыми цветами. Бабушкины коврики скрывают следы предшествующих обитателей комнаты. Самодельные полки, на которых старые и новые книжки выстроены в ряд не по росту, но по смыслу. Стол с красным инвентарным номером на ножке и вязаной цветастой скатертью сверху. На столе ручки, карандаши и конспекты пытаются спорить о своем превосходстве с фарфоровыми чашками на синих блюдцах. В огромном окне приоткрыта створка, и бледная занавесь танцует блюз с уличным ветром. Рядом кровать как трон, на котором – она. Свет из-под оранжевого абажура рисует ее силуэт, примятая подушка как холст. Она читает и улыбается о чем-то своем. Плюшевый пес с живыми глазами и красным языком улыбается у нее на коленях. Шотландский плед небрежно кутает ноги. Ей хорошо. В левой руке у нее яблоко, а правая придерживает страницу. Прядь волос прикрывает один глаз, но я вижу его небесную бирюзу. Вот она отрывает взгляд от книги. Теперь она улыбается мне и мир из гармоничного становится небесным, потому что я вижу ее глаза, лучистые, улыбающиеся. Это – ее мир, это она.

– Привет, – говорю я ей.

– Привет, – улыбается она.

Она откладывает книжку в сторону, плед падает на пол, пес послушно спрыгивает с колен. Я расстегиваю куртку и достаю теплый, чуть примятый ландыш. Она обувает свои яркие тапочки и сдувает прядь с глаз. Как ребенок. Я улыбаюсь, делаю шаг вперед и протягиваю цветок.

– Прости, – тихо говорю я, и ландыш оживает в ее ладони.

– Прощаю, – улыбаются ее глаза.

Она обнимает меня. Мы молчим. Дождь, замирая, роняет на подоконник

① Кассетный магнитофон.

редкие капли, я тихонько прижимаю ее голову к себе и вдыхаю тепло и яблоневый аромат волос. Мне спокойно. Ей тоже. Я знаю. Где-то внутри нее звучит музыка, я слышу ее – это наша музыка. Мы танцуем. Как всегда. Все позади. Я больше не оставлю ее. Мы вместе. Как тогда, у Геннадия на даче…

Девяностый год. Дача. У Геннадия – день рождения. Настроения ехать у меня не было. Совсем. На днях заканчивались каникулы – наши первые каникулы в университете. После выходных снова учеба: компьютеры, математика, программирование. Позавчера вернулся из армии друг, сколько было выпито портвейна, не помню. Вчера – серьезный разговор с родителями по поводу все той же учебы, а сегодня у Генки день рождения. Он пригласил почти всю нашу новую компанию к себе на дачу. Ох, ну и дача у них! Замок! Геннадий взялся сам собирать всех нас по городу на отцовской машине. В общем, можно сказать, что внешне Генка был самый что ни на есть мажор, к чему обязывало обкомовское настоящее его отца, но, по сути, какой-то он был совсем не мажористый. Ходил, как охламон, в потертых джинсах и таких же кроссах. Завязывал длинные волосы в косичку. Курил «Приму», слушал старый британский рок и пытался рисовать абстракцию. Хотя, пожалуй, он все же был мажором, потому что у него, наверное, у первого в конце восьмидесятых появился японский плеер.

Странный тогда был февраль, теплый до невероятности, почти без снега. Забрал меня Генка из дому. Ну никакого настроения! Сунул в руки огромную сумку с мясом, «шампунем»[①] и вином. Рядом усадил свою болтливую сестру-малолетку. Поехали, в машине греет печка, играет музыка. Предстоящая дорога обнадеживает заслуженной дремой, но тут мы сворачиваем с проспекта и подъезжаем к общежитию на Луговой.

– Генка, кого ты тут забыл? Мы ж должны сейчас Танюшку и Игореху на проспекте забрать, – спрашиваю я.

А сестренка его возьми да ляпни:

– А у Геночки тут любовь живет с подружкой! Ты не знаешь, Андрюшечка, а я вот сегодня слышала, как Генусик наш по телефону...

– Заткнись, дурочка, щас высажу и на тралике домой поедешь! – перебил ее Генка.

Впереди сидел Димон, наш дорогой Димон, душа компании, гитарист и

① Шампанское

авантюрист по жизни. Жаль, что его не будет на выпуске. После первой сессии он со спокойной душой отхватил пару по истории КПСС и еще с более спокойной душой собрался отчалить в Израиль. Но в тот момент он проснулся и выдал свое очередное великое изречение:

– Деточка, когда вы слышите нечто, спросите у собственных ушек: «А полезно ли для вас, ушеньки, слышать то, что вы слышите?» Поверьте, вам станет легше[1] жить... – после этого Димон прижался к грифу своей гитары и так же тихо впал в дрему, как и вышел из нее полминуты назад.

– Генка, правда что ли? Какая еще любовь-морковь? Там же ребята ждут!

Я и понятия не имел, кто там вдруг у него появился, еще три дня назад на дискотеке он был совершенно свободен. Более того, эта идея с новым пассажиром была мне совсем не по нраву, потому как с его младшенькой и сумкой мы занимали две трети всего заднего пространства «Волги».

Но тут дверь общежития громко хлопнула, даже Димон проснулся окончательно:

– Худшее позади, – молвил он. «Колхоз», – подумал я.

Из него выбежали две общаговские принцессы. На первый взгляд их различали только шапки, да и те по цвету – «сиреневенькавая и красненькавая», как выразился наш друг-философ.

– Энди, ты – весь вопрос, – не поворачиваясь, обратился ко мне Димон.

– Ну, и какая твоя, Ген? – спросил я. Настроение мое совсем уж покатилось вниз. Сейчас обе эти районные красавицы заполнят своими куртчищами все оставшееся пространство и мне точно придется посадить на колени малолетнюю Жанку.

– Красная шапочка... так вот, Красная шапочка – не его, – по-димоновски изрек Димон. «Не все так страшно», – подумалось мне.

Генка открыл окно и крикнул:

– Девчонки, давайте назад! – худшее, однако, подтвердилось. В общем, настроение мое в тот момент...

Рядом со мной открылась дверца и волной меня сдвинули на самый центр сиденья, именно туда, где удобно меньше всего. Звякнули бутылки. Справа меня прямо-таки задавила та самая Красная шапочка, которая не Генкина.

---

① Легче.

– Простите, сэр, я не помешала вам?

«Мы еще и шутим? Однако», – отметил я про себя, а вслух добавил:

– Нет, леди, вы принесли мне счастье, – я даже не попробовал улыбнуться.

Сиреневая шапочка рассказывала о каком-то модном бразильском сериале. Геннадий блаженно улыбался и ехидно посматривал на меня в зеркало заднего вида. Димон время от времени вставлял свои философские изречения, чем приводил в восторг Сиреневую шапочку. Красная же шапочка почему-то молчала и смотрела в окно. А я заслушался магнитофоном: Иглесиас пел о какой-то загадочной Натали. Мне стало окончательно тошно. Мысли уходи ли к будущим шашлыкам, которые покоились у меня на коленях в виде только что купленной на базаре вырезки. Короче, я закрыл глаза и загрустил вместе с Иглесиасом о далекой и неведомой Натали. Мысли крутились одна за другой: «Почему все так несправедливо устроено? Когда ты хочешь веселиться и гулять, идет дождь, снег, град, да все, что угодно, но только не солнце. А когда тепло, зиме конец, солнце, друзья рядом – все так противно и нескладно. Все кувырком, и никто тебя не понимает. Ну почему я не пошел с парнями на озеро продолжать «встречать Славика»? Нет. Уж лучше я вылезу прямо сейчас, пока еще не выехали за город. И зачем еще Генка их взял – этих дурацких «шапок»?!» – но попросить остановить машину у меня не было возможности: Жанка больно вдавила свой острый локоть мне в бок, шарф вдруг неудобно перетянул горло, а та, которая Сиреневенькая, громко захохотала. Я умер.

Но тут Красная шапочка тихо дернула меня за руку и прошептала почти на ухо:

– Сэр, не позволите ли взять часть вашей ноши на себя?

– Нет, леди, э-э-э...

– Натали, сэр, леди Натали, – добавила Красная шапочка.

«А не все так далеко, – подумал я, посочувствовав Иглесиасу. – Знал бы брат Хулио, что Натали живет в первой общаге на Луговой... Что бы было с беднягой в его Париже...» – а сам ответил:

– Сэр Эндрю, леди... э-э-э... леди Натали...

– Что? – что-то недопоняла леди.

– Сэр Эндрю, говорю. Так вот сэры, леди, привыкли переносить все тяжести на себе.

Натали тихо рассмеялась, и в эту секунду паразит Генка резко затормозил перед воротами своей, мягко говоря, дачи. Меня бросило вперед и окончательно задавило сумкой. Я только и смог, что сдавленно выдавить из своего прижатого живота:

– Спасибо тебе, Геннадий.

Все засмеялись и выскочили из машины. А я остался. С сумкой на коленях, в животе, под ребрами, казалось, она была везде. Впереди, за стеклом машины, я видел ребят: все уже были в сборе, но никто не обращал на меня внимания. В маленьком зеркале заднего вида в пустой машине виднелась моя глубоко печальная физиономия. «Все-таки я прав: мир жутко несправедлив. Почему он никогда не считается с нами? Со мной? Вон они, мои люди, за стеклом. Но вот только почему я не с ними? Как будто все стали чужими. Почему, когда ты находишь, то сразу теряешь? Почему Димон, мой Димон, с которым была выпита первая кружка самогона на картошке, с которым по ночам горланили песни под гитару, вдруг уезжает из моей жизни? Почему, когда мы собираемся в свой круг, в него должны вторгаться чужие, непонятные и чуждые существа? Генка, ну скажи мне, почему мы берем неизвестно кого и неизвестно в чем с собой? Почему ты подставил меня с этим дурацким задним сиденьем? Ради кого? И вообще, почему в этом мире так много нелепых шапок и курток? Красные и сиреневые... Как будто на свете нет других цветов и нет других шапок. Ну, почему они, бесцветные и бесформенные, всегда вторгаются в нашу жизнь? Вертелись бы на своих орбитах, чуждые создания Вселенной. Как же хочется больше яркости, жизни и праздника. Да ну вас всех! Щас вылезу и «разорву» этот наш мирок. Больше жизни, Энди! Плевать на шапки!» – но не успел я довозмущаться, как кто-то потянул за сумку, все еще больно мешавшую мне дышать. Я повернул голову, чтобы увидеть наглеца и высказать, наконец, все, что думаю и о нем, и вообще об их вечеринке и...

– Ну что, сэр Эндрю, совсем приуныли, да? Раны боевых походов беспокоят начинающего рыцаря?

«Только этого еще не хватало, ну что тебе нужно? Чего ты хватаешь сумку?»

– Хочу помочь, – вырвалось у нее.

– Меч в груди застрял, леди... – ответил я на вопрос, но леди отчего-то засмеялась, все-таки потянула за сумку и окончательно избавила мой живот, колени и грудь от этой невыносимой ноши. По правде говоря, мне стало легче, и я добавил:

– Ах, леди, ну зачем же вы обнажили мою рану?

– Чтобы залечить ее, сэр, – как-то серьезно ответила местная мечта брата Хулио.

А может, мне просто показалось, что она ответила серьезно, и я взглянул на нее. Она уже была без этой нелепой красной шапочки и без шарфа. Да и она ли это была... Синий просторный свитер с широким вырезом обнажал тонкие ключицы, красивую шею с изящной золотой цепочкой и маленьким янтарным кулончиком. Длинные ухоженные светлые волосы чуть-чуть прикрывали лицо, а в ушах золотые сережки-ниточки отражали солнце. А еще была улыбка, от которой почему-то сразу стало тепло. И, конечно, глаза... Улыбающиеся глаза бирюзового цвета. Я даже не знал, что и ответить, но она продолжала:

– У меня есть отличное средство для вас, – я уже потихоньку выбрался из машины.

– Какое же? – но не успел я сказать что-то еще, как услышал крик из окна:

– Андрюха, ну чего ты там застыл? Тащи сюда мясо! – это был зов именинника.

Я словно очнулся, подхватил сумку, невпопад пожал руку мисс и сказал:

– Извините, леди, труба зовет, – она улыбнулась в ответ, что-то будто искрилось в ее глазах. «Нет, тут что-то не так», – подумал я и побежал в дом.

На крыльце меня ждал что-то жующий Геннадий:

– Давай сюда, тормоз! Что ты там завис? – он выхватил у меня сумку и крикнул маме: – Ма, уже несем!

– Геныч, так все-таки, кто они такие?

– Шашлыки! – сострил он, и я с силой пихнул его в бок, мне все еще хотелось отомстить за эту дорогу. – Да ладно тебе, Андрюха! – он похлопал меня по спине. – А че, скажи, Наташка-то – ниче, да? – и он, рассмеявшись, подмигнул мне.

– Дурак ты, Геннадий! – пока мне не хотелось шутить.

– Да наши они, факультетские, – мы вошли в кухню, Генка подхватил кусок колбасы и закинул в рот, – только с педа, – продолжил он, жуя сервелат. – Я с Вероничкой вчера познакомился, вечером. Она, бедняжка, в библиотеке припозднилась, а я как раз туда зашел, чтоб книжки с прошлого семестра сдать.

– Ну и ты, конечно, ее успокоил?

– Ага! – ответил мой друг-мажор и потянулся за вторым кусочком. – И даже до дома проводил. И даже полку у них в комнате прибил.

– И чаю попил... – добавил я.

– И чаю попил.

– И печенья поел...

– И печенья поел. И сказки им на ночь рассказал, – друг мой был явно доволен собой.

– Кому это – им?

– Да Вероничке и Наташке. Они ж вдвоем в комнате живут, – тут он пристально посмотрел на меня и предложил: – Кстати, старина, а ты бы не терялся, подкатил бы к Наташке, а?! Классная девчонка, веселая – атас!

Мне даже стало немножко смешно, и я ответил:

– Спасибо тебе, старина! Ты – настоящий друг. Но у меня немного другие планы.

– Да знаю я, какие у тебя планы, – он подмигнул мне. – Ладно, победы тебе! Иди, развлекай народ, – Гена взял сумку и стал выкладывать из нее содержимое.

Он знал, о какой победе говорил. Конечно, это была Ника Севастьянова. Что скажешь – богиня курса. Да нет, факультета! Вожделенная мечта всей мужской половины курса. Сегодня или никогда. После первой бутылки начну.

Настроение стало возвращаться. Оглянулся вокруг: солнце было уже низко, кроны деревьев и окна соседних домов отсвечивали багрянцем, воздух был по-весеннему теплым: вот-вот появятся почки, где-то пела лесная птица. Я поглубже вдохнул совсем уже не морозный воздух, сердце забилось ровно, стало спокойнее, и уже было ясно, что вечер, пожалуй, может получиться. Позади дома слышались разговоры, бренчание гитары и смех ребят: Димон рассказывал последние байки под гитару, и я бросился к ним. Димка сидел на завалинке, что-то наигрывал на гитаре и одновременно рассказывал свою историю. Все внимательно слушали его и смеялись. Кто-то просто стоял и слушал, кто-то присел на корточки, а некоторые наливали чай из большого самовара. Кстати, здесь я увидел и наших «шапочек». И весьма оценил «сиреневенькавую», Генкину, как и все его вечерние старания. Она тоже была без шапки, да и зачем она ей, если у нее такие густые длинные локоны. К счастью, куртка тоже была не на ней, зато на ней была невозможная для того времени джинсовая мини-юбка, из которой тянулись весьма даже макси-ноги в модных сапожках, а бело-белый узкий свитерок только подчеркивал все достоинства выбора моего друга. В руке у нее была кружка с чаем, который выплескивался от ее заливистого смеха. Рядом стояла и «красненькавая». Она была немножко пониже ростом. Но все же в леди было что-то особенное. Неуловимое или загадочное... Нет. Гармоничное! Да. Именно так! От того, как она держала кружку, обеими ладошками, красивыми, как у музыканта, неспешно подносила ее ко рту, незаметным движением губ сдувала белый пар и делала едва уловимый глоток. Ее волнистые волосы спадали на приоткрытые ключицы. В янтарном кулончике вместе с ниточками-сережками отражались лучи заходящего солнца. Гармоничными были и синий просторный свитер, который небрежно свисал ниже бедер, и со всем не советские «джинсы-стрейч» под тон свитера, и такие же кроссовки, а главное – ее глаза, негромкий смех и... Вдруг кто-то тронул меня за плечо. Я обернулся.

– Хай, Энди! – передо мной улыбалась красавица Ника.

В эту же секунду я забыл обо всех на свете. Вот это удача!

– Привет, Ника. Отлично выглядишь! – оценил я девушку, которая заслуживала оценки «сногсшибательно». Оказывается, юбки, как у «Мисс Киряевск-89», чем мне позже похвалился довольный собой Генка, уже вовсю входили в моду, но главное – какие ноги ходили в этих юбках! А это были ноги Мисс-Университет-Этого-Года Ники Севастьяновой.

– Спасибо, Энди, – она улыбнулась мне улыбкой американской мечты. – Что-то ты грустный?

– Как можно радоваться, когда солнце взошло только сейчас? – Ника оценила мой подхалимажный экспромт и, улыбнувшись еще ярче, спросила:

– Надеюсь, теперь тебе стало светло? – ей явно понравилась моя игра. Что ж, рыбка клюнула – вечер все-таки задался! И это моя награда. Я взял Нику под руку, и мы пошли в дом, по дороге обсуждая последний университетский вечер, где она дебютировала как певица.

Вскоре родители Геннадия уехали на служебной машине отца. Мясо было замочено. Стол накрыт. Это был просто волшебный стол! Начало девяностого года, а на столе – бутерброды с красной икрой, сервелат, колбаса «Московская» и еще многое другое, то, что в последние годы я не всегда ел даже по праздникам. Вот он – победивший социализм в отдельно взятой... семье. Но особых идеологических противоречий у меня не возникло, а желудок вообще как-то по-рабски сдался, так и не выказав к этой партийной роскоши никаких диссидентских взглядов.

За столом мы с Никой продолжили пустой треп, ей было даже смешно. Я уже и забыл и про леди Натали, и про Генкину «Мисс Киряевск-89», да и не заметны они были в этой чужой для них компании. Все застолье мы с Димоном соревновались в тостах. Через пару часов все тосты были сказаны, шампанское допито, портвейн давно начат. Пришло время танцев. Но сил и желания танцевать у меня не осталось, так что Ника была все же проиграна мною королю рок-н-ролла Димону. От шампанского, вина и близости камина голова шла кругом, и, наплевав на всех богинь мира, я бухнулся на скрипучий диван. Мисс-Город-Будущего-Года и Димон блистали. Мне было приятно на них смотреть. «Хорошо, что не облажался», – от этой мысли мне совсем расхотелось танцевать, я стянул со стола чей-то недопитый фужер с портвешком и опустошил его. Стало противно, я закрыл глаза и задумался о чем-то вечном, наверное, просто ни о чем. Все уже совсем развеселились. Каминный жар распарил меня, и я решил выйти на улицу.

Дверь – граница. Делаю шаг в новый мир. Боже, как хорошо! Февральский вечер был скорее похож на раннеапрельский. Бесконечное ночное небо, далекие звезды, а воздух за городом необычайно свеж. Я глубоко, очень глубоко вздохнул, сразу же стало легче. Новый мир показался весьма привлекательным, по крайней мере, не душным. Я постоял так минут пять. Очень не хотелось возвращаться в тот, старый мир, но я подумал: «Нет, старина Энди, ты еще должен показать, чего стоишь. Веселее, дружище!» Я повернулся, рванул дверь на себя и...

С той стороны, где шумела музыка, воздух был жарок, словно из параллельного мира, на меня свалилась... Красная шапочка. «Ой, а я совсем забыл про мечту Иглесиаса...» Она, наверное, испугалась, потому как на мгновение прижалась ко мне, точно существо, шагнувшее в неизвестность, в иное измерение. Существо не понимало, что происходит вокруг, но вдруг ощутило какое-то родное и знакомое тепло, за которое можно ухватиться и быть в безопасности всю оставшуюся жизнь в новом и пока чуждом мире. Дверь захлопнулась. Стало тихо. Где-то продолжала петь лесная птица. Я почувствовал неловкость, но мне не хотелось отпускать Красную шапочку даже на мгновение. Теперь и я окончательно оказался в новом мире; и мне так же, как и этому существу, захотелось удержаться, зацепиться в окружении ночной бесконечности за свое, родное, то, что невозможно объяснить словами, но можно ощутить всем сердцем, спасительное тепло. Мы простояли эти мгновения, которые решали участь Вселенной, невольно прижавшись друг к другу. Наташа подняла на меня глаза и тихо рассмеялась. Мне тоже стало смешно, весь бесконечный стресс этого дня улетучился, и я неожиданно для себя предложил: «Пойдем потанцуем».

В доме громко надрывался Пресли. Но тут закончилась сторона кассеты и музыка оборвалась. Стало очень тихо, кто-то переставлял кассету. Несколько секунд мы так и стояли молча. Моя леди Натали (а чего это, собственно, она моя?) стояла, уткнувшись носом в плечо. «Опьянела», – подумал я, но... заиграла музыка. Что-то медленное. Я не смотрел вокруг, мы просто начали танцевать. Вдруг леди Натали заговорила. Она о чем-то долго рассказывала. Я слушал. И молчал. И не понимал, что происходит. Мне показалось, что танцевали только она и я. Света не было, только каминное пламя поблескивало оранжевым светом по стенам, оставляя на них расплывчатые тени. Не знаю, сколько времени это длилось. Мне потом сказали, что мы продолжали танцевать, когда закончилась кассета и все вышли на улицу за шашлыками. Может быть, мы слышали одну и ту же мелодию где-то внутри нас?

Потом мы пошли гулять по поселку. Дошли до речки. Удивительно, но уже в начале февраля лед на ней тронулся и теперь тихо плыл по реке. Не было даже ветерка. Но свитер леди Натали не был таким уж теплым, я заметил, что ей зябко, стащил с себя свой и напялил на нее. Было забавно, она засмеялась и состроила смешную рожицу. Я даже и не помню, о чем мы говорили тогда. Я наверняка рассказывал о своих глупых мечтах, глядя ей прямо в глаза. Она слушала меня и улыбалась – глазами, всем лицом. И мне захотелось обнять ее и прижать к себе так сильно, чтобы стать с ней одним целым и остаться на этом месте навсегда. Но я даже не поцеловал ее в тот вечер. Странно – мне было просто хорошо. Ни счастливо, ни громко, вообще кричать не хотелось, а просто было хорошо в ту ночь у ожившей после зимы реки...

...Меланхоличный дождь, как старый уставший тапер, по-прежнему играл на подоконнике свой блюз. Пожилой клен за окном подыгрывал ему, шелестя молодыми листьями, и прозрачная занавесь продолжала неспешный танец с уличным ветром. Третья пара уже давно прошла. Впрочем, с ней прошли и все наши пары. Завтра начинается подготовка к экзаменам. А через месяц – выпускной. Она будет в шитом на заказ платье с воздушными цветами весны – я увидел его на ней пару часов назад. А сейчас мы говорим обо всем подряд. Она шепчет мне на ухо что-то веселое и пустое. Смеется. Нам тепло вдвоем и спокойно. Вероника уехала на неделю домой – а значит, мы можем никуда не спешить и наслаждаться только тем, что опять вместе.

V. ПОЛУНОЧНЫЙ ТРОЛЛЕЙБУС

В кафе заходили завсегдатаи. Кто-то из знакомых подходил ко мне похлопать по плечу и поприветствовать «amicone[1] Andreo», я улыбался им в ответ. Старик подлил мне еще немного вина и пододвинул чашку с душистым капучино. Мы оба смотрели на фотографию, с которой и начался разговор. Я отпивал маленькими глотками то вино, то кофе, смотрел на фото и пытался сообразить, не забыл ли я отметить какую-нибудь важную деталь. Дон Франческо наслаждался любимым свежевыжатым соком и с улыбкой не то отца, не то деда о чем-то рассуждал сам с собой, поглаживая пальцами первое цветное фото из моего альбома.

Наташка весело улыбается в объектив, а я смеюсь, обнимаю ее, а там, на заднем фоне, Леша-музыкант играет блюз на саксе. Смешно и нежно: мы счастливы, пьяны, мы – герои. Этот мир, наконец-то, наш.

– Какие у нее красивые глаза, Андрео, – синьор Франческо с улыбкой смотрит на это самое фото, я молча соглашаюсь с ним. – Что я говорю? Да она просто красавица! А ты, bambino, еще совсем юный, и глаза такие веселые, не то что нынче, – пожалуй, он прав, я опять соглашаюсь и делаю глоток остывающего напитка.

– Жаль, что во Флоренции нет троллейбусов, синьор Франческо.

– Почему, сынок?

– Это очень красиво, padre[2]. Особенно, когда едешь ночью: троллейбус пуст, город тоже, а за окном идет дождь...

Почти полночь. Старенький троллейбус, шумно кряхтя и завывая, мчится от остановки к остановке. Он пуст. На улице декабрь, мокро. Началась привычная для наших мест зимняя оттепель: после первых морозов шел дождь. Капли ползут вниз по стеклу, закрывая собой неприглядные и про мозглые виды пустынного зимнего города. Я всегда любил ездить по нему ночью в троллейбусе, но обычно мне приходилось возвращаться домой. Сейчас я ехал из дома.

Полчаса назад позвонила Наталья и сказала, что забыла передать маме испеченный ею торт и какие-то салаты. Завтра – мой день рождения, у нас дома собиралась вся моя родня и друзья. Но к чему такая спешка? Почему нельзя все отвезти завтра? Кто же поймет этих женщин! Я набросил на себя плащ и с большой неохотой вылез в дождливую полночь. До общежития ехать четыре остановки, я сидел у самого окна и наслаждался мозаикой капель, которые сонно

---

① Amicone (*итал. разговорный*) – дружище.

② Padre (*итал.*) – отец.

ползли по толстому стеклу и преломляли в себе яркие огни рекламы. Но это была лишь прелюдия к настоящей симфонии. На второй остановке в троллейбус зашли два лохматых парня в кожаных куртках. Один играл на дудочке, а другой на гитаре. Это был очень знакомый и симпатичный джаз. На третьей остановке – две «цветастые» девушки-хиппи, которые в такт первым музыкантам отбивали бубнами звучный ритм. Ситуация становилась такой же сюрреалистичной, как и цветные картины за каплями дождя. Я улыбнулся. Мне даже подумалось, что это сон, очень милый сон в честь дня рождения. Мы подъехали к общежитию, я встал и направился к дверям, ночные музыканты следовали за мной. Это просто какое-то сумасшествие! Двери открылись – и музыка, которая следовала за мной по пятам, вдруг слилась в единый оркестр из саксофона, трубы и барабанов. Толпа народа стояла на остановке с транспарантом. Заиграл марш, и все вокруг запели: «К нам приехал, к нам приехал Андрей Михалыч дорогой!» Потом овации, потом опять веселый джаз, вспышки, потом... Потом лицо. Радостное, сияющее, смеющееся! Она выскочила из толпы, крепко обняла меня и, ко всеобщему восторгу, одарила меня зажигающим все вокруг поцелуем. Я успел взглянуть на часы – была полночь, был мой день рождения. Мне не нужно было вычислять, чья это идея, – это была ее душа.

Старик слушал меня завороженно, а когда я закончил, сказал с улыбкой:

– Да, пожалуй, стоит съездить в Рим к внучке и покататься на троллейбусе. Но к чему ты это мне рассказал, Андрео?

– К этой фотографии.

– К этой фотографии? – недоуменно переспросил он.

– Да. Через полгода после этой истории я снова ехал в пустом троллейбусе по ночному городу. Только ехал уже в обратном направлении...

У меня были совершенно ясные и глобальные планы. Многие из наших ребят уже на последнем курсе имели денежную работу: кто-то открывал киоски – считать-то нас научили. Кто-то шел работать в первые банки, а некоторые писали программы для крупных иностранных компаний. Я тоже подрабатывал в одной фирме, получая по тем временам весьма неплохие деньги. На факультете меня ценили, а моя дипломная работа должна была стать одним из важнейших событий нынешнего выпуска программистов. Мне даже предлагали остаться на кафедре, поступить в аспирантуру и через пару лет защитить диссертацию. Частенько я вел практические занятия у первокурсников: мне это нравилось, я любил поболтать с ребятами, тем более они прекрасно знали меня по студенческому театру, по нашим аншлаговым спектаклям. В общем, я дышал студенческой жизнью, и почему бы не продолжить ее и после окончания университета? Да вот только мои мысли и душа жаждали большого бизнеса, неминуемого. В те времена все это было ново для нашей страны. Казалось, стоит только сделать первый шаг – и мир сам падет к моим ногам или, по крайней мере, завертится вокруг.

За год у меня появились свои наработки, новые связи и идеи. Оставалось только получить из рук декана диплом и... слава Билла Гейтса останется в далеком прошлом. Ну и, конечно же, свадьба с самой красивой, веселой и умной девушкой на свете!

Я все четко и ясно выстроил в своей ближайшей жизни: защита диплома, выпускной, открытие фирмы, красивая свадьба в лучшем ресторане города, множество нужных и приятных гостей. Она в самом дорогом и красивом платье, я в роскошном костюме! Мы подъезжаем к ЗАГСу на единственном в городе лимузине. Корзины роз, аплодисменты гостей. Лешины музыканты. Брачная ночь в новом отеле для иностранцев. Свадебное путешествие в Прибалтику или Польшу. А потом – мой ежедневный и успешный бизнес.

Она, конечно же, занимается нашим домом, и каждый вечер встречает меня романтическим ужином. Потом мы катаемся на моей машине по ночному городу и целуемся на набережной в парке. По выходным у нас собираются друзья, мы устраиваем веселые посиделки до самого утра. На праздники летаем в Париж, Лондон... и так далее, и так далее. Весь мир у наших ног.

Дело оставалось за малым. После выпускного вечера вся наша компания собралась на набережную встречать рас свет, и там, при всех, я задумал сделать своей королеве предложение. Бабушка накануне выпускного подарила мне старинные обручальные кольца, семейная история: в них в начале двадцатого века венчались ее родители. Девичье кольцо очень красивое: тонкое, словно переплетенное золотыми нитями, увенчанное маленьким голубым сапфиром, похожим на осколочек самого неба – как раз под цвет ее глаз! Мое сердце замирало от ожидания этого часа. Я продумывал и придумывал тысячи фраз. Она была достойна самой лучшей, самой красивой. Конечно, я встану на коле, но, по-рыцарски, как в нашей давней игре. Потом будет ее улыбка, сияющий небом взгляд, счастливое «Да!», объятие, горячий поцелуй и аплодисменты всех присутствующих. Нет, мир более чем прекрасен!

И вот выпускной. Ребята, которые были тогда в троллейбусе на дне рождения, играли свой джаз и на нашем вечере. Главным был Леша, известный в городе саксофонист. Я и Наташа уже несколько минут танцевали под медленный блюз. Я был немножко пьян то ли от коньяка, то ли от ее духов, то ли от нее самой. Вдруг кто-то окликнул нас. Это был уже не очень трезвый Геннадий с фотоаппаратом. Наташка обернулась и засмеялась. Я тоже улыбался, глядя на нее, она была совершенно счастлива. Вспышка заставила меня очнуться, и я крикнул Алексею:

– Лешка, сделай для меня, а? – он подмигнул и ответил:

– Для тебя, старина!

И его сакс волшебно заиграл «Натали», ту самую «Натали» из Генкиного магнитофона в машине. Мы танцевали и молча смотрели друг на друга. Вдруг она крепче обняла мою шею и с улыбкой, глядя прямо в глаза, сказала:

– Рыцарь мой дорогой, мы никогда не говорили о нашем будущем сразу после университета.

Странно, для меня это было всегда так естественно. Глупо, наверное, просто каждый день мы бывали с ней вместе: то на занятиях, то в ее комнате, то у меня дома или просто гуляли по городу, особенно весной и осенью. На лето она уезжала домой, но я приезжал к ней. Мне очень нравилось гостить в ее шумном и теплом доме. Да и вообще, у меня всегда было ощущение ее присутствия. Даже если ее не было рядом, она была рядом. О чем бы я ни думал про себя, я слышал ее ответ, интонацию, видел ее взгляд. Я знал, как она может прикоснуться ко мне, как посмотреть, о чем промолчать... Но тут в голове стали всплывать мои планы покорения мира, где, конечно же, она была королевой, но королем был все-таки я. И вот теперь моя королева задала мне этот вопрос. Я не нашелся, что сразу ответить, и из меня вырвалось:

– Так ведь мы же поженимся... – ее это очень удивило, и она на мгновение замолчала, потом лукаво так улыбнулась и сказала:

– Ты делаешь мне предложение? – все сразу пошло совсем не так.

Мы остановились. Она смотрела на меня, я на нее. Леша закончил «тему» и заиграл что-то бодрое. Мысли гонялись одна за другой. Вокруг все танцевали, а мы продолжали смотреть друг другу в глаза. Я взял ее за руку и повел на улицу. Все придуманные фразы, нужные и ненужные, пропали разом.

Что-то творилось в ее душе. Я знал это и был уверен, что она долго готовилась к этому вопросу. А тут еще и я ляпнул невпопад. Что же говорить? Мы вышли на крыльцо. Она зацепилась за что-то высоким каблучком, но я подхватил ее и крепко прижал к себе. Ее сердце сильно стучало, я провел рукой по волосам, пахнущим свежестью и яблоками. Вечер был теплым, стоял запах сирени, стрекотали июньские сверчки, а легкий ветерок обдавал прохладой. Словом, такой вечер может быть только в нашем городе. Мы сели на скамейку неподалеку. Говорить ни о чем не хотелось. Я не выпускал ее руку.

Наташа подняла глаза к небесам. Мне показалось, что своим взглядом она зажгла все звезды этого июньского неба. А я смотрел на нее, и сердце мое колотилось. Она улыбнулась и неожиданно, не поворачивая ко мне головы, спросила:

– Андрюш, а ты бы мог достать мне во-он ту звезду, а?

– Какую? – машинально переспросил я и тоже посмотрел на небо.

– Да во-он ту! – повторила она и показала своим изящным пальчиком на какую-то, ведомую только ей, звезду.

Я смотрел на светлое июньское ночное небо и очень хотел увидеть то же, что видит она, но у меня не получалось.

– Зачем мне какая-то звезда? Вот моя звезда, – сказал я и обнял ее покрепче, поцеловав в шею. Но она не обращала на меня внимания.

– Да нет же, Андрюша, я же себе прошу. Так достанешь мне эту звездочку? – спросила она еще раз, но как-то серьезно, и заглянула в мои глаза. Я поцеловал ее уже в щеку и ответил шутя:

– Достану! И ту, что рядом. И ближайшие две тоже. Все для тебя достану! – еще крепче обнял ее и положил свою опьяневшую голову к ней на плечо, мне было очень спокойно.

Она молчала, потом почти шепотом позвала меня:

– Андрюш... – я поднял голову, ее глаза были прямо перед моими, а тихое дыхание наполняло мое сердце радостью.

– Что? – также шепотом спросил я и улыбнулся, мне очень хотелось поцеловать ее в губы.

– Андрюша, ты можешь выслушать и ничегошеньки не говорить? – глаза опять улыбались.

– Да, – ответил я и все-таки поцеловал в губы, она засмеялась.

– Левка, я серьезно! – мы часто называли друг друга по прозвищам от наших фамилий: я – Левкович, а она – Антонова – Тошка-Антошка.

– Я тоже серьезно, Тошка, – и еще раз прикоснулся к теплым губам. Мне словно бы не хватало воздуха без ее дыхания, она почувствовала это и всей своей нежностью отдавала мне тепло и трепет губ. Секунды длились вечность или вечность длилась секунды. Наталья погладила меня по щеке, посмотрела куда-то глубоко в глаза, приложила палец к моим губам и загадочно прошептала:

– Тише. Тише... У нас еще целая вечность... – она провела пальцем по губам, я затаил дыхание и, как загипнотизированный, следил за ее взглядом. Вдруг она засмеялась, потрепала меня по щеке и сказала: – Дурачок, ну я правда хочу с тобой поговорить, – и чмокнула в лоб, как ребенка.

Теперь и мне стало смешно.

– Ладно, заслужила. Все, давай говорить. Говорим.

– Нет, говорим я. Ты слушаем. Обещай, что ты не перебиваем.

– Обещаем.

– Хороший мальчик, – сказала она и в награду поцеловала в губы.

Кругом было тихо, только по-прежнему стрекотал сверчок, а неподалеку по дороге проезжали редкие машины и троллейбусы. Я опять взял в руку ее ладошку, ей, верно, стало спокойнее, и она начала:

– Тебе Генка ничего вчера не говорил на вашем мальчишнике?

– Да вроде бы ничего... – я попытался вспомнить, говорили ли мы вчера о чем-нибудь. Этой ночью у нас был свой «выпускной» с ребятами, которые жили в общежитии.

– Ладно, я так и думала. Слушай... – она говорила быстро, взволнованно, глядя куда-то перед собой. Видно было, что она долго готовилась к этому разговору – каждая ее фраза была продумана:

– Примерно два месяца назад я была в гостях у Геннадия дома. Его родители расспрашивали нас об учебе, о планах. Знаешь, для меня все всегда было ясно: место учителя в папиной школе ждет меня уже пять лет. Вероничка – натура творческая, увлекающаяся, так что школа – это не для нее. Впрочем, ты же знаешь, она уже два года параллельно изучает менеджмент на экономическом. Уж что-что, а руководить людьми и считать деньги она умеет и любит. А Генка... – я ее перебил:

– А что Генка? Мы же вместе собирались...

– Левка, ну ты же обещал! – она одернула меня за руку.

– Все. Молчу, – и блаженно вернул голову ей на плечо.

– Да, он что-то упоминал о твоих задумках... В общем, поговорили мы, поговорили, чай попили. И тут Евгений Федорович говорит: «Вот что, ребятки, есть у меня друг, учились вместе. Потом по партийной линии служили. Сейчас он серьезный человек в Ленинграде. Позвонил он мне после Нового года и сообщил, что есть в его кругах заинтересованность открыть в Ленинграде современный частный институт высоких технологий. Есть средства, западные инвесторы. И нужны ему молодые кадры. «Я, – говорит, – слышал, сын твой университет заканчивает по этой части. Буду, – говорит, – Федорыч, рад помочь. Может, у вас там еще толковые ребята найдутся?» Мы смотрим на Генкиного папу и не понимаем. А он продолжает: «Итак, молодежь, институт уже открыли. С осени первый набор. Зарплаты высокие, перспективы далекие, командировки заграничные. Так что, Наталья, – это он ко мне обратился, – сообщай побыстрей своему Андрюхе. Получайте дипломы, к августу отыграем ваши свадьбы и... вперед в город Петров! Может, Генка, и ты, наконец, человеком станешь: в аспирантуру поступишь, защитишься. А Афанасич подсобит. Вон, Вероничка, умница наша, второй диплом на днях получает!» Мы опешили! Никто и слова не мог вымолвить. Знаешь, я хоть в тот момент и не поняла всего, но мне вдруг показалось, что внутри каждая петелечка, каждое колесико, как в часах, разом встали на свои места. Настолько все это было правильным.

Она замолчала: может быть, хотела услышать что-нибудь от меня, но мне было настолько хорошо в эти мгновения и все настолько же непонятно, что ее слова просто витали вокруг моей головы, не доходя до точки понимания. Подождав немножко, она продолжила:

– Потом Людмила Васильевна принесла пирог, и мы до глубокой ночи выпытывали у Евгения Федоровича подробности. Ты же знаешь, он все всегда узнает до мелочей. Кстати, Левка, ты заранее не дуйся! Генка сразу же тебе позвонил, чтобы ты пришел к нам, но мама сказала, что ты на фирме и будешь поздно. Мы просили передать, чтоб ты приходил в любое время, но ты так и не объявился...

– Я вспомнил, как мама что-то там передавала, но ехать мне тогда никуда не хотелось. – Мы проболтали в Генкиной комнате всю ночь. Это предложение просто захватило нас! Так интересно, необычно и столько возможностей! Представляешь:

Питер, музеи, концерты БГ[1], ДДТ, Нау[2]?! А ночные посиделки? Генка говорит, что у него там полно друзей среди питерских рокеров. Да это же «Асса» живьем! Ты и Гена пойдете в аспирантуру. А там ты защитишься даже быстрее, чем здесь, я даже не сомневаюсь. Ты же у меня талантище! – она потрепала меня по волосам. – Вероничка сможет продолжить изучать свой менеджмент и преподавать. Ух, я даже представляю, как студенты ее будут и обожать, и бояться! Ну и я поучу богатеньких детишек что-нибудь посчитать. А еще, знаешь, я там буду рисовать: дома, мосты... Да там все можно рисовать! – она крепко сжала мою ладонь.

Я продолжал слушать, и постепенно смысл ее слов стал приближаться к той самой точке понимания.

– Да! Левка! Там и театр студенческий будет, а руководителя нет. Представляешь? Потянешь столько сразу? Ой, я была так счастлива, когда услышала об этом. Это же все твое! Я уже вижу, как тебя студенты будут любить. И студентки, кстати, тоже! Я даже уже ревную. Тебя ведь невозможно не любить. Ты же у нас звезда! А первокурсницы по тебе прям сохнут. Мы с Вероничкой обхохотались прям, как они тебя обсуждали. Помнишь, ты в октябре нас пригласил на свои занятия? Я и маме твоей рассказала на днях, они с бабушкой так обрадовались...

Точка понимания, наконец, была достигнута. Я поднял голову и посмотрел ей в глаза, они сияли и отчего-то впервые не обрадовали меня.

– Левка, ну как?!

– Отлично!

– Правда?

– Да.

– Ха! Здорово! – она поцеловала меня в щеку. – Знаешь, я так боялась. Целых два месяца готовилась тебе это сказать. Ты ж у меня упрямый ослик какой-то, – она улыбалась, а мое понимание уже прошло точку невозврата.

– И...

– Что и? – я немного напрягся внутри, потому что ее глаза вдруг посерьезнели.

– Гордый ты, Андрей, – она всегда говорила, что думала, но тут же снова

---

① Борис Гребенщиков.

② Наутилус Помпилиус.

заулыбалась и добавила: – Ладно, проехали. Скажи лучше, что тебе больше понравилось? – улыбаться уже не хотелось, меня начала задевать ее правдивая непосредственность.

– Как вы все здорово за меня решили, – внутри меня стало расти странное чувство, смешанное с коньяком. Возможно, это было обычное раздражение, но что-то в нем было особое и оно обязательно должно было вырваться наружу.

– Глупенький, ну кто ж за тебя что решил? Это же все твое! Все кругом об этом говорят.

– Кто говорит? – чувство росло.

– Да все!

– Так кто все?

– Да хотя бы декан, преподы многие, отец твой опять же! Уж кому-кому, а ему, профессору, как не знать о способностях сына?!

– То есть вы лучше меня знаете, что мне нужно?

– Ты о чем?

Чувство наконец достигло губ.

– Да о том, как вы вообще смеете за меня что-то решать? Антонова, кто просил тебя говорить без меня с родителями? Тем более обсуждать с чужими людьми? – мой голос нарастал вместе с рвущимся из меня чувством.

– Это с кем?

– Да какого хрена ты треплешься с Генкой и его батей партийцем о чем ни попадя?

– Левка, ты чего? – она опешила.

Я поднялся со скамейки.

– Какой я тебе Левка?! Какой институт? И вообще, Антонова, какой, нафиг, Питер?! Эти коммуняки старые бабло свое отмывают через всякие институты и прочую фигню!

А вас, овец безмозглых, используют! Тоже мне благодетели – Федорыч, Афанасич! – я огляделся по сторонам, нестерпимо захотелось закурить, хоть никогда и не курил, но поблизости никого не было. Она смотрела на меня снизу вверх. – Ты думаешь, что все будет так красиво, как ты описала? Ты думаешь, рокеры-шмокеры будут приходить? А БГ у нас по утрам кофии распивать? Антонова, ты что, дура, что ли? А про Генчика мне вообще смешно! Аспирантура! – я засмеялся. – Да он, как только оторвется от бати, так сразу и сопьется! Уж я-то его знаю. Пацифист хренов! Нет, конечно, он будет с рокерами тусоваться, но только будет с ними водку жрать! Слышишь ты, водку! О-ой... – я вдохнул побольше воздуха, – какие же вы дети наивные! – она молчала.

Вдруг кто-то похлопал меня по плечу, я обернулся – позади стояла некая девица с вызывающим макияжем.

– Молодые люди, – обратилась она низким голосом, – у вас не будет закурить?

Я оценил ее с ног до головы и бросил:

– Сами ищем, – она улыбнулась.

– Извините, – ответила она и крикнула стоявшей у дверей ресторана подруге: – Нету, Рит, – и пошла прочь, я глянул ей вслед и повернулся обратно к Наталье. В голове разом промелькнули все полетевшие прахом планы этой ночи. И мне ни с того ни с сего захотелось сказать ей что-нибудь очень обидное, но эта самая обида перехватила горло, и я зло, как только смог, процедил сквозь зубы: – Так вот, милая. Уж от тебя-то я такого не ожидал. Слышишь, ты... ты... как ты только могла?! – меня начинало трясти.

Наталья смотрела на меня непонимающими глазами. Над нами светил яркий желтый фонарь, и ее лицо казалось каким-то не естественно бледным. Она тихо поднялась, не сводя с меня глаз. Но то самое чувство, смешанное с коньяком, усталостью и обидой, уже не просто текло из меня, оно клокотало внутри. И я говорил ей все подряд. Все, что вырывалось из меня. Она слушала, даже не моргая, и ни единый звук не сорвался с ее губ. Наконец слова закончились, мне стало гораздо легче, я даже глубоко вздохнул от облегчения. Она по-прежнему не отрывала своего взгляда. Мне стало опять не по себе.

– Ну, что ты молчишь? – уже спокойным голосом спросил я.

Она впервые за эти минуты закрыла глаза, лицо напряглось, и тут на меня выплеснулся жар ее открытых глаз, которыми она оценивала что-то глубоко внутри меня, даже то, что мне было недоступно. Стало жарко и холодно одновременно.

– То есть решать за нас, за меня должен ты? – она смотрела на меня так, будто прочитывала все мои мысли.

– В отличие от вас всех, я способен принимать однозначные решения.

– И что же ты тогда решаешь? – холодно спросила она.

– А что я должен, по-твоему, решать?

– Что-то однозначное.

Я смотрел на нее и не знал, что ответить, ее лицо было непроницаемо.

– Итак? – повторила она.

– Да пошли вы все, – я швырнул на асфальт какую-то скомканную бумажку и отошел в сторону.

С минуту я стоял спиной к ней, засунув руки в карманы, и смотрел на проезжающие по дороге машины. Голова шумела, начало покалывать сердце. Вся ситуация была какая-то идиотская, и нужно было хоть что-то сказать. Я резко повернулся в ее сторону.

Но она стояла все так же, не шевелясь, с осанкой царицы, холодно глядя на меня, ее взгляд остужал и успокаивал. Я не нашелся, что сказать ей именно в этот момент, лишь смотрел на то, как же она все-таки прекрасна в этом воздушном светло-салатовом платье! Даже под бледно-желтым фонарем. И вот сердце перестает колоть и грудь наполняется восхищением лишь от того, что я смотрю на то, как спокойный ветер чуть теребит кончики завитых волос, покоящихся на тонких ключицах; как светлая прядь снова прикрыла один глаз. На все те же золотые сережки-ниточки в ушах под волосами, на узкое ожерелье из мелкого жемчуга вокруг шеи. На открытые плечи, отражающие свет фонаря и полной луны, словно покрытые матовым шелком. На изящные руки, достойные кисти художника. Рисуя совершенный силуэт, они заканчиваются утонченными запястьями в браслетах из того же ярко-белого жемчуга и легко касаются бедер. Она вообще вся неподвижна, только ночной июньский ветер сонно покачивает невесомую ткань платья. Мы смотрим друг на друга. Мне очень хочется, чтобы она заговорила первой, и она говорит:

– Так ты принимаешь однозначное решение?

Я вдруг словно бы очнулся от ее вопроса, и то странное чувство снова стало нарастать во мне. Я зло посмотрел на нее, но она по-прежнему даже не шелохнулась и даже не моргнула. Тогда я тихо ответил:

– Хорошо, приму, – постоял секунду, надеясь, что она скажет еще что-нибудь, но она молчала и смотрела прямо в глаза. – Я приму, – бросил на нее последний взгляд, раз вернулся и пошел прочь. Быстрее, еще быстрее. Строй желтых фонарей провожал меня к остановке.

Троллейбус подошел скоро, он был пуст. Я стоял у заднего окна. Желтые огни перед остановкой быстро удалялись. Отчего-то вспомнился тот, декабрьский, троллейбус. Жаль только, что теперь не было дождя и капель на стекле. Больно закололо сердце, все свалилось разом: напряжение перед экзаменом, беготня с подготовкой вечера, последний «мальчишник» в общежитии, коньяк и этот дурацкий...

Остановка. Дом рядом. Какое счастье, что мои уехали на дачу. Боль становилась все сильнее, но я достал бутылку водки, налил стакан и залпом выпил. Поплелся в спальню, по пути стянул галстук-удавку, скинул пиджак и рубашку. Грудь сдавливало, как жгутом. На лбу выступил холодный пот. Я полез в карман брюк, чтобы достать платок, и вдруг из него на пол вывалилась коробочка, а из нее выскочило кольцо. Этот «осколок неба» поблескивал на полу у окна от яркого света луны. Я ухмыльнулся и, совершенно обессилевший, свалился на кровать. Окно было открыто. В соседнем дворе мальчишки под гитару фальшиво пели Цоя. Все еще стрекотал сверчок и дул все тот же легкий ветер, но мне было душно, тело покрывалось холодным липким потом. Я заставил себя закрыть глаза. Голова неприятно шумела. Звуки стали расплываться. Внезапно острая режущая боль разлилась от сердца к лопатке, я громко застонал, повернулся на бок и забылся.

VI. ПРОСТРАНСТВА И ДВЕРИ

Пустое темное пространство. Не черное, не тьма, оно просто темное. Я иду по нему, как в тоннеле. Не парю, не лечу. В нем невозможно лететь, даже невозможно упасть. Иду. У меня нет направления. Нет знаков. Нет смысла. Нет понимания. И не нужно. В этом пространстве можно только идти. Все равно куда. Все равно где. В нем нельзя стоять, нельзя сидеть, нельзя ничего. И я иду. Один. Пространство никогда не начиналось, в нем нет продолжений, конца не будет тоже. Я знаю это. Не чувствую, не ощущаю, но знаю. Чувств нет, как нет ощущений, нет мыслей, есть только знание. Единственное знание здесь, что можно только идти. Без звука, голоса, взгляда. Иду. Вдруг появляется звук. Он далекий и бессмысленный. Он наполняет собою пространство. Он становится пространством и одновременно болью. Звук и боль становятся пространством. Они уже больше пространства, и оно разрывается. Разрываюсь и я. Свет...

Длинный, бесконечный звонок телефона. В окне очень светло: утро ли, день или вечер, я не знаю. Дует ветер, мне не душно, но очень болит голова. Я стараюсь не обращать внимания на звонок, а он то прекращается, то через паузу вновь начинает разрывать мою голову. Не знаю, сколько продолжался этот трезвон, но через полчаса начали звонить и в дверь. Потом я услышал, как за дверью громко ругается и зовет меня Геннадий. Думать я не в состоянии, но одна мысль все же появляется: «А кто же тогда звонит по телефону?» Не найдя ответа, я засунул голову под подушку, послав всех звонивших подальше, и уснул.

Я снова открываю глаза, темно. Впрочем, за окном светит полная луна. Тихий ветер раскачивает тюль. Наконец стало прохладно. Боли нет. Есть пустота. Дома по-прежнему никого нет. Я нигде не стал включать свет. Даже в ванной. Душ не спеша возвращает к жизни. Крепкий кофе восстанавливает мысли. Захотелось куда-нибудь пойти, и я пошел. Вначале – из подъезда, потом к проспекту, потом по тротуару к центру города. Видимо, уже поздно: прохожих не видно, в магазинах горит свет, но они безлюдны. Мимо проезжают пустые троллейбусы. Окна домов гаснут одно за другим, превращая дома в безжизненные коробки. Я иду.

参考答案

Тест

1. Выберите правильные варианты ответов.

(1) Где учился И. Поляков?

А. Гомельский государственный университет

Б. Литературный институт им. Горького

В. Белорусский государственный университет

Г. Минский институт культуры

(2) В каком году И. Поляков окончил университет?

А. 1989　　Б. 1994

В. 2000　　Г. 1996

(3) На каком факультете учился И. Поляков?

А. филологический　　Б. математический

В. исторический　　Г. архитектурный

(4) В какую страну И. Поляков переезжает в конце 90-х?

А. Россия　　Б. США

В. Израиль　　Г. Литва

(5) В каком году И. Поляков дебютировал как режиссер?

А. 2000　　Б. 2009

В. 2012　　Г. 2016

(6) Какая повесть И. Полякова победила в литературном конкурсе?

А. Мистичковая история　　Б. Пространства

В. Чемодан　　Г. Идеальная отговорка

(7) Как звали подругу главного героя повести «Пространства»?

А. Натали　　Б. Танька

В. Жанка　　Г. Ника

(8) Какое издательство публикует повесть «Пространства»?

А. Первая глава　　Б. Регистр

В. Литература и искусство　　Г. Ева

(9) Как называла Натали главного героя повести «Пространства»?

А. Тошка　　Б. Генка

В. Энди　　Г. Левка

(10) Почему главный герой повести «Пространства» обиделся на Натали?

А. не сдал экзамен

Б. не поступил в аспирантуру

В. будущее героя решили без него

Г. Наташа рассталась с главным героем

2. Ответьте на вопросы.

(1) В чем особенность произведений И. Полякова?

(2) С какими китайскими писателями можно сравнить творчество И. Полякова?

Микола Метлицкий

Биография

Метлицкий Николай Михайлович (20 марта 1954 года – 27 ноября 2021) – белорусский поэт, переводчик, публицист, журналист. Родился в деревне Бабчин Хойникского района Гомельской области. Учился в Бабчинской средней школе, которую закончил в 1971 г. В школьные годы стал активным селькором хойникской районной газеты «Ленінскі сцяг». В 1976 г. закончил отделение белорусского языка и литературы БГУ.

После окончания филологического факультета Белорусского государственного университета работал корреспондентом еженедельника «Літаратура і мастацтва» («Литература и искусство»), с 1983 года – редактором издательства «Мастацкая літаратура» («Художественная литература»). В 2002 – 2014 годах – главный редактор журнала «Полымя» («Пламя»).

Первые стихи Н. Метлицкого опубликованы в 1969 г. в районной газете. В республиканской печати первое стихотворение «Карагод» опубликовано в 1971 г. в газете «Піянер Беларусі». В студенческие

Автор сборников поэзии «Абеліск у жыце» («Обелиск во ржи», 1980), «Мой дзень зямны» («Мой день земной», 1985), «Ружа вятроў» («Роза ветров», 1987), «Шлях чалавечы» («Путь человечий», 1989), «Палескі смутак» («Полесская печаль», 1991), «Бабчын» («Бабчин», 1996), «Жыцця глыбінныя віры» («Жизни глубинные омуты», 2001), «Замкнёны дом» («Замкнутый дом», 2005), «На беразе маім» («На берегу моём», 2010), «Цяпло буслінага крыла» («Тепло крыла аиста», 2010), «Чалавек падымае неба» («Человек поднимает небо», 2012), «Прысутнасць» («Присутствие», 2017), «Бяссмертнік» («Бессмертник», 2019), «Існасць» («Сущность», 2020) и многих других, а также ряда книг поэтических переводов из литератур народов мира. Среди них две авторские антологии с поэзии Китая «Пад крыламі Дракона. Сто паэтаў Кітая» («Под крыльями Дракона. Сто поэтов Китая», 2012), «Пялёсткі лотаса і хрызантэмы. Сто паэтаў Кітая XX стагоддзя» («Лепестки лотоса и хризантемы. Сто поэтов Китая XX столетия», 2018) и поэтический сборник Ай Цина «Гімн святлу» («Гимн свету», 2019).

Лауреат различных международных и национальных премий.

Понакомиться с творчеством М. Метлицкого можно на сайте: https://www.livelib.ru/author/338870-nikolaj-metlitskij.

Творчество

СТИХИ

* * *

День добрый, Крево! Сквозь столетий звенья
Замшелые, седые валуны,
Как символы смиренья и служенья,
Глядят лобасто с Замковой стены.

Какие руки их сюда вкатили,
Чтоб тише стал напористый тевтон?
И вот теперь те валуны – в бессилье –
Мечей и копий слышат давний звон.

Ветрами даль здесь хлобыстнёт по стенам,
Устроит из былого вдруг налёт.
И ласточек на солнечных антеннах
Раскатом испугает самолёт.

И вздрогнет Крево или содрогнётся,
Свой белый день душой приветит вновь.
Под ним живой былиной остаётся
Седая память вечных валунов.

(*Перевод Изяслава Котлярова*)

* * *

Нет, я сады садил – не вырубал
Во имя непотребных интересов.
Но и себя, себя виню за шквал
Тех издевательств, что велись над лесом.

Ведь я смолчал, зеленочубый бор,
Не вышиб у насильника топор.

Я не сушил болот... И чёрный смог
Не мною пущен над горящей пущей.
Но я себя виню – не уберёг
Я птичьих гнёзд от извергов грядущих.
Не слышал я, уйдя в напрасный стих,
Как нелюди раскидывали их.

И русла рек с землёй ровнял не я –
Нашлись, кто это делал вдохновенно.
Но есть ведь, есть и в том вина моя –
Тлен не заметил в мыслях о нетленном.
Без слёз теперь и вспомнить не могу,
Как восседал тогда на берегу.

И не моя рука в тот час ночной
На пульте грозной станции лежала.
Но как же мне не мучиться виной,
Что колет в сердце поострей кинжала?
Ведь повторял и я: «О, мирный атом,
Трудись во благо, но не стань солдатом!»

До склона лет, у бездны на краю,
Мне неизбывной мучиться виною:
Судьбу народа – и судьбу свою –
Я вверил тем, кому здесь всё чужое
И потому себя, бредя по краю,
В своём дому бездомным ощущаю.

(*Перевод Анатолия Аврутина*)

УШАЧСКИЙ ПРАЗДНИК

Этого часа великого
Мы позабыть не должны.
Едем на родину Быкова①,
Тропами ходим войны.

Ветер надул паруса мои,
Долгие вёрсты – легки.
Вот и деревня та самая
С мирным названьем – Бычки.

Первая хата с околицы.
Двор… Современный штакет…
Здесь, в этой маленькой горнице,
Он появился на свет.

Не журавлиными кликами –
Грянула юность войной.
Хата отцовская Быкова,
Солнечный сруб смоляной.

Пройдены вёрсты суровые,
Памяти раны саднят.
Рядом – форсистые новые
Хаты бычковцев стоят.

Мир отдыхает и трудится,
Хлеб потребляет и соль.
Только одна эта, чудится,
Хата вместила всю боль.

① Белорусский советский писатель Василь Быков.

Так и стоит, не забытая,
Редко грустя в тишине.
Хата родимая Быкова,
Ты и сейчас – на войне.

Дышащий памятью грозною
Узел славянских тревог.
Горе народное слёзное
Переступает порог.

Сердце надеждой наполнится,
Что ниспровергнуто зло.
Тихо плывёт над околицей
Быковской хаты тепло.

(*Перевод Андрея Тявловского*)

* * *

Куст шиповника сам постоит за себя, –
Его спелые ягоды лучше не трогай.
Посмотри лишь, как ветер метнулся, скубя,
И своей уходи, той, что мимо, дорогой.

Те искриночки света иль всё же тепла
Ещё ярче вдруг вспыхнут, коль день ледяной,
Коль зима их в свой плен как-то вдруг забрала
И отпустит, сама исчезая весной.

Но так ярок на снеге пунцовый огонь, –
Он трепещет, как грудка того снегиря…
Лыжник ягоды зябко кладёт на ладонь –
И тотчас запылала на небе заря.

Долго слышен лишь снега порывистый хруст,

Всё бежит, убегает, дымится лыжня, –
Да, отсюда, где зябнет искрящийся куст
И впадает в закат уходящего дня.

(*Перевод Изяслава Котлярова*)

* * *

Что помню я из прошлого? Немного!
Всё чаще проявленья зла земного –
Распад империй, гибель городов,
Вулканов мощных изверженья. Пепел
Помпеи, землю вмиг укрывший слепо,
Что спрятал жизни множество следов;

Да пирамид величье многотонных,
Где отдыхают с миром фараоны –
Земные боги в свой недолгий век.
Куда ни глянь – водовороты боли.
Крушила, жгла на вечном битвы поле
История – был слабым человек.

И всё же зачастую – это важно –
Шла с человеком рядышком отважность.
Озарено ей было много дней.
И без её возвышенного пыла
На свете зла, наверно, больше было б,
Не стала бы земля землёй людей!

(*Перевод Елизаветы Полеес*)

* * *

Свой грузный воз дорогой катит осень.
Обвили память нити паутин.
Ещё денёк-другой – и на морозе
Заполыхает ярче жар калин.

Пушистый снег – белесою периной.
Шурша, рыжеют гривы камыша.
В безлистых кронах окоёмы – зримей.
В покое просветляется душа.

Скрипит, шагая, молодой мороз
В рассветной дымке, мглистой и белёсой,
Меняя стук окованных колёс
На легкую мелодию полозьев.

(*Перевод Бронислава Спринчана*)

АВГУСТОВСКИЙ ТРИПТИХ

1

Накал полдневный спал, и лето на изломе,
И копны золотой соломы, как шеломы.
В щите зелёных крон – червонный клин калин.
Во всём – размах и дух языческих былин.
И стелется туман белесой полосой,
Заткал отаву он, снуётся над лозой.
Покрыла кручи лоб испариной роса,
И жёсткая трава отмякла. Голоса
В деревне за рекой притихли утомлённо.
И Вилия моя с подсветкою зелёной
В спокойном лоне вод колеблет мир окольный.
Заглох задор детей – живой, весёлый, вольный.
И сеет блеск звезда из синевы немой
На этот росный дол, на тихий берег мой.

Чудесная пора у хищницы-юдоли,
Пунцовая заря на всём земном раздолье –
Не кровью ль давних дней сплывает этот день? –
На зеркалах озёр играет светотень.
А чахлый ветерок, глотнув росистой стыни,

Окреп, порозовел, струясь в пастельной сини,
Над мелкою водой взвихрил ольховый строй.
А небо занялось блестящею игрой,
И мне ласкает взор дрожащих звёзд узор.
Во Храме тишины – ночной вселенский хор.

2

Вселенную обдав дыханием целебным,
Лучистым скрепом ночь смыкает землю с небом.
Стожар, как мыслей рой... Покой в небесной шири –
Укор людским страстям в неугомонном мире.
Не отрывая глаз, – как предки из пещеры, –
Смотрю в который раз в глубины звёздной сферы.
Не видимый никем, один, перед рассветом
Завидую в тиши искрящимся кометам.
Вселенную прошли, трассируя, как пули,
И мимолётом к нам нежданно заглянули.
Прошли насквозь пласты упругой атмосферы,
Чтоб дать людским сердцам глоток живучей веры,
Что непременно мы иль, может быть, потомки
Однажды озарят вселенские потёмки.
И на планетах тех, где нынче жизни нет,
Затеплят очаги животворящий свет.
А ночь усталая с высот глядит на Землю,
Высоких дум полёт в свой звёздный Храм приемля.
Неотразимого свеченья притяженье
Влечёт меня к себе, оно как приглашенье:
Ты душу мне отдай, покинь могиле плоть
И восходи с Земли в пределы, где Господь...
Я, искушением таким ошеломлённый,
Стою, прикованный к своей Земле зелёной –
К родному стойбищу. К нему ль душа остыла?
Порою кажется, что жизнь скучна, постыла...
Пройдут столетия, пыльцою звёзд пыля,

И в пасть небытия отдаст тебя Земля,
Согласья не спросив... Крутые повороты
У жизни... Клеточкой, частицею природы
Пребудешь вечно ты в материи живой,
Утратив навсегда и суть, и облик свой.
Пробьёшься ль родником иль станешь кислородом, –
Продолжишь бытие ты с человечьим родом,
Чтоб снова жить, творить, возделывая землю,
Приемля новый день, курганам вечным внемля.

3

Но вот проходит ночь, насмешлива, лукава,
И ветер, как рукой, игриво тронул травы,
Взъерошил верх ольхи, и та, в заре огниста,
Роняет листья в пруд, как жёлтое монисто.
А первые лучи – восхода взгляд раскосый –
Заискрились в росе. На дальние покосы
Бежит, спешит рассвет, звенит косою в травах
И стрелами лучей вгоняет мрак в дубравы.
Сгасают в синеве стожары и созвездья,
Становится светло и в затенённом месте.
Стремнина жизни вновь звучит над берегами.
И месяц молодой с блестящими рогами,
Заметно побледнев, упал с лесного гребня
И утонул в воде у старой сельской гребли.
Озвученный в садах веселым птичьим граем,
Рассвет, как музыка над просветлённым краем...
Душисты лепестки в колючках дикой розы,
Как лирика души средь будней грубой прозы.
Иду, заворожен красой всего земного,
По тропке, что бежит вкруг озера лесного.
Настроилась сама на лад сердечный лира –
Воспеть начало дня, живую прелесть мира.

()*Перевод Бронислава Спринчана*)

* * *

В знакомой хате над рекой
Уже давно живёт покой,
С десяток лет, и каждый год
Дичает в травах огород.
Всё больше в нём кротовых нор,
Ободран хлев, подгнил забор.

Сад одичал, буйна сирень.
И в тучах небо ночь и день.
И трое братьев уж взяты
Объятьем вечной немоты,
Родной оставили порог,
Избравши долю выпивох.

И дикий кот, обживший двор,
Порою вспрыгнет на забор,
На солнце жмурится, как плут.
И скорбный, грустный бег минут
Впадает в дней печальный рой
И просит: хату мне открой!

Ступаю в сенцы… Хлам, погром.
И сердце обожгло огнём.
Стол перевёрнутый… Кувшин…
Один ты с прошлым на один.
Вот ватник брошенный лежит.
Эх, парни, вам бы жить да жить!

(*Перевод Георгия Киселёва*)

* * *

Я фотоснимки старые глядел,
И боль меня клубком змеиных тел

Сдавила, как добычу. Свет поблёк.
И слёзы навернулись неповинно:
Могилы грунт и доски домовины,
И он в ней – в летней хате паренёк.

Душа свершила грустный поворот
Уже в давным-давно забытый год.
В день жаркий мелководная река
Троих взяла в водоворот глубокий,
И вновь меня пронзили боли токи:
Сквозь годы я гляжу на паренька.

Ведь он же был ровесником моим,
И над рекой сегодня нам двоим
Потолковать бы вовсе не мешало.
С того утра, как он в воде исчез,
На малый миг он, молодой, воскрес,
Согретый моей скорбью запоздалой.
Забытый Стась Семашко…
Боль и жаль…
И тихих дум моих безмерная печаль…

(*Перевод Георгия Киселёва*)

* * *

Весна моя, дай мне полёт свободы,
Живой красою жизни утоли!
Ещё мои не гаснут небосводы,
Ещё мои не кружат журавли.

Душе моей дай света полной мерой,
В хрустальных росах стёжку разверни,
С небес высоких ты звездой Венерой
В потёмки чувств и мыслей загляни!

И, стоя на обочине прогресса
И временем в запас до срока сдан,
Вбираю я зелёный шёпот леса
И пью рассвета птичьего туман.

Туман над речкой детства заклубится,
Ольха из детства взглянет сквозь года.
Душой и сердцем, знаю, скоро слиться
Мне предстоит с природой навсегда.

И поплывёт опавший лепесточек
Рекою жизни вдаль… И от меня
Останется, быть может, пара строчек –
Искринок негасимого огня.

(*Перевод Георгия Киселёва*)

БЕЛАРУСИ

Сечами сечена, битвами битая,
В борозды жизни
Зерна надежды с тихой молитвою
Сеешь, Отчизна.

Грабили... Все же не стала ты нищею,
Вынесла войны.
Духом воспрянула, над пепелищами
Встала достойно.

Кроны рубили, но корни не вырыли, –
Зелено в сини.
Вырвав из длани, из сердца не вырвали
Крест Евфросиньи.

(*Перевод Бронислава Спринчана*)

РОДИНА

О, Родина – с полями и лесами –
Ты вся передо мною на виду.
Я жадными влюбленными глазами
Твоим вершинным соснам счет веду.

На желтом островке, что с плесом слитый
Мелодией весны, апрельским днем
Я небеса благодарю молитвой
За то, что так лазурен окоем!

Дай Бог мне облик этих крон по жизни
Нести под сердцем до скончанья дней,
Как светлый лик моей святой Отчизны,
Как образ доброй матери моей!

Я четко вижу, лишь глаза прикрою,
Над золотым песком за рядом ряд
Всплывают сосны вековечным строем,
И комли в солнце латами горят.

Их рать могучая зеленочубо
Кивает моему пути вдогон.
Во сне и наяву – до боли любо
Мне слышать их протяжный медный звон.

То ль ветер люто бьет в ночах морозных,
То ль дождь сечет во мгле осенних дней,
Я слушаю ваш дивный голос, сосны, –
Нет ничего теплее и родней.

(*Перевод Бронислава Спринчана*)

参考答案

Тест

1. Выберите правильные варианты ответов.

(1) Где учился М. Метлицкий?

А. Гомельский государственный университет

Б. Литературный институт им. Горького

В. Белорусский государственный университет

Г. Минский институт культуры

(2) В каком году М. Метлицкий окончил школу?

А. 1971　　Б. 1976　　В. 1972　　Г. 1978

(3) В каком году М. Метлицкий окончил университет?

А. 1971　　Б. 1976　　В. 1972　　Г. 1978

(4) На каком факультете учился Метлицкий?

А. на факультете белорусского языка и литературы

Б. на математическом факультете

В. на факультете русского языка и литературы

Г. на историческом факультете

(5) Кем работал М. Метлицкий после окончания университета?

А. корреспондентом　　Б. редактором

В. учителем　　Г. главным редактором

(6) В каком году дебютировал М. Метлицкий?

А. 1971　　Б. 1976　　В. 1972　　Г. 1969

(7) Какое первое стихотворение в республиканской печати?

А. «Карагод»　　Б. «Існасць»

В. «Шлях чалавечы»　　Г. «Беларусі»

(8) Является ли М. Метлицкий автором книг поэтических переводов поэзии Китая?

А. Да　　Б. Нет

(9) Какая тема поднимается в стихотворении «В знакомой хате над рекой»?

А. тема родного дома и малой родины

Б. тема любви

В. тема поэта и поэзии

Г. тема творчества

(10) Поэтический сборник какого китайского автора перевел М. Метлицкий?

А. Ай Цин Б. Ду Фу В. Ли Бо Г. Ван Вэй

2. Ответьте на вопросы.

(1) В чем особенность поэзии М. Метлицкого?

(2) С какими китайскими писателями можно сравнить творчество М. Метлицкого?

Оксана Хващевская

Биография

Оксана Хващевская (24 ноября 1984 года) – современная белорусская писательница. Родилась в деревне Глыбов Речицкого района Гомельской области в семье работников совхоза. В 1999 году окончила Глыбовскую школу. В 2000 году. поступила в колледж бытового обслуживания населения и через два года окончила его с дипломом портной верхней одежды. Несколько лет жила и работала в городе Речица, сначала кондуктором в городском транспорте, потом в магазине продавцом. В 2005 году вернулась домой в Глыбов. С тех пор живет в родительском доме и работает на базе отдыха «Милоград» .

Писать начала в 16 лет. Большое влияние оказала учительница русского языка и литературы, которая открыла книжный мир, и одноклассница, предложившая Оксане попробовать писать романы. Находясь под впечатлением от книг французской писательницы Жюльеты Бенцони, юная Оксана пишет свое первое творение. Как призналась О. Хващевская: *«Конечно, романом это сложно назвать. В обычной тетрадке, от руки, это было что-то вроде фанфика, как модно сейчас выражаться. Это было единственное мое творение, написанное в подобном стиле. Нечто о юной красивой, но бедной девушке, богатом молодом князе и Франции 16 века»*. С того времени Оксана пишет много: о первой любви, о которой мечтает любая девушка в 17 лет, о первых разочарованиях. *«Романы того времени – это несколько наивные, светлые романы»* – как призналась сама Оксана. Однако со временем увлечения перерастают в настоящие романы, которые приходятся по вкусу многим читателям.

Первый опубликованный небольшой рассказ «Ночь перед Рождеством» был в 2004 году в районной газете «Днепровец».

До публикации своего первого романа О. Хващевская принимала участие во всевозможных литературных конкурсах. В 2013 году трижды становилась финалистом литературного конкурса «Первая глава», а в 2014 году смогла стать победителем.

В феврале 2015 года в издательстве «Регистр» был издан первый роман – «Не любовь». В дальнейшем роман «Там, за зорями».

Пишет О. Хващевская о многом и о разном, но в большинстве своем ее романы о простых людях и их судьбах. Актуально и для О. Хващевской – тема вымирающих деревень, которую она поднимает в своих книгах.

Познакомиться с творчеством О. Хващевской можно на сайте: https://iknigi.net/avtor-oksana-hvaschevskaya/94418-ne-lyubov-oksana-hvaschevskaya/read/page-1.html, https://www.litres.ru/oksana-hvaschevskaya/ne-lubov/.

Творчество

НЕ ЛЮБОВЬ
(фрагмент)

Скрип-скрип, скрип-скрип, скрип-скрип…

– Андрей! – прозвучал в темноте комнаты хриплый мужской голос.

– Андрюха! – повторился он громче и возмущенно.

– А? – послышалось сонно в ответ.

– Что, а, кретин? Дрыхнешь?

– Ну!

– А фонарь этот гребаный долго будет качаться и скрипеть?

– Так ветер…

– Ветер! Я уснуть не могу!

– Ну, Степик, что уж теперь…

– А ни фига! Гарик, твою мать, не делай вид, что тоже спишь и тебе не мешает этот шум!

– Степик?!

– Гарик?!

Гарик сел на диване и потер глаза. Он действительно уснул, а «гребаный[1]» фонарь и вой вьюги за окном его нисколько не беспокоили. Даже, наоборот, действовали усыпляющее.

– Ну? – произнес Гарик, мечтая послать друга подальше и завалиться спать.

– С этим фонарем надо что-то делать! – заявил Степик.

– Что, например? – поинтересовался Юрьев, раздражаясь.

– Спилить, разбить, оторвать, достаточно вариантов? – перечислил Рудинский.

– Вполне. А ничего, что на дворе погода нелетная и второй час ночи? – спросил Гарик.

– Нормальная погода. Подумаешь, метет немного. И спешить нам завтра все

① Надоедливый.

равно некуда, еще выспимся.

Гарик покосился на окно, за которым мело, да еще как. Потом глянул на решительно настроенного Степика и после на виноватое лицо Андрея. Он знал, что, если откажется, ворчание Степика долго не прекратится, а Андрей будет чувствовать себя ужасно виноватым и, в конце концов, сам пойдет разбираться с фонарем. Потому что в Старые Дороги они приехали по его просьбе.

Подавив тяжкий вздох, Гарик откинул в сторону одеяло и встал с дивана. Степик тоже вскочил и включил торшер.

В тишине оделись. Не говоря ни слова, отворили входную дверь и вышли на просторное крыльцо.

– Ни фига себе погодка! – присвистнул Степик.

– Нормальная погодка, – поддразнил его Гарик. – Метет, правда, немного.

– Вот только не надо паясничать! – нахмурился Рудинский. – Чё делать будем?

– Да разобьем, оторвем или еще чего умного придумаем! – продолжал дразнить Степика Гарик.

– Ребята! – укоризненно посмотрел на них Андрей.

– Ладно, извини!

– За домом есть стремянка. Может, я схожу? – помолчав, спросил Ляхнович.

– Давай, но сначала отыщи плоскогубцы и изоленту. Будем резать! – подумав, изрек Юрьев и, накинув на голову капюшон куртки, стал спускаться с высоких ступеней.

Порыв ветра бросил ему в лицо колючие мелкие снежинки и чуть не сбил с ног, так что ему пришлось ухватиться за перила.

– По-моему, это уже не просто метель. Это буран какой-то! – пробормотал он. – Степик, ну ты чего стоишь?

– А чё делать? – спросил тот, бестолково переминаясь с ноги на ногу и зябко ежась.

Крыльцо-то было застеклено, и покидать какое-никакое, а все же укрытие ох как не хотелось.

– Свет вырубать.

– А как ты в темноте резать будешь? – резонно поинтересовался Степик.

– Мобильником посвечу.

– Ага!

Андрей принес стремянку и приставил ее к углу дома, как раз там, где под крышей качался фонарь. Побежал к крыльцу, но, не добежав полметра, поскользнулся и упал прямо в сугроб.

– Черт! – ругнулся он, хоть ругался не часто.

Гарик отвернулся, но улыбки скрыть не смог.

Прыснул и Степик, хоть пытался сдержаться.

– Сволочи вы! – упрекнул их Андрей, поднимаясь. Правда, без особой обиды, скорее даже ласково.

Он поднялся, кое-как отряхнулся и пошел в дом за инструментами.

Гарик потер руки, успевшие замерзнуть, и поднялся по стремянке.

Забравшись на самый верх, принялся рассматривать крепление фонаря, прикидывая, как и где его обрезать так, чтобы потом можно было приладить обратно. Ведь дом, в котором они остановились, был чужим. Родители Рудинского, знавшие всех в деревне, договорились со знакомыми, которые и разрешили недельку пожить в нем.

Чтобы разобраться в креплении фонаря, Гарику понадобилось не больше минуты. Он собрался уже сообщить детали Степику, как внезапный порыв ветра отчетливо донес до слуха волчий вой. Гарик машинально повернул голову в сторону, откуда доносился звук, и взгляд его на секунду мазнул фасад и окна дома напротив, но и этого мгновения оказалось достаточно, чтобы увидеть, как качнулась штора. Так, будто кто-то отодвинул ее, чтобы лучше рассмотреть происходящее, в частности, его самого на стремянке.

– Гарик! Ну чё там? – окликнул его Степик.

– Вырубай свет! Андрей, тащи плоскогубцы!

Ляхнович спустился со ступеней, осторожно ступая, подошел к стремянке и протянул Гарику инструмент.

Степик отключил рубильник.

Юрьев быстро орудовал плоскогубцами, то и дело косясь на темный безмолвный дом напротив.

– Гарик, ты чего? – окликнул его Ляхнович.

– Интересно, а в доме напротив кто-нибудь живет? – спросил Гарик.

– Надо у Степика спросить. Он знает эту деревню. Но что-то за прошедшие пару дней я не видел, чтобы этот дом подавал признаки жизни.

– А машина на обочине?

– Так это, может, «драндулет» какой, с лета оставленный, полностью заметенный снегом. Мы, конечно, можем завтра проверить. А ты чего спрашиваешь?

– У меня вдруг возникло такое чувство, будто из окон этого дома за нами наблюдают!

– Да ну, быть такого не может… – недоверчиво протянул Андрей.

– Я видел, как колыхнулась занавеска, когда я забрался на стремянку. Как будто кто-то отшатнулся от окна, – убежденно заявил Гарик, не забывая при этом плоскогубцами разжимать проржавевшие кольца, на которых висел фонарь. Потом очень ловко перерезал проводку и отдал фонарь Андрею. – Завтра надо обязательно проверить этот дом, – заключил он.

– Надо, – кивнул Андрей. – Может, пройдемся по соседям?

– Зачем?

– Ну, ты ведь сам сказал…

– Это дом Поляковых. Я гостил в нем однажды. Давно.

– Что-то Поляковы не подают признаков жизни который день, – пробормотал Ляхнович. – Может, у них случилось чего?

– В доме, скорее всего, никто не живет! – сказал Гарик, шмыгнув носом.

– Но ты ведь видел, как качнулась занавеска! – не отставал Андрей.

– Эй, вы скоро там? Я уже околел здесь! – подал голос Рудинский, который все это время пританцовывал на крыльце, втянув голову в плечи.

– Скоро, – обернулся к нему Ляхнович.

Юрьев быстро спустился вниз и, взвалив на плечи стремянку, потащил ее за дом. Степик, не дожидаясь особых распоряжений, зашел в дом и включил свет. Андрей потоптался немного в сугробе, тупо глядя на фонарь в руках, потом пошел к калитке. Когда Степик вновь появился на крыльце, Андрей, согнувшись пополам, усиленно пытался рассмотреть дом напротив в щель приоткрытой калитки.

– Ты чего там? – окликнул его Степик.

– Там, в доме напротив, кто-то есть, – перешел Андрей на шепот.

– Полный бред.

– Кто-то наблюдал за нами из окна.

– Такого просто не может быть!

– Да я тебе точно говорю! Гарик видел…

– И чего?

– Завтра все разузнаем и разберемся. А теперь домой и спать, – ответил за него Юрьев, появляясь из-за угла веранды.

Степик обернулся, и в его приподнятых бровях были немой вопрос и явная ирония.

– А может, чаю выпьем, согреемся немного, а? – предложил Андрей, когда они уже поднялись на веранду и закрывали за собой стеклянную дверь.

– Можно и чаю, – согласился Степик. – Жаль, коньяка нет. Гарик, слышь, может, позвоним завтра девчонкам, пусть нам коньячку привезут?

– Позвоним, – согласился тот.

Андрей поставил кипятить чайник, выставил на стол чашки и заварник, пододвинул сахарницу и, усевшись за стол, внимательно поглядел сначала на Гарика, потом на Степика.

Те, проигнорировав его выразительный взгляд, продолжали сверлить друг друга глазами. И снова где-то совсем близко послышался волчий вой.

– Проклятая деревня, – пробормотал Степик. Не вы держав тяжелого взгляда Гарика, отвернулся к окну.

Рудинский давно не был в Старых Дорогах. Пять лет назад умерла его бабушка, через какое-то время ее маленький, никому не нужный, ветхий домик обвалился. Ни родители, ни тем более родители его двоюродной сестры не собирались приезжать в деревню. Сельсовет сравнял дом с землей, а участок зарос бурьяном, дикой сиренью и акацией. В последний раз Степик приезжал сюда на похороны бабушки. И уезжая, был абсолютно уверен, что прощается с деревней навсегда. Тогда еще слишком живы были воспоминания, обиды, сожаления…

Зачем он приехал сейчас? Какой-то неведомый душевный порыв или все же угрызения совести сподвигли его на это? Он и сам не мог ответить. Но когда Андрей как-то вечером, выпив лишнего, заикаясь, признался, что пишет роман о белорусской деревне и хотел бы в отпуске пожить в глубинке, чтобы собрать материал, Степик сразу вспомнил о Старых Дорогах.

С воспоминаниями о Старых Дорогах неизменно приходили воспоминания и о Мире Ярославской, его двоюродной сестре.

Впрочем, не один Степик помнил о Старых Дорогах.

Гарик помнил тоже. Пусть и был он здесь лишь однажды, воспоминаний о том, что когда-то случилось в Старых Дорогах, хватило ему на всю жизнь.

Много лет друзья не вспоминали ни деревню, ни случившееся в ней, будто сговорившись, по молчаливому согласию.

Рудинский для вида повыпендривался – такой уж у него был характер. Но в какой-то момент они с Гариком решили, что, приехав снова, смогут как-то изменить прошлое или хотя бы примириться с ним.

Андрей встал из-за стола и сходил за закипевшим чайником.

– Вы ничего не хотите мне рассказать? – спросил он, нарушая молчание.

– Нет, – Степик опустил голову и стал помешивать чай. – Да и рассказывать собственно нечего. Просто однажды…

– Просто однажды мы, играючи, со Степиком и Лехой Поляковым, тем самым, родственники которого жили в доме напротив, сломали жизнь одной девочке, более того, она чуть не умерла тогда…

– Гарик?!

– Степик?!

– Не ссорьтесь, пожалуйста! – вмешался Андрей. – Если вам неприятно или вы не хотите об этом говорить, можете не рассказывать. Давайте пить чай и ложиться спать.

– Да нет, чего уж там. Просто эта девочка, Мира, двоюродная сестра Степика, влюбилась в одного человека. В скверного человека. Который ненавидел деревенских, а особенно Рудинского и Полякова. Решив им отомстить, он соблазнил и влюбил в себя Мирославу. А мы в отместку сожгли хутор, на котором он жил. Он, конечно, смылся, но Мира этого не знала и чуть не умерла от горя, у нее стало плохо с сердцем, и она долгое время пролежала в больнице. Мы ни разу к ней не пришли. Считали, что она нас предала… Впрочем, Леха оказался умнее нас. Или милосерднее. Он вернулся в деревню, нашел Миру, женился на ней и увез в Прагу. Мы со Степиком решили, что имеем право вершить суд, и, посчитав Полякова виновным, навсегда вычеркнули из своей жизни. А Леха, зная, что так будет, пожертвовал дружбой и спас Миру, вопреки всему.

Хоть голос Гарика звучал ровно и даже где-то равнодушно, Андрей не мог не заметить промелькнувшей давней боли в его глазах.

– Наверное, Леша Поляков любил вашу Миру, – предположил он.

Гарик горько усмехнулся.

– Я ее тоже любил, но лелея обиду, оказался жалким трусом! Надеюсь, Мира обрела покой и счастье в Праге с Поляковым. Надеюсь, она простила нас…

Снова воцарилось молчание, нарушаемое воем вьюги за окном, свистом ветра в дымоходе да тиканьем часов на стене. Мужчины допили чай, погасили свет и снова улеглись спать.

– Степик! – Гарик приподнялся на диване и шепотом окликнул друга, уверенный, что Рудинский, как и он, не спит.

– Ну? – отозвался тот.

– Я все думаю об этом доме напротив… Ты случайно не знаешь, кто сейчас там живет? Ну, твоя мать ведь отсюда, может, она чего слышала? Может быть, она поддерживала связь с матерью Полякова? Да и Лехина бабка…

– Лехина бабка умерла. Летом Лехины родственники сажают здесь огород. А зимой в доме никто не живет.

– Ребят, – подал голос Андрей. – А давайте завтра у бабы Раи спросим, помните, вы говорили, что завтра пойдем к ней в гости?

– Ты чего не спишь? – в один голос шикнули на него Степик с Гариком.

– Да как тут уснешь… Все про дом этот думаю. И про Миру вашу.

Мира поставила на плиту чайник и поплотнее закуталась в старую шаль. В доме было холодно. Сегодня она так и не отважилась выйти на улицу за дровами из-за внезапно появившихся соседей.

Девушка пока не решалась выдать свое присутствие. О том, что она снова живет в Старых Дорогах, не знал никто. Разве только Лешина мама, которая и дала ей ключи от дома. Мирослава не хотела привлекать к себе внимания тех немногих стариков, что еще жили в деревне. Ей не хотелось расспросов и сочувствия. Ничьего. Она просто хотела быть одна. Даже матери не сообщила, что вернулась из Чехии. Впрочем, Мира вообще ей ничего не рассказывала. Даже в телефонных беседах, которых было немного за прошедшие десять лет, зачастую мать оказывалась пьяна. Жаловалась на жизнь и лила слезы. И на похороны не приехала.

Заварив чай, Мира обхватила холодными ладонями чашку и подошла к окну.

Полчаса назад в больших окнах дома напротив наконец погас свет.

В деревне рано ложились спать. Дома по соседству пустовали. Поэтому девушка и подтапливала грубку, когда на деревню опускалась ночь, не беспокоясь о том, что дым могут увидеть. А потом начался снегопад, ее машину накрыло лавиной снега. Старики выходили из дома лишь по крайней нужде, все остальное время предпочитали отсиживаться в тепле у грубок и у телевизора.

С чего вдруг принесло этих?

Мира упустила момент, когда они появились…

Дни напролет она лежала на диване, закутавшись в одеяло, и тупо смотрела в монитор ноутбука. Ставя очередной диск с фильмом, не особенно задумывалась над его смыслом и сюжетом. Чаще всего отвлекаясь на мысли, девушка вообще не понимала, что смотрит и зачем.

Вьюга завывала за окном. Угасал еще один короткий зимний день. Когда очередной фильм закончился, Мира поднялась с дивана, чтобы вскипятить чайник, и замерла на месте. Окна в доме напротив все до одного светились.

Большой добротный дом с застекленной верандой и высоким крыльцом до этого безмолвствовал. И девушка пришла к выводу, что в нем, как и в большинстве других, никто не живет, по крайней мере, сейчас, зимой.

Мирослава подошла к окну. Сильные порывы ветра сметали снег с крыш и кружили его в хороводе. Качался фонарь под крышей, разбрасывая тени. Маячили какие-то неясные фигуры за окном, но рассмотреть их не получалось.

Внезапное близкое соседство встревожило ее. И не только потому, что оно вносило сложности в Мирино существование здесь. Соседи приехали не на машине, значит, скоро не собирались возвращаться туда, откуда пожаловали. Знать бы, кто они такие…

Свет в окнах дома напротив долго не гас в тот вечер. До полночи. Одинокий фонарь под крышей так и остался гореть.

Температура в доме стремительно понижалась. Мира, как будто не замечая этого, не могла оторваться от окна. Чуть отодвинув в сторону занавеску, как загипнотизированная, смотрела то в темные окна, то на качающийся фонарь.

Давно остановились часы, бывшие ей без надобности. Она не следила за временем, для нее оно давно остановилось.

Ее соседи, наверное, уже уснули, но Мира все не решалась выйти во двор за дровами.

Секунды превращались в минуты, скрипел фонарь под крышей, мела метель за окном, трещали деревья от мороза, и вдруг где-то рядом протяжно завыл волк…

Мира вздрогнула. В народе, девушка помнила, говорили, что собаки воют к смерти, а волки…

В доме напротив будто бы только этого и ждали. В окнах снова вспыхнул свет. Волчий вой оказался тому виной или еще что, Мира не знала, продолжая все так же стоять у окна и смотреть на соседний дом…

Прошло немного времени, и на высоком крыльце тоже зажегся свет. Девушка сначала подумала, что соседи решили выйти с ружьем на волка, но оказалось, что им просто мешал фонарь, уж слишком жалобно и тоскливо он скрипел, раскачиваясь из стороны в сторону. Из-за забора появилась стремянка, на нее забрался мужчина, потом фонарь погас и зажегся голубоватый свет мобильного.

Сильные порывы ветра так и норовили сбросить мужчину вниз, но тот, кажется, был не из слабых. Как-то он все же умудрялся удерживаться на стремянке, подсвечивать себе мобильным, да еще и с фонарем возиться.

Снова завыл волк. Мужчина обернулся в сторону ее дома, лишь на мгновение задержавшись взглядом на темных окнах. Мира испуганно отшатнулась от окна, выпуская из рук штору. Тупой болью под левой грудью напомнило о себе сердце. Кардиолог, у которого она наблюдалась в Праге, настоятельно рекомендовал ей избегать всевозможных стрессов и волнений и принимать лекарства. А она пренебрегала его рекомендациями. Да, покупала лекарства, но сейчас не могла вспомнить, где и в какой дорожной сумке их искать.

Мира не решилась больше подойти к окну, вернувшись к дивану, легла и закуталась в одеяло. Печка осталась нетопленной. Рисковать девушке совершенно не хотелось, к тому же она была уверена, что тот мужчина на стремянке увидел, как качнулась штора, и догадался, что из окон дома напротив за ним наблюдали.

Утром следующего дня погода только ухудшилась. Метель все так же мела, завывал ветер, тревожно стонал лес.

Поздно проснувшись, Мирины соседи выпили чаю, расчистили дорожки во дворе, затопили печку и, промаявшись у телевизора до обеда, пошли в гости к бабе Рае.

– Ну, чым вас, хлопцы, яшчэ ўгасціць[①]? – спросила старушка, присаживаясь к столу.

– Да не надо нам ничего, баб Рая, – запротестовал Степик. – Мы не голодные, просто пришли к вам поговорить. А вы вот так сразу и стол накрыли…

– Да, в самом деле, – поддержал его Гарик, чувствуя себя крайне неловко. – Нам не хотелось бы вас стеснять. Просто наш друг роман пишет о белорусской глубинке, ну вот мы и приехали сюда пообщаться с людьми, на месте, так

① Ну, чем вас, парни, еще угостить?

сказать…

– Ой, хлопцы, і пагаворым, і напішаце, а зараз во садзіцеся, паешце, зрабіце ласку бабе старой, а я вам для апетыту самагоначкі налью! – старушка отмела все возражения и, встав из-за стола, вышла в дальнюю комнату, вернулась с небольшой канистрой литра на три, доверху наполненной прозрачной жидкостью.

Степик присвистнул.

– Сама рабіла, во толькі ўчора выгнала. Вы не думайце, не прадаю я, толькі як жа адной без гэтага во? Вады хто прынясе – налью, сцежкі пачысцяць – дам выпіць, а дровы калолі па восені… Покуль пакалолі, во столькі і выпілі, ды яшчэ і грошай заплаціла… – объясняла она, скрывшись за цветастой занавеской, разделяющей кухню на две половины. А вернулась к столу с четырьмя рюмками. – З вамі за кампанію і я вып'ю, – сказала, усаживаясь за стол и разливая самогон.

– Ребята, – подал голос Андрей, с укоризной глядя на друзей.

– Не дрейфь, Андрюха, – махнул рукой Гарик, перехватив его взгляд.

Глава 21

У бабы Раи засиделись до вечера. Старушка жила одна, но любила поговорить. Она охотно делилась воспоминаниями, припоминая тех, кто уже много лет лежал в могилах. Вспоминала молодость и своего мужа, рассказывала о детях и внуках, которых очень любила и гордилась ими. Делилась деревенскими новостями и расспрашивала гостей об их жизни. Те и сами не заметили, как выложили бабуле все не только о себе, но и о своих родителях, бабушках и дедушках. Они много смеялись над шутками и прибаутками, до которых баба Рая была большой охотницей. При этом старушка не забывала подкладывать гостям еды. А потом были чай и просто бесподобные блинчики с ванилином и творогом, запеченные в сливочном масле до золотистой корочки. Таких вкусных блинчиков мужчины в жизни не пробовали, поэтому и не вышли из-за стола, пока не умяли все, а после этого расчистили бабе Рае двор от снега, наносили воды и дров и с чистой совестью отправились домой.

Не спеша, они миновали поворот дороги и обалдело замерли на месте: у их дома стояла машина, а рядом с ней девушки. Подпрыгивая на месте и потирая замерзшие руки, они поглядывали по сторонам, недоумевая, куда могли подеваться мужчины.

– Вау, мальчики! – закричала рыжая Светка, первой заметив их.

– Девчонки! – радостно воскликнул Андрей. – А мы вас только вчера вспоминали!

– А мы легки на помине, Андрюша, – засмеялась Маринка и бросилась им навстречу. На лету повиснув на Степике, она чуть не повалилась вместе с ним в снег.

Все весело рассмеялись.

– Вы весьма вовремя решили скрасить наш досуг! А то ведь еще пару дней – и мы бы завыли от тоски! – сказал Гарик, подходя к миниатюрной блондинке, едва достававшей ему до плеча. – Привет, Катерина!

– Привет, Гарик! А мы не просто так приехали, – сказала она, подставляя ему щеку для поцелуя. – Сегодня ведь четырнадцатое февраля!

Гарик шлепнул себя ладонью по лбу.

– Я ж говорю, в этой глуши… Прости, дорогая! – Гарик чмокнул ее в губы и, обняв за плечи, повернулся к остальным. – Ну что? Это событие надо отметить, а, Степик?

– Шашлычка бы забацать! – мечтательно протянул Андрей.

– А мы все продумали, давайте, мальчики, разгружайте багажник, а мы в дом, погреемся немного, пока вас ждали, окоченели совсем…

– Да, кстати, – уже у калитки Маринка обернулась к мужчинам. – В этом доме напротив кто-нибудь живет? – спросила.

Гарик, Степик и Андрей, как по команде, обернулись и уставились на нее.

– Нет, а что? – осторожно спросил Степик.

– Да так, – Маринка передернула плечами. – Просто пока мы тут тусовались, дожидаясь вас, нам, видимо, померещилось, что из окон этого дома за нами кто-то наблюдал, – сказала она и, окинув взглядом окрестности, добавила: – Мрачная эта ваша деревня.

Друзья переглянулись. Они напрочь забыли, что у бабы Раи собирались расспросить о доме Поляковых и занесенной снегом машине на обочине.

Мира включила чайник и потерла озябшие пальцы. С самого утра она не снимала пуховик и валенки. Температура в доме сильно понизилась, и девушка понимала, что ей придется рискнуть и с наступлением темноты растопить грубку. Если она не сделает этого, еще одной такой ночи не выдержит. Мирослава беспрестанно кипятила воду в чайнике, пытаясь согреться таким образом, но этого хватало ненадолго. За весь день она так и не смогла хоть что-нибудь съесть.

Аппетита не было. Еда вызывала тошноту. Мира нервничала и хотела одного – чтобы дом напротив снова опустел.

Она пропустила момент, когда обитатели дома ушли, но когда опять подошла к окну, увидела рядом с домом каких-то девиц, приплясывающих от холода у машины. Значит, ее отчаянным надеждам не суждено сбыться. Впрочем, могло быть и так, что эти девушки приехали забрать ее соседей. Однако почему-то в это верилось с трудом. Скорее всего, они приехали, чтобы скрасить одиночество мужчин.

Застыв у окна, Мира наблюдала за ними, пристально вглядываясь в лица, тщетно пыталась уловить знакомые черты. Этих девушек она точно не знала.

А они разговаривали, топтались и прыгали на месте, поглядывали по сторонам, пытаясь высмотреть куда-то исчезнувших друзей, и с опаской косились на ее дом.

Мирославе уже и самой стало интересно, куда запропастились ее соседи и почему так долго не возвращаются.

Она поежилась и усмехнулась. Последние несколько дней только и занималась, что не спускала глаз с соседнего дома. Это даже вошло в привычку. Ее как магнитом притягивало окно, и Мира почти от него не отходила.

Сгустились ранние зимние сумерки, когда в группке девушек наметилось некое оживление.

Они что-то радостно кричали, размахивая руками, потом одна из них сорвалась с места и бросилась бежать.

Мирослава, сжимая в руках очередную чашку чая, переместилась чуть правее, чтобы получше рассмотреть приближающихся мужчин.

Тот, к кому упала в объятия рыжая веселушка, остался за пределами Мириного обзора.

Первым в поле ее зрения попал худой долговязый парень.

Шапка-ушанка, полосатый шарф вокруг шеи, какое-то видавшее виды пальто на сутулых плечах… Все в нем было так нелепо, что Мирослава невольно улыбнулась. Он тоже улыбался, то оборачиваясь назад, то поглядывая на представительниц прекрасного пола, но, сколько Мирослава не всматривалась в размытые черты его лица, ничего, даже отдаленно знакомого в памяти не всплывало. Она видела его в первый раз.

А потом показался второй, за ним следом третий, с рыжей девушкой под ручку.

Мира испуганно дернулась в сторону, больно ударилась плечом об угол громоздкого буфета и стала оседать на пол. Чашка выскользнула из дрогнувших рук, глухо ударилась о пол и покатилась. Остатки чая горячими брызгами расплескались по полу.

Первый мужчина ей и в самом деле был незнаком, но остальных она узнала сразу. Степик и Гарик, неразлучные друзья-товарищи, разрушившие ее жизнь, как ни в чем не бывало веселились и радовались жизни, а Леша вот уже месяц лежал в могиле.

Заставляя себя глубоко дышать, Мира пыталась справиться со все возрастающей паникой.

Она не верила в совпадения и случайности. Она не верила в то, что по какому-то странному стечению обстоятельств они оказались снова в Старых Дорогах в одно и то же время. Зачем? Для чего? Мирослава никогда не хотела опять повстречаться со Степиком, пусть когда-то они и были очень близки. Его слова до сих пор жили в ее памяти, и по ночам, на протяжении долгих лет, ей иногда снились пожар и хутор. И снова, как и тогда, она чувствовала те же беспомощность, отчаяние, разрывающее сердце, страх, боль…

Степик считал ее предательницей, а Гарик, обиженный и уязвленный, во всем его поддержал. Только Леша… Много позже девушка поняла, как сильно любил ее Поляков. Он смог понять ее, стать на ее сторону, предав друзей, поддержать и никогда ни о чем не спрашивать.

«Леша, Леша…» – воспоминания накатили горьким тугим комом, но глаза, холодные, непроницаемые, остались сухи.

Что понадобилось здесь Степику? Ведь никто не знал, что она здесь! После похорон Мира исчезла, не сказав никому ни слова. Просто растворилась в небытии. Лешины родители, убитые горем, мало интересовались, что будет с их невесткой, которую они, в общем-то, и не знали.

Если даже допустить, что Степику и Гарику каким-то образом стало известно о смерти Полякова, ее саму с деревней уже ничего не связывало. Баба Нина давно умерла, дом сравняли с землей…

Мысли лихорадочно мелькали в голове, но сколько бы Мира ни пыталась найти разумное и правдоподобное объяснение происходящему, ничего не получалось.

Рудинский не должен был здесь появляться. Жить в чужом доме, в заброшенной, опустевшей деревне было не в их с Гариком стиле.

Если только их присутствие здесь не связано с ней.

Других причин Мира не видела.

Значит, ей нельзя здесь больше оставаться. Она не может снова встретиться со Степиком и Гариком. Только не сегодня, не сейчас, никогда. Боль и обида, живущие в ее сердце, никуда не делись. Превратившись в камень, отягощали душу, мешали жить, но избавиться от этого, простить Мира не могла.

И хоть ехать было некуда, это не волновало Миру. Главное, выбраться отсюда, а дальше…

Будущее виделось с трудом. Без любви, без счастья, без радости, без смеха, без беспечности и легкости. Непроглядное и темное. И уже не верилось, что когда-нибудь в нем забрезжит свет. Не будет у нее больше тихого счастья семейной жизни и никогда не познает она радости материнства…

Вот так, изо дня в день, в темноте и пустоте, сколько еще она сможет прожить?

А впрочем, и это тоже ее уже не волновало.

Мирослава медленно встала и пошла собирать вещи.

Предстояло еще разгрести и завести машину, а потом незаметно покинуть Старые Дороги.

На мангале жарились шашлыки. Тонкой струйкой поднимался дымок от тлеющих углей, стыла водка на столе, который девушки сервировали прямо на веранде, громко звучала музыка.

Веселье было в самом разгаре.

Гарик, Степик и Андрей, изрядно подпившие, сидели за столом и пытались говорить о делах, а Марина, Света и Катя то и дело пробовали вытянуть парней танцевать, но скоро бросили эту затею. Танцевали друг с другом и просто так, пили вино и смеялись.

Мужчины поглядывали на них, улыбались, дарили воздушные поцелуи и одобрительно кивали, отмечая особенно удачные па.

Они познакомились с ними пять лет назад.

Тогда парни только решили соединить знания и идеи. Гарик Юрьев неплохо разбирался в компьютерных технологиях, Андрей Ляхнович в финансах, а Степик Рудинский в иностранных языках и торговле вообще. К тридцати годам они поняли: можно и дальше работать на кого-то и довольствоваться тем, что есть, а можно организовать собственное дело и чего-то добиться в бизнесе. И заработать реальные деньги. Пусть не сразу, но… Сначала было сложно, да и конкуренция имела место, но они выстояли.

Под первый свой офис сняли маленькую комнатку, где и ютились втроем. В этом самом здании в одном из офисов работали и девушки.

Они то и дело сталкивались в холле, где их фирмы арендовали офисы, и улыбались друг другу, потом приветственно кивали, а потом решились познакомиться и быстро нашли общий язык. Девушки были без «закидонов», поэтому, когда в первый же вечер парни пригласили их в ночной клуб, они, не колеблясь, согласились. Там же как-то сразу распределились пары… Распределились сами собой. Опять же, в первый вечер.

Связывала ли их любовь? Нет. Скорее всего, нет. Их накрепко связала дружба, а она дороже переменчивой любви или недолговечной страсти…

Они долго веселились во дворе, потом еще продолжили в доме и только к полуночи, изрядно выпившие, улеглись спать.

Гарик не мог бы сказать с точностью, что разбудило его в ту ночь. После выпитого и секса с Катериной он отрубился сразу, провалившись в глубокий сон. И вдруг словно что-то толкнуло его изнутри. Открыв глаза, Гарик с минуту вглядывался в темноту, пытаясь понять, что случилось. Взгляд туманился и никак не желал фокусироваться, в голове шумело, кругом царила тишина, нарушаемая лишь легким похрапыванием Андрея.

Злополучный фонарь вчера был успешно срезан, и сегодня его противный скрип не нарушал сна. Вьюга утихла, и ветер не завывал в дымоходе, да и волк молчал.

Прислушавшись, Гарик услышал за стенкой тихие голоса. В смежной с залом комнате Степику и Маринке не спалось.

Гарик отбросил в сторону одеяло и сел на диване, поискал на полу трусы и футболку, натянул на себя и поднялся. После водки и шашлыков пить хотелось жутко, а от похмелья в холодильнике дожидалось пиво.

Не зажигая свет, Гарик прошлепал в кухню, стараясь не шуметь, хлебнул пивка, покурил, присев на табуретку, немного посидел еще и решил вернуться обратно, подозревая, однако, что, как и в прошедшую ночь, проведенную здесь, снова не сможет уснуть. А ведь раньше не замечал за собой бессонницы.

– Эй ты, чучундра длинноногая, что ты маешься? Чего не спишь? – шикнул на него Степик, когда тот проходил мимо.

– Не спится, – буркнул в ответ Гарик.

Он собирался лечь, но в самый последний момент передумал и подошел к окну.

Картина, открывшаяся ему, заставила в немом изумлении застыть на месте.

У дома напротив кто-то, отчаянно работая лопатой и щеткой, откапывал огромный сугроб, в котором, как вчера предположил Ляхнович, стоял оставленный с лета «драндулет». «Драндулетом» оказалась темная малолитражка, скорее всего, французской марки «Пежо». Такие машинки, не дешевые, между прочим, обычно предпочитают девушки.

Не сразу придя в себя, Гарик протер глаза, не веря до конца увиденному.

В доме напротив кто-то скрывался. Не зря им мерещилось, что из соседних окон наблюдают. И теперь этот кто-то намеревался бежать. Видимо, они своим приездом и весельем спугнули его.

Гарик, вмиг протрезвев, метнулся в соседнюю комнату и, не говоря ни слова, стянул одеяло с Рудинского.

– Эй, ты чё, очумел? – округлил глаза Степик.

– Там, – Гарик указал рукой в сторону дома напротив, – вор! И он явно собирается уносить ноги!

– Гарик, ты в своем уме?

– У нас всего несколько минут. Сейчас он закончит разгребать машину, заведет мотор и укатит, прихватив с собой все ценное, что есть в доме Поляковых. И если ты и дальше будешь лежать и задавать тупые вопросы, остановить его мы не сможем!

Степик поднялся и стал одеваться, то и дело поглядывая на друга и ежесекундно ожидая подвоха. На всякого рода шуточки и розыгрыши Гарик был мастак.

– Может, и Андрея разбудим? – спросил Рудинский, натягивая куртку.

– Не надо. Сами справимся. Там какой-то хлюпик на дамской машине.

Мужчины вышли на крыльцо и, стараясь не производить шума, спустились со ступеней. Степик схватил шуфель, которым расчищали дорожки, и, вооружившись таким образом, они двинулись к калитке.

Осторожно отодвинули засов, резко распахнули и рванули вперед.

– А ну стоять на месте! – закричал Рудинский. – Не шевелись, сволочь! – перепрыгивая через сугроб, обогнал Гарика.

Тип у машины испуганно вскинул голову, явно не ожидая подобного, но все же быстро справился с растерянностью. Он бросил лопату и метнулся во двор.

– А ну стой, тебе говорят! – закричал вслед Гарик и прибавил скорость.

Калитка оказалась запертой. Гарик перекинул Степика через забор. Тот отворил засов, и они пустились в погоню за вором, промышляющим в запертых на зиму домах.

А тот шустро улепетывал по сугробам в сторону леса.

Гарик, будучи высоким и длинноногим, не отставал.

Рудинский сделал пару шагов, увяз в сугробе и повалился на снег.

– Гарик, поймай этого урода! – крикнул он другу. – Не дай ему уйти.

Степик попытался выбраться из сугроба, но увяз еще больше и, махнув рукой, остался в сугробе наблюдать за происходящим.

Расстояние между беглецом и преследователем сокращалось, а лес становился ближе.

Степик сжал кулаки. Уйдет ведь! Как пить дать, скроется в заснеженной чаще, а потом поди отыщи его!

Вдруг убегающий воришка, будто за что-то зацепившись, плашмя повалился в снег. В ту же минуту его и настиг Гарик.

– Есть! – возликовал Рудинский.

Гарик рухнул на распростертое на снегу тело, ожидая яростного сопротивления и драки, но ничего такого не последовало. Тип этот под ним был странно неподвижен и хрупок.

В голове Гарика промелькнуло подозрение, а не мальчишка ли это, сбежавший из детдома, скрывался в пустом доме Поляковых?

Чуть отстранившись, но не теряя бдительности, Гарик потянул за капюшон короткого пуховика, отороченного мехом. Вместе с капюшоном с головы сползла и шапочка, открыв взору белокурые волосы, кое-как перехваченные резинкой.

Это была девушка.

В полном изумлении, не ожидая подобного, Гарик медленно перевернул ее неподвижное тело, приподнял за плечи и, чувствуя все возрастающее волнение, заглянул в лицо.

И отшатнулся, не поверив собственным глазам. А между тем в руках он держал хрупкое тело Миры Ярославской. Той самой девочки с необыкновенными глазами, забыть которую так и не смог.

参考答案

Тест

1. Выберите правильные варианты ответов.

(1) В каком году О. Хващевская окончила колледж бытового обслуживания?

А. 2002 Б. 2000 В. 2005 Г. 1999

(2) В каком году О. Хващевская вернулась домой в Глыбов?

А. 2002 Б. 2000 В. 2005 Г. 1999

(3) Во сколько лет О. Хващевская начала писать?

А. 15 лет Б. 17 лет В. 16 лет Г. 18 лет

(4) Книги какой писательницы оказали влияние на творчество О. Хващеввской?

А. Эли Бертэ Б. Поль Берато В. Анри Бошо Г. Жюльеты Бенцони

(5) Какой первый опубликованный рассказ?

А. «Ночь перед Рождеством» Б. «Не любовь»

В. «Там, за зорями» Г. «Любовь»

(6) В каком году первый опубликованный рассказ?

А. 2002 Б. 2000 В. 2005 Г. 2004

(7) Какой первый роман О. Хващевской был издан?

А. «Ночь перед Рождеством» Б. «Не любовь»

В. «Там, за зорями» Г. «Любовь»

(8) О чем пишет О. Хващевская?

А. о любви Б. о ненависти

В. о простых людях Г. о вымирающих деревнях

(9) Кто главные герои романа «Не любовь»?

А. Степик Б. Гарик В. Андрей Г. Мира

(10) Почему Мира в романе «Не любовь» не решалась выдать свое присутствие?

А. не хотела привлекать к себе внимания

Б. не хотела расспросов и сочувствия

В. хотела побыть одна

Г. она ненавидела этих ребят

2. Ответьте на вопросы.

(1) В чем особенность романа О. Хващевской?

(2) С какими китайскими писателями можно сравнить творчество О. Хващевской?

Тамара Лисицкая

Биография

Тамара Лисицкая (2 января 1973 года) – журналист, литератор, сценарист, теле-радиоведущая, блогер. Родилась в г. Минске.

В возрасте 10 лет, будучи солисткой школьного трио, победила в телеконкурсе «Красные гвоздики». Была приглашена вести детские передачи на Белорусское телевидение (БТ). В прямой эфир на телевидении первый раз вышла в 14 лет. Тогда же начала вести передачи на радио.

В 1993 году. начала работать на первой белорусской радиостанции «BA international», была первой ведущей белорусского fm-эфира.

В период учебы в БГУ на факультете журналистики работала в популярной музыкальной телепрограмме Foxy Music. После этого стала режиссёром, ведущей и автором еженедельного тележурнала под названием «12, или На ночь глядя». С 1996 по 1998 год. работала в компании «ВИД». Была выпускающим режиссёром передачи «Час пик». В 2000 году. окончила БГУ и с этого же года начала работать на «Альфа радио» в Беларуси. С 2002 года. продолжила деятельность на БТ. Была ведущей прямых эфиров программ: «Только женщина знает», «Вот такие пироги», «Кстати», «Славянский базар», «Евровидение 2004». В 2006 году. стала лауреатом премии «50 самых красивых и успешных». С 2007 года. – программный директор и ведущая интернет-радиостанции NETradio. Стала победителем проекта «Две звезды-2». Лауреат премии под названием «PR персона». С 2011 года. стала ведущей прямого эфира, а также авторских проектов «Радиус FM». Получила профессиональную радиопремию имени Попова. Награждена как «PR персона 2011». В 2012 году. получила золотую медаль на одиннадцатой церемонии награждения победителей конкурса «Бренд года-2011». Уже несколько лет занимается различными благотворительными акциями для детей. В 2012 году. в конкурсе «Лучшая многодетная семья» семья Т. Лисицкой заняла второе место. В 2013 году. по результатам опроса в рамках проекта под названием «Секрет успеха», который проводился Фондом ООН и порталом Lady.tut.by, заняла четвертое место в ТОП-10 наиболее успешных женщин в Беларуси.

Писать Тамара пробовала еще в школьной газете. Дебютировала как писатель в 2000 году. Первой опубликованной книгой был мистический триллер «Двенадцать». Затем последовали романы «Идиотки» – история трёх подруг на протяжении их детства-юности-зрелости; «Тихий центр» (2007, 2011) – история старинного восьмиквартирного дома в тихом центре столицы (по книге был снят телесериал); «Поцелуй аиста» – эксцентричная трагикомедия из жизни беременных женщин; «Богиня, или Плач домохозяйки» (2014) – сборник лирики и др.

Также пишет сценарии сериалов для российских и белорусских телекомпаний: «Все смешалось в доме …» (2006), «Барвиха» (2009), «Тихий центр» (2010), «Часы любви» (2011), Мужчина во мне (2011); «Я отменяю смерть» (телесериал, 2012), «Ангел или демон» (2013), «Жизнь только начинается» (2015).

Познакомиться с творчеством Т. Лисицкой можно на сайте: https://topliba.com/authors/126625.

Творчество

СОБАКА
(фрагмент)

1

Сергей Сергеич не боялся умереть.

Ему была неприятна мысль о боли, это правда, но умереть он не боялся. Вот уже много лет его жизнь была каким-то сплошным промо смерти, каким-то бесконечным потоком целей и страданий. Он просыпался с мыслью о Задаче, весь день в Задачу упирался, а когда лабораторию ставили на сигнализацию, перекладывал Задачу в свой горячий, потрескивающий мозг и перевозил домой, где еще несколько часов возился, решал, считал, сидя в двухметровой прихожей на полу, деля эту как бы нейтральную территорию с коляской. Другого места для него не было. На кухне спал тесть. В комнате спала жена с новорожденным сыном. А во второй комнате хорошо бы встала лаборатория, но второй комнаты в однокомнатной квартире не было.

Время от времени выходила сонная, распухшая жена и страшным голосом проклинала Сергея Сергеича, мешавшего спать своей скотской клавиатурой. Сергей Сергеич сидел на полу прихожей, слушал, как жена сливает воду в туалете прямо под носом, но не мог думать ни о чем, кроме Задачи.

– Спать иди, больной! – яростно сипела жена, уплывая в комнату.

Сергей Сергеич покорно кивал, но никуда не шел. В том, чтобы идти спать, не было решительно никакого смысла. Уснуть он все равно не смог бы, лежал бы в темноте и смотрел в пятнистый потолок, а в голове трассировалась, корчилась Задача. Он до минуты знал свое расписание – к четырем утра Задача его убивала при любом раскладе. Первый раз он засыпал в прихожей, откинувшись на тумбочку для обуви, а ноутбук при этом соскальзывал на заранее подготовленную подставку из сапог. Потом Сергей Сергеич переползал на диван к жене и сыну. Несколько мгновений с удивлением смотрел на складчатый затылок жены и крохотную ручку сына, и только так засыпал окончательно.

А в семь его всегда будил тесть.

Так было всегда. Сергей Сергеич жил Задачей. Он подобрался к ее дверце, нащупал своей тощей рукой ее сердце и теперь в каком-то полном блаженстве пульсировал вместе с этим сердцем, понимая, что уже изменил мир. Оставалось только спокойно, не торопясь, провести испытания, расписать схемы. Сергей Сергеич планировал успеть до конца жизни. Но его очень отвлекал Спонсор.

Спонсор появился неожиданно. Никто не верил в Сергея Сергеича, потому, что – бред. Имелись два человека, поддерживающих идею, да и то не совсем искренне. Директор Матиевский был вынужден верить в своего подчиненного, поскольку другим способом выбить финансирование не мог, и это нормально. Идей много, а денег мало. И только уверовав и сделав качественную 3D-презентацию, идею можно было продать. Кроме Сергей Сергеича в штате числились еще несколько безумцев, и на каждого существовал отдельный промо-пакет. Кому и как предлагалось, Сергей Сергеич не знал и не должен был – его смысл заключался в другом.

И каждое утро, выпив сваренный тестем в кастрюльке кофе, отсинев в автобусной давке, отшуршав двести семьдесят шагов по лысому научному скверу, он входил в лабораторию, надевал халат и погружался в Задачу.

Так вот. Два года назад нашелся Спонсор. Сумма, которую он выделил на Проект, не разглашалась, но явно была приличной, если в лаборатории сделали ремонт, а Матиевский купил белую машину. Сергей Сергеичу обустроили рабочее место с полным набором оборудования, выделили ассистента и выдали невиданный аванс. И вот трудись да радуйся, но!

Спонсор потребовал дать ему рекламный результат через 2 года. Два года!!! На работу, которая требует в пять, в десять раз лет больше!

– Сергеич, соглашайся! – говорил Матиевский при каждому удобном случае. – Вся лаборатория перед тобой на коленях! Как-нибудь вместе! Сможем! Потянем!

И он согласился. Хотя точно знал, что не успеть. Что просто собаки не будут готовы, не проживут цикл. А на людей он и без того не очень рассчитывал.

Вторым человеком, который верил в Сергей Сергеича, был ассистент Витя, беспринципный отличник, попавший в Институт по протекции и обладающий прекрасным талантом равнодушия. Вите было все равно все. И он так спокойно, мужественно и честно ничем не интересовался и не истерил по поводу отсутствия денег и перспектив, что только ему Сергей Сергеич и доверял все свои тревоги.

Витя слушал, играл в телефоне в танчики и соглашался сразу и честно. Но и он понимал, что за два года Задачу не решить. Во всяком случае, кивал.

Предвидя катастрофу, Сергей Сергеич не стал тратить аванс на новую квартиру, а вложился поважнее – в собственную лабораторию. За два года он потихоньку превратил гараж тестя в передовую науки, хотя внешне гараж гаражом и остался. Было приятно, что располагался он на самой окраине гаражного кооператива, куда не ступала нога охранника и других ответственных лиц. Дорожка к нему поросла строительным мусором и пластиковыми бутылками, так что можно было не ждать гостей. Все оборудование Сергей Сергеич перенес руками, сам вкрутил, сам настроил, тщательно изучив перед этим инструкции. А где не смог сам – воспользовался помощью Вити, имевшего большую физическую силу.

Но срок в два года подходил к концу, а Задача не была решена. Она не могла быть решена. Не могла. И Матиевский все чаще заходил в институтскую лабораторию Сергей Сергеича и, стоя за его спиной, многозначительно вздыхал. А Сергей Сергеич уже почти не спал, попросил тестя будить его не в семь, а в пять тридцать, почти не ел и почти не жил уже. Но Задача не могла быть решена.

И вот наступил тот самый день, когда Матиевский вызвал его в кабинет и сказал, глядя очень и очень сурово:

– Бля, ну как так?

И Сергей Сергеич все понял без дополнительных слов. Он встал, слегка пошатываясь от величия Задачи, и сказал:

– Мне нужно еще 10 лет.

Последовавший вслед за этим поток брани расплющил бы любого, но в Сергей Сергеиче просто ничего для расплющивания не осталось – один одухотворенный скелет. Он стойко выдержал атаку, только поправил подаренные когда-то за донорство часы:

– Я буду проводить эксперимент на себе. Собаки просто не готовы.

Матиевский и сам знал, что собаки не готовы, все он прекрасно знал, но Спонсор...

– На себе?

– На себе.

– Это интересно.

– Да.

– Тогда с полным отчетом по каждому дню.

– Буду стараться.

– Хорошо... 5 лет.

– 10.

– 5.

– Ладно. 5.

Дальше – долгие часы технических уточнений и оргвопросов. Было решено формально отправить Сергей Сергеича в командировку в Венесуэлу, а ассистента Витю назначить исполняющим его обязанности в лаборатории. Еще какая-то бумажная суета и какой-то человеческий шум, связанный, в основном, с обеспечением секретности... Сергей Сергеич уже был очень далек от этого. Он целиком жил Задачей и давно не боялся умереть.

Ночь накануне он провел как обычно: снова был холодный ламинат коридора, сладко-вонючие ботинки тестя, истоптанные туфли жены, коляска, занимающая все полезное пространство. Сергей Сергеич лихорадочно сводил все данные в один документ, скачивал белковые таблицы и отчетные формы, и только один раз в его гудящей голове вспыхнуло, что он может умереть через несколько часов. Но это только придало сил. Спасть не хотелось вообще. Вышла сонная жена, очень зло говорила, тыча Сергей Сергеичу в лицо списком продуктов и еще чем-то, более материальным. Но Сергей Сергеич был уже не здесь, а в холодной, очень свободной от всего материального долине смерти, над которой сияла ослепительная, до слез прекрасная Задача.

Утром в коридор выполз тесть, почесывая серое исподнее:

– Не ложился, чтоль?

Сергей Сергеич даже удивился тому, как быстро прошла ночь и насколько он бодр и счастлив. И пока тесть шумно сморкался, отплевывался и сопел в ванной, быстро влил в сжатое предчувствиями горло холодной воды из чайника и выбежал на остановку.

Кофе не стал пить еще и потому, что лучше не надо было дополнительно стрессовать организм. Даже если умирать, то не слишком быстро – очень уж дорога была Задача для быстрой смерти.

Немножко автобуса, угрюмых лиц соотечественников, их замерзших пальцев на держалках над головой, доза всеобщего шаманского качания в ритме выбоин. И вот уже гаражи, вот уже родная загаженная тропинка к новой жизни, вот уже облезлая дверь с невнятным номером... Сергей Сергеич, согревая руки дыханием, долго искал ключи. Потом еще дольше, словно в ватно-ледяном вакууме, снимал амбарный замок. Еще какое-то время он сидел на продавленном стуле среди мерцающих датчиков лаборатории сорок пятого поколения. Его лихорадило, но не сильно, не болезненно. Он не назвал бы это прощанием с жизнью, нет. Сергей Сергеич в принципе был далек от романтических экспрессий, хоть и тонко чувствовал музыку некоторых классических композиторов и многие сорта кофе. Но от экзальтированного, восторженного спазмирования души был далек всегда. Не интересовался и не понимал. Да и не хотел. Он был в юности довольно впечатлительным парнем, отчего сильно страдал, был однажды высмеян предметом любви, а любимым парнем предмета любви был переброшен через забор собачьей площадки. И там, в собачьей кучке, закончилось все его чувство прекрасного. И пока его более рослые одноклассники искали романтические встреч и щупали одноклассниц в вонючих подворотнях, он читал высшую биологию.

Он не боялся умереть, поскольку не очень был уверен, что живет. Что такое жизнь? Это привязанность к работе и это какая-то далекая, магнитом тянущая в будущее точка.

Приятного тут мало. Тут есть ответственность и надежда.

А еще, у него была цель. Его держала только Задача. Всего остального, от чего можно было бы откалиброваться и сказать себе – да, было интересно, было хорошо, жаль это потерять – такого вот не было. Воспоминаний каких-то, романтики… нет… не было.

И он так долго горел Задачей, что сейчас в его очень худом теле просто не осталось, например, влаги для слез. А плакал ли он вообще когда-нибудь? Задумался ровно на секунду, и сразу понял, что не сможет уже вернуться в область житейских воспоминаний. Эту папку закрыло намертво. Все. Пусть будет, что не плакал. Или плакал. Сейчас не имеет никакого значения.

Сергей Сергеич сидел еще минут пятнадцать, а потом вдруг как-то совершенно окончательно решил, что ждать больше нет смысла. Он включил поддерживающее оборудование, видео на запись и вколол себе рециент.

2

Боли, схожей с этой, Сергей Сергеич не испытывал никогда в жизни, никогда,

никогда. Он чувствовал, как в его теле, натягиваясь, рвутся все мышечные нити, а кости, утопленные в мякоть дрожащей плоти, сочно ломаются и тут же стягиваются опять, но под новыми углами. В какой-то момент особенно невыносимой стала боль в области челюсти, и Сергей Сергеич увидел в тестовых зеркалах, как его вялый, щетинистый подбородок вдруг резко выдался вперед, обнажив желтую полоску резцов. И почти сразу из этой полоски вверх выдались такие же желтые, ощутимо островерхие клыки. Верхняя челюсть модифицировалась еще больнее, поскольку тащила за собой нежные носовые проходы, глазницы и периферийно – уши. На этом этапе Сергей Сергеич потерял сознание и очнулся уже спустя время от того, что мучительно чесалось. Он не сразу понял, хоть и готовился к этой минуте долго, что он уже собака. Полежав какое-то время на боку и отмаргиваясь от густой шерсти, лезущей в глаз, он еще минут десять собирался с духом. Все не мог решиться взглянуть в зеркало. В общем, по плану он и не должен был сразу вскакивать, это не входило в обязанности. Вообще, на трансформацию и адаптацию он отводил около десяти часов, а пока прошло только два. Цифры табло ожидаемо изменили цвет с белого на желтый. Вернее, изменились не цифры, а глаза Сергей Сергеича, его восприятие цветов. Сергей Сергеич знал, что так будет, поэтому изначально избегал в лаборатории красного. Ожидаемо усилилось периферийное зрение, усилилось обоняние, хотя было понятно, что слизистые еще воспалены и полная картина будет только через несколько дней.

Отлежав положенные десять часов, Сергей Сергеич попытался встать. Мышцы и кости еще болели, и уже было понятно, что дозу дипромина надо увеличивать, что 0,5 на 5 кг веса – это очень мало. Но Сергей Сергеич сознательно пошел на риск, точно зная, что будет невыносимо страдать. Но Спонсор ждал эффектной и безопасной формулы, а для этого надо было изучить опасную. По-другому в короткие сроки Задача такого уровня не решалась, иных лабораторных исследований уже не предвиделось. Надо было здесь и сейчас пережить все самое страшное, научиться с этим справляться и дать Спонсору финалку, безопасную даже для ребенка. Сам себе лабораторная крыса (вернее, собака), Сергей Сергеич соз-на-тель-но шел на все. Вернее, сознательно лежал, но вот теперь попытался встать.

Нагрузка на лапы не ощущалась никак. Сергей Сергеич предполагал, что после трансформации будет болеть разодранная много лет назад связка колена, но нет – новая конструкция его тела как раз облегчила нагрузку и связка вообще потерялась на фоне новых ощущений. Четыре лапы держали Сергей Сергеича уверенно и хорошо, он даже немножко попрыгал, с удовольствием констатируя пружинистость суставов. Когда-то в детстве он, как самый дохлый, был вечным конем для мальчиков посильнее, много часов провел, стоя на коленках, и даже скача галопом, но те ощущения нельзя было сравнить с нынешними. Тогда он был человеком на четырех ногах, а сейчас он был собакой. Ему больше не мешали коленки, голова не тянула вниз, а главное – у него была гибкая, сильная спина, гармонично несущая на себе именно четырехногую конструкцию.

Хвост. Он доставил Сергей Сергеичу особую радость, поскольку управление им оказалось чрезвычайно простым. Хвост двигался так же легко, как палец. А вот пальцы как раз двигаться почти перестали, но и к этому Сергей Сергеич был готов, и заранее перевел системную часть в режим тач-управления и сместил базовые элементы в нижний ярус, чтобы собаке любого размера было удобно работать, оперируя подушечками, когтями или носом. А снаружи, на облезлой стенке гаража, стояла еще одна система, позволявшая собаке любого размера попадать в гараж, не пользуясь человеческой дверью и замком.

Пришла пора взглянуть на себя в зеркало. Этого момента Сергей Сергеич ждал с особым волнением, поскольку возможность выбирать указанный типаж трансформата была одним из ключевых пунктов спонсорского договора. В этом драфте Сергей Сергеич не добавлял в формулу никаких корреляторов, желая видеть матричный результат, естественную параллель между бывшим человеческим обликом и логично последовавшим за ним обликом собачьим. Как и следовало ожидать, собака получилась не породистая, довольно невзрачная, тощая, типичная вокзальная дворняга. Сергей Сергеи долго пытался измерить свой рост, прислоняясь к мерной стене то одним боком, то другим, но ничего не получалось. На глазок его рост не превышал сорока сантиметров. Уши его несколько болтались, причем в одном явно виднелся след когда-то в молодости по дури сделанного швейной иглой прокола. Хвост получился длинный, прямой, с небольшой завитушкой на конце. Эту завитушку, прочувствовав эмоциональную роль хвоста, Сергей Сергеич мог отнести только к свойству характера – он и в человеческой жизни старался не унывать, и в собачьей у него вышел хвост с завитушкой. Масть у Сергея Сергеича выдалась ровно такой же, каким был и цвет волос, но без седых нитей, и этот факт тоже порадовал, поскольку предложение «после трансформации вы избавитесь от седины» звучало очень многообещающе.

Требовалось записать ощущения, и Сергей Сергеич без труда включил комп. А вот мышка когтями уже не цеплялась, было неудобно, тратилась масса времени на примитивный клик. Но вариантов не оставалось, надо было учиться – ведь писать когтями теперь предстояло не один год. И Сергей Сергеич, подвывая от раздражения, снова и снова кликал и кликал, с неудовлетворением отмечая про себя, насколько собачьи пальцы неудобны для работы.

К восьми вечера, как и договаривались, пришел Витя. Причем, его появление Сергей Сергеич ощутил задолго до того, как Витя, тихо матерясь, начал открывать дверь гаража. Был четкий запах кислого Витиного пота, сигарет, его носков, даже чипсов, которыми он по обыкновению закусывал утренний чай. Еще был густой Витин звук – шарканье подошвами, придушенный писк наушников, сопение, свойственное только ему. Все эти звуки и запахи Витя распространял и ранее, но Сергей Сергеич-человек совершенно не придавал им значения. Он вообще был не слишком чувствителен к запахам и звукам. Так, например, его совершенно не раздражал дурной вайн, исходивший изо рта тестя в то время, как жена могла разговаривать с тестем только отвернувшись слегка в сторону.

Сергей Сергеич хорошо знал запахи и звуки Вити. Но он и не думал, что они могут быть такими абсолютными, всеобъемлющими, очищенными от раствора воздуха. Это была еще одна очень приятная новость и важная информация для рекламного постера. Нос собаки давал возможность получить УДОВОЛЬСТВИЕ от запахов. Не от состава, но от качества. Полифония, роскошная многоярусность запахов и звуков, сплетающихся между собой толстыми косами, словно ты слушаешь симфонический концерт живьем и из самого первого ряда. Живьем, а не из добитого приемника на кухне. И даже скрип ногтей пятой скрипки доступен тебе, даже аромат пудры на мокрых висках Белого Лебедя.

Это было хорошооо….

Витя несколько минут с задумчивым удивлением смотрел на Сергей Сергеича, потом очень спокойно сказал:

– Прикольно.

Вот тут начался следующий этап эксперимента – общение, разговор. Собачья челюсть значительно отличается от человеческой, и проблемы читались с первой минуты. Привыкший молчать в человеческой жизни, Серей Сергеич и псом оказался не болтливым. Но протестировать речевой аппарат требовалось, и Сергей

Сергеич напрягся и ответил:

– Хаах хииииии.

Витя, как и следовало ожидать, не понял, а написать ему сообщение в ворде не получалось. Еще около получаса Сергей Сергеич пытался выхаркивать из себя человеческие звуки, привычно согласуя язык с небом и зубами, стараясь гласно округлять твердые собачьи губы. Витя терпеливо ждал, играя в танчики. Наконец, общение стало более-менее возможным. Речь Сергея Сергеича хоть и не вернулась к прежнему уровню, дособачьему, но вполне могла быть расшифрована образованным человеком. Витя таковым являлся, если не был занят телефоном.

– Матиевский напрягается. Говорит, что если вы умрете, хоронить придется за счет Института.

– Хжыыы.

– Спонсору сказали. Ну, секьюрно, ясное дело. Он дал отсрочку на неделю. Говорит, что к лету уже готовит рекламную акцию так что, типа, крутитесь, как хотите, но Задачу решите и предварительный результат на международную экспертизу к апрелю дайте.

– Хиаем.

– Вы тут видосы снимали? Давайте, я в Институт переправлю. А че у вас тут интернет так лажает? Вы на каком провайдере?

Витя погрузился налаживать интернет, и стало понятно, что до ночи его уже не извлечь из-за компьютера. И только сейчас Сергей Сергеич понял, что зверски голоден, голоден даже не как собака, а как волк. Комплект еды уже имелся, самим же Сергей Сергеичем и подготовленный. Что там было? Какой-то собачий корм, сухарики неясного состава. Но выбирать было некогда – Сергей Сергеич и в человеческом-то корме не очень разбирался. Схватил вчера с магазинной полки то, что не испортится в случае, если эксперимент затянется и особачивание займет больше времени, чем планировалось, да высыпал в коробку из-под модема под столом в лаборатории. Теперь на эти сухарики Сергей Сергеич набросился с жадностью зверя, и они показалась ему пищевой сказкой. Да и есть без рук было вполне удобно – шея очень удачно соответствовала длине лап, даже сгибать колени не пришлось. Хотя для заглатывания сухариков все же требовалось поднять голову вверх и на шумном вдохе протолкнуть комок размятых сухарей в глотку.

Витя несколько раз посматривал в сторону чавкающего Сергей Сергеича, но ничего не говорил. А Сергей Сергеич, насытившись, понял, что пора испытать еще одну функцию собачьего организма...

– Вы только далеко не бегайте, мало ли.

Сергей Сергеич кивнул Вите и шагнул из гаража на улицу. И сразу острые, пряные, сладкие, сочные запахи плотными толстыми струями воткнулись в его ноздри и прошибли до загривка. Серей Сергеич почувствовал, как шерсть на спине приподнялась, впустив к коже холодок. Мммм, как это было приятно. Как же это было приятно, ррррр.

Сергей Сергеич сам не заметил, как оказался в другом районе гаражного городка. Скорость, с которой новое тело перенесло его на расстояние, ранее пройденное бы за в разы больший отрезок времени и без удовольствия, поражало. Он еще покружил по пятачку земли, источавшему сладость, попрыгал и покувыркался в снегу, тестируя новое счастье. Потом ему нестерпимо захотелось помочиться именно здесь, и он это сделал, сначала смущаясь и оглядываясь, а потом, второй раз, уже намного смелее. Его собственный запах, запах его мочи показался ему приятным и значительным, он с удовольствием обнюхал желтую ямку в снегу, гордясь своей яркостью. Остальные запахи поблекли, и только один по-прежнему вызывал сильное волнение и шевеление шерсти на загривке.

Это был запах суки, собачьей женщины.

Сергей Сергеич не стал противиться радости ощущения этого сигнала, все это было в рамках исследования. Более того – сила влечения, радость влечения, жажда этой встречи волновали так, как не волновала встреча ни с одной женщиной в человеческом мире. Это мог быть хороший рекламный ход, это надо было исследовать до конца. И Сергей Сергеич пошел на запах, прикладываясь носом к снегу и вдыхая неземной, райский, медовый аромат собачьей женщины. Не было никаких идей, никакого плана – он просто шел, и подушечки лап его немножко мерзли, но сердце стучало так сильно, весело и так быстро качало его собачью кровь, что ему нисколько не было холодно.

Потом вдруг появился новый запах – отвратительный, резкий, очень тяжелый для нежных новообращенных ноздрей Сергей Сергеича. Он еще был слишком молод как пес, и не сразу понял, в чем дело. И уже через мгновение к нему мчался огромный гаражный кобель, один из тех, кто как бы охранял территорию, а на самом деле всегда лежал у вахтовой будки и даже на свист не реагировал. Но это пока Сергей Сергеич был человеком, а сейчас он стал собакой, и...

На бегу Сергей Сергеич успел передумать всякое. Если его будут хоронить как собаку, то вряд ли кто-то из коллег придет. Кто приходит помянуть собак? Останется ли хоть что-то, что можно хоронить после того, как его настигнет эта тварь, вонючая, свирепая, ужасная, огромная как трамвай? Что будет с Задачей? Глупо и горько много лет упрямо идти к мировому открытию, получить карт-бланш, рискнуть жизнью и погибнуть от зубов чесоточной дворняги...

И даже в этой адреналиновой схватке со смертью, в этом первородном беге Сергей Сергеич не мог не заметить, что перемещается с феноменальной скоростью. Собственно, скорость его и спасла. Он был легче и он был сыт, и эти обстоятельства спасли Задачу. Сергей Сергеич влетел в гараж как бронебойный снаряд, а следом за ним внесло и эту собачью тварь. Но, будучи опытным гаражным жителем, тварь, провизжав когтями по полу, немедленно вымелась на улицу – явно получала и не один раз за проникновение в чужие гаражи.

Витя офигевши смотрел на Сергей Сергеича, а тот жадно пил воду из консервной банки, сильно страдая от того, что не может залпом и вынужден языком.

3

К выходным Сергей Сергеич уже совершенно освоил собачье тело. Он тестировал все приятные опции – чесание, валяние в снегу, выгрызание ледяных комочков из шерсти лап. Он, конечно, понимал, что делать ставку в рекламе на чесание нельзя, но и оставить незамеченным такой кайф было невозможно.

Придумалась такая идея – сначала рекламировать понятные человеку удовольствия. В их число вполне входили:

• Новые впечатления (положительные эмоции, позитивные эмоции) от изменившегося зрения.

• Ощущение легкости и ловкости при беге на четырех лапах. – Виляние хвостом.

• Улучшенный слух.

• Улучшенное обоняние.

Надо было как-то умело сформулировать рекламные предложения, но это уже работа копирайтеров и пиарщиков. Они потом по следам записок Сергея Сергеича напишут сладкие, округлые тексты, набросают слоганов и концепций. А пока, на уровне теста препаратов, Сергей Сергеич придумал отличную идею давать два рекламных предложения – одно «человеческое» (вышеперечисленно), а второе –

«собачье».

И вот это будет бомба. Ведь только став собакой, можно понять радость, например, бега кругами по плотному снегу пустыря. Когда тело превращается в маленькую ракету, когда ветер развевает уши! Какое счастье – наворачивать круги, птицей взлетая над вмерзшими пластиковыми бутылями! Счастье! Счастье! И здесь же, где-то рядом – адреналиновый кайф поиска мясной консервной банки под снегом. Сахарный восторг вылизывания пространства под хвостом... Это все надо было испытать, каталогизировать и предлагать уже во втором рекламном блоке. Уже Собаке. Человек не поймет.

Настроение Сергей Сергеичу немножко портил сторожевой кобель, который теперь регулярно приходил убить конкурента. В такие минуты Сергей Сергеич отправлял Витю прогнать тварь, а сам сидел у двери, дрожа от страха и возмущения. Несколько раз его даже стошнило, и на повестке дня появился вопрос об уборщице, потому что не мужское это дело – убирать в лаборатории. Чисто технически, Витя мог бы убрать и сам, сил хватило бы. Но это никак не двигало науку вперед. Именно поэтому во всех лабораториях института в конце рабочего дня прибиралась тетя Ванда, которая была не только женщиной, но и бывшим кандидатом наук, вышедшим на пенсию, а значит, знала ценность лабораторного крысиного дерьма и никогда не выбрасывала то, что выбрасывать нельзя...

Вечером 20 декабря, когда Витя играл в танчики, а Сергей Сергеич писал ежедневный отчет, воздух в гараже вдруг окрасился ядовитым, ужасно неприятным запахом. Вот так ферказин, попав в щелочной раствор, начинает сочными клубами расползаться по рабочей емкости, сантиметр за сантиметром захватывая пространство. Сергей Сергеич раскашлялся, заволновался, побежал к двери.

– Витя! Витя! – рычал он. – Что-то не так! Витя!

Но произношение его все еще оставалось невнятным, понять было сложно. Витя нехотя оторвался от игры и посмотрел очень усталым взглядом:

– Сергей Сергеич, ну? Хорошо же сидим! Чего вы, честное слово!

Но запах становился гуще, сильнее, стали слышны шаги, и Сергей Сергеич запрыгал по лаборатории, пытаясь зубами захватить шторку и растянуть ее, прикрыв аппаратуру от посторонних глаз. Тут уже и Витя сообразил, поддернул застрявшие шторные петельки сверху, на уровне потолка, ногой быстро задвинул торчащие провода. Они метались, подбирая и расталкивая по углам рассыпанные листки с отчетами, батарейки и контейнеры с образцами шерсти, Витя время от времени наступал на Сергей Сергеича, и тот впервые в жизни ругался матом...

К тому времени, как в дверь гаража постучали, помещение выглядело вполне стандартно – продавленный диван, старинный, еще старыми хозяевами построенный сучковатый стеллаж с пыльными жестянками...

– Есть кто? – спросил хриплый голос.

Витя звякнул ключами, приоткрыл дверь, и тут же ядовитая, больная, отвратительная запаховая струя ударила прямо в мозг Сергей Сергеича, прятавшегося под диваном. Он закашлялся, его снова стошнило.

Витя тоже морщился, стараясь не вдыхать аромат полуразложившейся печени гаражного сторожа. А сторож уже успел выпить, был весел и охоч до общения.

– Здравствуйте вам! – сказал, стараясь прощемиться внутрь. Витя не отступил, мощной грудью удержав сторожа на уровне порога.

– Какие-то проблемы? – спросил он сухо.

– Да не, – пожал плечами сторож. – Это у вас проблемы. Сменщик говорит, жаловались вы там чего-то... Собака вам наша корпоративная мешает. Так я подумал: пойду-посмотрю, что тут за короли у меня в поселке, что и собаке подойти нельзя?

И он снова хотел прорваться внутрь. Это было так возмутительно, что Сергей Сергеич крикнул из-под дивана:

– Не пускать!

– Во, смотри, у самого собака! – обрадовался сторож. – Ты ж сам христианин! Любую тварь божью любить обязан! Любую, практически! Выпить, может, есть чего?

Витя едва вытолкал его на улицу, а потом с тревогой обернулся к выползшему Сергей Сергеичу. Было понятно, что сторож теперь не успокоится. И не успокоится его собака.

Так и вышло. Теперь каждый вечер, выпив и развеселившись, сторож ходил к гаражу и вел дружеские беседы с закрытой дверью. И так же регулярно прибегал кобель, просто разбрасывал снег вокруг гаража, выразительно рычал в щель, и в этом рычании ясно было слышно: «Убью!» После того, как он уходил, Сергей Сергеич выбирался на улицу, читал оставленные ему в снегу и на стенах адские пожелания и, задыхаясь от гнева, смывал их своей собственной струей. И так длилось до 27 декабря.

27 вечером – и это было оговорено заранее, – в лабораторию приехали Матиевский и Спонсор. Надо сказать, что Матиевский заезжал и раньше, но всегда так сильно нервничал, так душил своими требованиями ускориться и своим сигаретным выхлопом, что Сергея Сергеича снова начинало мутить. В итоге, они с Витей придумали и написали обращение ко всем участникам эксперимента с просьбой соблюдать регламент. По этому регламенту Сергея Сергеича могли посещать только во вторник, и только по предварительной договоренности.

Сегодня была особенная встреча. Конечно, показывать заказчику сырой вариант, промежуточный результат –плохая примета и не самое умное решение. Но Спонсор требовал отчета все настойчивее, угрожая разрывом контракта и судебными исками. А тут получалось как раз очень удачно – праздничные дни, корпоративы, в атмосфере – легкий новогодний флер. Матиевский считал, что это сыграет на пользу проекту.

... Они сидели напротив Сергея Сергеича – Матиевский, Спонсор и его девушка. Все это было странно, несекьюрно и со множеством неловких моментов. К тому же, девушка оказалась прехорошенькой, и это абсолютно выбило из колеи Витю. Он терялся, путался в формулировках и датах, изумленно пялился на груди и ноги девушки вместо того, чтобы смотреть в дневники. Сергей Сергеич время от времени бросал на Матиевского выразительные взгляды, но тот делал вид, что собак не понимает.

– А он точно человек? – спросил Спонсор. Он не смотрел на Сергей Сергеича, выражая лицом определенное недоумение, и это было очень обидно. Это унижало в Сергей Сергеиче сразу и человека, и собаку. Человека как субъект эксперимента и собаку как объект внимания. Поэтому он постарался максимально убедительно произнести:

– Я попросил бы относиться к автору идеи биотрансформинга с большим уважением!

И все замолчали, глядя на Сергей Сергеича с удивлением.

– Боже, как он смешно чихает! – сказала девушка и достала телефон. – Можно с ним селфи?

Сергей Сергеич и сказать ничего не успел, а к нему уже потянулись руки Матиевского:

– Конечно, можно!

Дальше была мучительная возня, полная криков и страданий. Сергей

Сергеича извлекали из-под дивана с омоновской жесткостью, словно он только что нарушил Конституцию. Сергей Сергеич выл, ругался, один раз даже попытался укусить руку начальника, но не укусил – начальник же.

– Сблевануть может! – осторожно предупредил Витя, и исправился, глядя на Девушку: – Исторгнуть содержимое желудка.

Потом еще была долгая передача из рук в руки. Сергей Сергеич чувствовал, как сжимают его тонкие ребра, как выдавливают пальцами из его тощего живота недавно съеденные подушечки с курицей. Все быстро, суетливо, без уважения.

Да он и не требовал никогда к себе уважения! Что он, не понимал, что ли – не время сейчас тратиться на внимание! Страна в поиске пути! Кольцо врагов сжимается! И только сжав зубы, только отказавшись от личной выгоды и удобств... Отпустите, сууук и!

– Ой, не! – засмеялась Девушка. – Он пахнет! Зая, подержи его!

И через секунду задыхающийся Сергей Сергеич висел над загорелым декольте, а вокруг клубились лица с тревожными, но невероятно радостными глазами, звенели запахи пота, сигарет, старой и новой обуви, розовых духов и паяльника, которым совсем недавно старались починить жесткий диск. Его мотало вверх и вниз, прижимало и относило подальше, а внизу дергалась пропасть. И Сергей Сергеич был бы рад вырваться и упасть с этой небоскребной высоты на пол, разбиться, поломаться – все равно! Но теплые руки Спонсора держали крепко.

– Улыбайтесь! – весело приказала Девушка.

И все в гараже улыбнулись. Все. Кроме Сергей Сергеича.

Несколько дублей в профиль и анфас.

– Лапа, только меня не надо! – просил Спонсор.

– Ой, все! – сердилась Девушка.

Наконец, Сергей Сергеича вернули вниз, на грязный гаражный пол, в вонючую смесь соли, песка, снега и зимних химикатов.

– Ой, няшка… А он какой породы?

– А кто его знает? Ученый… Интеллигент…

– А можно, он будет той-терьер?

– Нууу, можем допустить и такое…

Чьи были голоса? Что они решали на высоком человеческом уровне? На этом этапе переговоров Сергей Сергеич ушел под диван. Ему было плохо физически, плохо метафизически. Вся его многолетняя закалка против бытовых репрессий и системного унижения сейчас рушилась, не имея вообще никакой причины задержаться. Был один одухотворяющий пинок ботинком Матиевского «ну, потерпи, мы же команда», но и он не помог.

Сергей Сергеич лежал и подыхал.

Унижение – оно, собака, самый действенный из невещественных ядов. Унижение тонкой, хрупкой, почти божественной материи разума и души материей цементной, авторитарной, не имеющей за свой серой крошкой ничего, кроме…

Но Сергей Сергеич не успел додумать и эту жидкую мысль – его снова вытащили из-под дивана. Его вытащили, и, несмотря на вой, хрипы, яростный мат, дрожание и слюни тащимого, повторили селфи, поскольку предыдущие фото не получились…

– Че он у вас такой нервный-то? – спросил потом Спонсор, недовольно обтирая о штору облеванный берлути. Матиевский старательно помогал, направляя штору, но непосредственно обуви Спонсора не касаясь – то ли из почтения, то ли из брезгливости, но выглядело, будто из почтения.

– Ну, вы поймите, недавно он прошел тяжелейшую процедуру трансформинга. Все его тело, вся его сущность подверглись сложнейшей метаморфозе – перехода из одного биологического вида в другой…

– А рыгать нафига?

Матиевский беспомощно посмотрел на Витю и тот расшифровал сигнал по-своему:

– Давайте, покажу, какие игры у нас есть! – вскричал он и в дальний угол Девушку поволок, чтобы не смущать ее видом модифицированных куриных подушечек. Девушка была так огорчена поведением Сергей Сергеича, что дала себя увести, хоть и игриво оглянулась на Спонсора. Но тот тоже дал, проводив Девушку напряженным, но вполне ласковым взглядом, а Матиевский даже порадовался сметливость Вити, не зря обучавшемуся пять лет на факультете биологии…

И тут же был жестко схвачен за кадык.

– Так, слушай сюда, – сказал Спонсор, когда девушкины уши скрылись за аппаратурой. – Вот только разводить меня не надо, да? Меня и не такие урррoды разводить пытались! И где, они сейчас? Спроси давай! Ну?

Безусловно, вопрос был риторический и не требовал иной реакции, кроме:

– Я все объясню! Все объясню!

– В лесу, на хрен, объяснять будешь! Я тебе бабло и доверие, а ты мне что?

– Я объясню!

– Да засунь свои объяснения! Третий год разводилово! Третий год! Припер кобеля с улицы и думаешь, что все? Можно спать спокойно?!

– Это не кобель! Это наш ведущий научный сотрудник!

– Я вас вместе со всеми вашими сотрудниками закопаю так, что и ясновидящие не найдут! Ты у меня, животное, будешь почки по частям продавать, чтобы адвокатов оплатить! Я про тебя сюжет в новостях на главном канале сделаю!

Вот тут уже и Сергей Сергеич очнулся. Матиевского ему не было жаль, но честь научная и человеческая, проклятая честь, так некстати просыпающаяся в драках…

– Не смейте оскорблять людей, которые на порядки выше вас духовно и интеллектуально! Не смейте, вы! Примат! Прокариот!

Удар носком берлути…

Полет…

Сергей Сергеич очнулся быстро, но все равно не сразу. Спонсор и Матиевский уже не скалились, уже не целились в кадыки друг другу – все это уже произошло, уже случилось. Альфа-самцы уже расставили метки, теперь была фаза тактических светских движений:

– Я за бабки порву на части!

– Да я сам порву, о чем вы говорите…

– Я говорю, что ты, козлина, годовой бюджет городского поселка сожрал и не подавился!

– Почему «не подавился»? Я же все понимаю! Мы уже на финишной прямой! Еще чуть-чуть…

– Бля, заткнись! Я еще ррраз услышу про «чуть-чуть» – лично вырву тебе гланды!

– Вы имели в виду – связки? Голосовые? Просто гланды не участвуют в… в разговоре…

Матиевский храбрился, но было видно по его напряженным бровям, по дрожащей губе, что опоры нет. Нет опоры, нет аргументации, и, вероятно, нет объяснения, откуда у него взялся белый внедорожник...

И тогда Сергей Сергеич уперся носом в пол, поднял тощие лопатки, затем усилием воли подтянул задние лапы и встал. Пошатываясь, подошел поближе. На нервной почве очень хотелось чесаться, но он сдержал себя – не время для чесания. Надо спасать Задачу.

– Я докажу! – прохрипел он.

Матиевский и Спонсор удивленно посмотрели под ноги.

– Сейчас. Я докажу. Пожалуйста, давайте не будем тратить силы на агрессию и демагогию, это путь в никуда… У нас с вами разные доминанты... Просто помолчите. Я докажу.

– Че он гавкает? – зло спросил Спонсор.

– Пытается коммуницировать.

Сергей Сергеич подошел к компу, включил его носом, уже привычно указательным когтем ввел пароль…. Задумался на секунду и начал накидывать формулы простых углеводов. В гараже стало тихо, слышался только цокот клавиш. Хотя, возможно, это был стук каблуков Девушки, вышедшей как раз для выяснения причин тишины.

Сергей Сергеич обернулся и посмотрел им всем прямо в глаза. Ну, не может же быть, чтобы не поняли? Не может же быть?

– Это что? – раздраженно спросил Спонсор, выдержав выразительную паузу. – Это я вот сейчас сяду и балдой настучу тоже все подряд! Ну, надрессировал ты собаку кнопки жать, и че?

– Позвольте, это не просто кнопки! – начал было заступаться за науку Матиевский, но Сергей Сергеич оказался шустрее. Он снова присел на клавиатуру и написал, нервно путаясь в буквах: «Самую сильную черту отличия человека от животных составляет нравственное чувство, или совесть. Дарвин.»

Снова тишина.

– Зая, поехали отсюда, – сказала Девушка таким голосом, что и Витя, и Матиевский в тревоге переглянулись. И через мгновение оба уже смотрели на Сергей Сергеича.

Он хорошо знал этот взгляд, успел к нему привыкнуть за долгую жизнь в науке и недолгую – в семье. Взгляд транслировал вполне конкретную просьбу сделать что-нибудь, но что именно – не транслировал. И за невыполнением этой просьбы была какая-то апокалиптичная точка, разруха, беда. Какая именно – Сергей Сергеич не знал, поскольку не допускал приближения к ней.

В такие моменты в Сергей Сергеиче просыпались сначала отчаяние, потом ярость, а потом – Спаситель.

– Идем, – хрипнул он сорванным горлом. – За мной идем.

– Он предлагает за ним идти! – перевел Витя.

И вся компания потянулась на улицу, на несколько минут замешкавшись у входа, ведь Девушке надо было подать шубу, и Девушка предварительно ее понюхала, чтобы понять и озвучить степень ее заванивания в этом мерзком гараже.

...Был прекрасный предновогодний вечер. Весь город... да что там – вся родина начинала одухотворенно пить в честь самого главного и самого сказочного праздника года. Небо разрывали веселые китайские петарды, и их искристое нутро, вывернутое наизнанку, раскрашивало небо в цвет мечты. Сергей Сергеич поморщился – все это было слишком громко и слишком ярко для его чувствительной собачьей души. Ему невыносимо хотелось вернуться под диван, и там переждать салют, поругивая каждый залп тихим собачьим матом, но рядом стоял Спонсор...

И рядом была Задача. Она всегда была рядом, как самый верный друг и самый черный враг. Она не уходила, она ждала, такая беззащитная, и такое чудовище...

– Ну? – Спонсор стукнул каблуком о каблук. – Холодно, блин! Давайте, телитесь! Что у вас там на десерт?

Сергей Сергеич вздохнул, с тоской взглянул на новогодние китайские звезды, собрался с силами, поднял лапу...

Йоооу...

Тишина. Вот тут Сергей Сергеич понял, что восторг имеет свой запах тоже. Хотя, возможно, это были его личный ольфакторный восторг, вызванный запахом его же личной мочи...

– Ни хрена себе!? Это как? Это он как сделал? О-фи-геть! Давайте еще раз, я на телефон сниму!

– Я не могу еще раз, – сухо огрызнулся Сергей Сергеич. – Я пуст.

На снегу желтело каллиграфическое: «Мы не рабы». На букву «ы» Сергей Сергеича уже не хватило, так что получилось странно, но вполне понятно. Сергей Сергеич изначально решил выдать такую фразу, такую ядреную, окончательную, культовую строку, которая была бы в их мозгу сама собой, без необходимости читать дополнительную литературу.

И он достиг желаемого.

В эту минуту его обожали все – Мативеский, Витя, Спонсор, девушка… Все. Но для Сергей Сергеича минута триумфа все равно была испорчена беспокойством и запахами сторожевого кобеля. Увы, его личная песья подпись, оставленная на стене гаража, была толще и убедительнее.

4

Утром Сергей Сергеич привычно готовился выйти на пробежку вокруг гаража, но сонный Витя все возился с телефоном, все медлил.

Можно было выбраться и без его помощи – гараж был оборудован собачьи лазом, – но требовалось зафиксировать время убытия-прибытия, пульс и другие мелочи.

– Витя, ну? Витя, мне надо выйти! – беспокоился Сергей Сергеич. Его так манил запах зимней улицы, свежий, искристый, так манил. – Витяяя!

– Да ща… Вас тут на пати приглашают. Я пишу, что мы согласны.

«Пати»? Что такое «пати»? Сергей Сергеич напрягся, ожидая уже все, что угодно. Налоговая, может быть? Или документы неправильно оформлены?

– Сегодня у золотоносных этих новогодняя вечеринка по-крутому. Ну, там, всякие випы, пятое-десятое. Короче, в рекламных целях вас просят быть. То есть, нас.

Видно было, что Витя очень рад и не собирается пропустить событие. У Сергей Сергеича радости, напротив, не было, зато имелось глубочайшее, удушающее возмущение – какая вечеринка, к песьей матери? Какая вечеринка? Мало, что вчера день загубили, так и сегодня время терять?

Он сбежал, игнорировав показания, забив на снятие данных. Сбежал и просто таскался по гаражному поселку, яростно помечая все углы. Ну, как так? Как так? Беспрецедентный эксперимент! Зенит человеческого величия! Почти зенит, совсем чуть-чуть осталось! Тут день и ночь работать надо, день и ночь! А его опять сейчас снимут с проекта и… Селфи! Там же обязательно опять будет селфи!

Даже в волнении Сергей Сергеич зафиксировал силу и легкость, с которой его задние лапы начали драть наст, прошитый корешками. Он видел, как летели ошметки этих корешков, негодовал, но гордился собой как собакой.

Решил, что надо отметить ярость в рекламной программе отдельным пунктом. В ярости было удовольствие. Даже не столько в самой ярости, сколько в ее реализации, пусть и таким примитивным путем.

Хотя вот прямо сейчас Сергей Сергеич был готов на большее. Он сам не заметил, как оказался у ворот гаражного поселка. И запах гаражного кобеля он почуял задолго, прекрасно отдавая себе отчет, что сам тоже уже раскрыт, вычислен.

Так и было. Стоило Сергей Сергеичу показаться на дорожке, ведущей к сторожевой будке, как раздался короткий рык, захрустел снег...

На бегу Сергей Сергеич пытался осмыслить, насколько он понял кобелев месседж, и получалось, что понял хорошо. И дело было не в очевидной интонации, а в том, что без помощи привычных звуков одно высокоорганизованное существо сообщило другому высокоорганизованному существу:

– Убью, тварь!

Это было восхитительно. Открытие нового языка, новой формы общения! Хотелось каким-то образом исследовать словарный диапазон партнера, и Сергей Сергеич на ходу крикнул:

– Как вы вообще? Нормально? Может, поговорим?

– Убью! – проорал кобель.

Не получилось, но Сергей Сергеич не отчаивался. Он слегка замедлил бег, чтобы применить еще пару аргументов, сообщить, например, о еде и любом другом вознаграждении за помощь в эксперименте. Собственно, еды было достаточно – очень многие ученые работали за еду…

И тут кобель прижался к земле, тем самым придав телу улучшенную аэродинамическую характеристику, и в три прыжка нагнал Сергей Сергеича.

Мощный толчок, удар о снег, и через секунду Сергей Сергеич почувствовал, как кобельи клыки сомкнулись на его шее. Он отчаянно закричал, но звук тоже перекрыло. Затем кобель начал яростно мотать его по снегу, не размыкая пасти, подвывая от ярости и наслаждения.

Господи, что спасло Сергей Сергеича тогда? Только ошейник со встроенным джипиэсом и датчиками, добытый когда-то с огромным трудом и за большие деньги. И сейчас этот ошейник хрустел под зубами дворовой мрази, выполняя последний долг перед наукой – спасая Сергей Сергеича.

… Сергей Сергеич не боялся умереть, но и предавать Задачу не собирался, ощущая себя единственным ее защитником. Поэтому при очередном броске через плечо собрал в комок свое тощее, маленькое тело, извернулся котом и вцепился в губу врага.

Вкус песьей крови оказался приятным – это он тоже успел отметить перед тем, как его вмазало в землю в последний раз…

Он очнулся уже в гараже, на теплых коленях уборщицы и кандидата наук тети Ванды. Очнулся от нестерпимой вони, и сразу же ее идентифицировал – сторож пришел:

– Так ведь я ж его не заставлял вашего собачку душить! Вы ж поймите – это инстинкт! Тут железобетонно! Тянет и все! Я, к примеру, человек, а тоже инстинктам подвластен. Вот смотрите – есть выпить у вас?

– Чушь! – возмутилась тетя Ванда, – вы, молодой человек, постарайтесь усвоить, что в пределах вида наследственно закреплены не сами инстинкты, а пределы изменчивости инстинктивного поведения! Вами движет не инстинкт, а порок!

Сторож уважительно икнул, но поддержать разговор не смог – был выставлен Витей за порог. И уже оттуда, из-за порога, робко пиная дверь, он пытался как-то завершить разбуженную мысль:

– Я ж не спорю! Но и вы поймите, что мы тут с Васькой поставлены народное богатство охранять! Мы на посту, елки! Да, мы безжалостные, ну так это работа такая… Выпить-то есть?

– Сергей Сергеич лежал на коленях и думал, что вот того пса, убийцу, зовут Васька… А еще думал о том, что больше нет чудо-ошейника, а второй такой еще попробуй закажи да оплати… Думал и о том, что наверняка ранен, и теперь придется делать прививки, а это сильно исказит все показатели.

– Но обошлось без прививок. Тетя Ванда осмотрела Сергей Сергеича, нашла, что он худ, а больше ничего не нашла. На том хорошие новости закончились – приехал Матиевский и началась подготовка к вечеринке.

– Сергеич, ты пойми! Они там собирают весь цвет общества! Все лучшие люди, лидеры мнений сегодня там будут! Спонсор уже шепнул кому-то в ухо, что тебя привезут, так там ажиотаж. Витя презентацию готовит, костюм себе на деньги лаборатории купил!

– Оставьте меня в покое! Мне надо работать!

– Так а пиар, это не работа, что ли? Деньги закончились, ты сам знаешь! А нам еще не один год упираться! Ну, познакомят они тебя с олигархом, что плохого? Ты пойми, проект развивается, нам нужна поддержка, иначе загнемся, Сергеич!

… К пяти вечера приехала Девушка, одна, без Спонсора.

– Всем приветики! – крикнула она в приоткрытую дверь. – Заходить не буду, у вас воняет! Можете мне собаку вынести?

Витя, уже наряженный в сияющий костюм жениха, развел руками – надо, так надо. Сергей Сергеич к этому времени уже притих, умолк и не сопротивлялся, экономя силы. Решил, что будет думать о составах контрагентов, о нейтрализаторах – да хватало скучных дел, требовавших концентрации.

Его посадили в переноску с подушкой. Переноска сильно пахла заводским фенолом, Сергей Сергеича снова стало мутить… Витя сидел на заднем ряду красного девушкиного авто и бросал на босса беспокойный взгляды, переживая за костюм и бархатное сиденье.

– Едем к стилисту! – сообщила Девушка, игриво посматривая на Витю в зеркало заднего вида. На зеркале у нее болтались иконка и котик в блестящих камешках.

– Но вы и без стилиста прекрасны! – ловко отреагировал Витя. – Вы сами стилист… Заслуженный стилист страны… я уверен...

– Это правда, – Девушка оценила ум Вити. – Я стилист и дизайнер, у меня есть диплом… Но я сама сейчас не крашу, рук жалко… Едем к собачьему стилисту. Мы же не можем нашего песика в таком виде приличным людям показывать? Его как зовут, кстати?

– Сергей Сергеич, – Витя старался улыбаться, рукой незаметно сжимая в переноске пасть бушующего босса, – Можно еще Завкафедрой.

– Фу! – засмеялась Девушка, – как пошло. Будет Сержиком. Сержик! Сержик!

И она присвистнула, глядя в зеркало заднего вида в то место сзади, где по ее предположениям находилась переноска. Витя увидел ее сложенные дудочкой губы и чуть не лишился сознания от такой красоты. Девушка знала, что именно так и будет, поэтому подержала дудочку еще несколько секунд, а потом сахарно улыбнулась прямо в Витино сердце:

– Вам, кстати, тоже приличный костюм надо найти. Это же не сельская туса, это новогодний бал!

…В салоне «My Beautiful Dog» дрожащего Сергей Сергеича поставили на зеркальный столик, отчего сразу стало видно его грязное брюхо.

– Ну? И кто это у нас? – ласково, хоть и брезгливо улыбнулся Мастер. – Кто этот ужасный хулиган?

– Это профессор Сержик! – с гордостью ответила Девушка. – Сегодня вечером он должен быть звездой, Арчи. Просто вау! Все должны смотреть на нас, понимаешь?

– А порода какая? Ты мне хоть направление дай, где талию искать?

– Нууу … порода… – Девушка оглянулась на Витю.

– Кандидат биологических наук.

– Это плохо, – огорчился Мастер. – С такой породой на балу делать нечего. Будет керн-терьером!

Немедленно были извлечены все фотодокументы по керн-терьерам, подобраны стрижка, спрей.

– Надо бы хвост слегка обрубить, – Мастер держал Сергей Сергеича, ловко подбривая машинкой его бедный живот. – Хвост вообще никакой. Где ты видела у керн-терьеров такие хвосты? Скажу тебе, Вика, честно – позорище!

– И что же делать? – огорчилась Девушка. – Как же быть?

– Ну, сегодня трусики подберем, не вопрос. Но на будущее имей в виду. Хвост надо убрать.

Пунцовый от волнения Витя смотрел Сергей Сергеичу прямо в глаза, не отрываясь. Морда босса была зажато рукой Мастера, но Вите не надо было слышать. Он и без того понимал, что сейчас хочет сказать Сергей Сергеич.

Пытка длилась около часа. Пока Сергей Сергеича Мастер доводил до состояния керн-терьера и обморока, Девушка в это время занималась Витей. И Вите было лучше, чем Сергей Сергеичу. Он не отрывал восхищенного взгляда от декольте Девушки, мычал в ответ на все вопросы и даже без возмущения дал сменить рубашку, пояс, позволил напялить галстук, кольцо и очки.

– Вещи вернете через химчистку! – крикнул Мастер. – Все! Забирайте своего красавца!

На зеркальном столике стояло чудесной прелести существо, бывшее недавно дворовым профессором Сергей Сергеичем. Он был обрит, светел, опрятен, его морда приобрела кукольное выражение, а беспокойный хвост был упрятан в золотые панталончики с леопардовой опушкой.

– О, Арчи! – простонала Девушка. – Это лучшее, что я видела в жизни!

– Я хотел красные с брюликами предложить, но если быть звездой, то только в золоте! Только в золоте, дарлинг! Ты в черном, он – в золоте! Мир ваш!

Сергей Сергеич, слегка отдышавшись, осмотрел в свое отражение под ногами и вдруг с удивлением понял, что нравится сам себе. То есть, ему было все равно, он никогда не придавал значения внешности и считал, что в одежде важны только наличие и чистота, но тут случился удивительный катарсис.

Сергей Сергеич вдруг понял, что он – ничего мужчина.

Это было какое-то робкое, не самое ценное чувство, но оно добавило красок в картину исследования измененной личности. Да и сил самому Сергей Сергеичу добавило, отчего он неосознанно завилял хвостом. Золотые панталоны зашевелились, все засмеялись.

– Вот и славно! – сказал довольный Мастер. – С вас соточка.

Они приехали в клуб с небольшим опозданием, но так, оказывается, было принято. Девушка передала на время Вите Сергей Сергеича, сама повозилась у зеркала, поправляя бюст и губы, и Витя был счастлив служить красоте.

Затем они вошли в хрустальный зал, полный запахов счастья и радости, табака, духов, антиперспирантов и алкоголя.

– А ничего, что мы с собакой? – забеспокоился Витя. – Не попрут нас?

– Че вы несете? Как нас попрут, если мы – спонсоры? И вообще!

И Девушка, схватив Сергей Сергеича, взмахнула рукой и пошла в сторону нарядной компании с бокалами. Бедра ее при этом колыхались, как маятник благородных часов.

В компании тоже была собачка – крохотное дрожащее чмо, как шепнул Витя в ухо обеспокоенному Сергей Сергеичу. А Сергей Сергеич реально беспокоился, поскольку собачка была девочкой и источала такие запахи, что…

– Это Сержик! – тонким голосом сказала Девушка. – Познакомьтесь! Керн-терьер и профессор! Сегодня вечером мы расскажем о нем очень много разного интересного!

– Привет, Сержик! – пискнула в ответ хозяйка собачки. – Это Ники. Ники, поздоровайся с Сержиком! Он – звезда!

И хозяйка стремительно поднесла собачку прямо к Сергей Сергеичу. Их носы на мгновение соприкоснулись. Ее черная, влажная мочка… ее молочное дыхание… ее шелковистые усики… ох…

– Ммм – сказала Ники.

– Сергей Сергеич! – простонал Сергей Сергеич.

– Смотри, они подружились! – обрадовалась Девушка. – Вы уже пробовали шампанское? Сегодня утром прилетело заказным бортом.

– Вика, не говори» борт»! Говори нормально – «самолет»! Ты же девочка!

– Отвали!

Они весело смеялись, и собаки упирались лапами в их бюсты, их колыхало, мотало, но Сергей Сергеич уже ни о чем не мог думать, кроме Ники. Кроме этой чудесной, восхитительной, янтарной Ники с розовым бантом на бровках…

Он прекрасно понимал, что страсть эта не имеет ничего общего с разумным человеческим влечением мужчины к женщине. Здесь интересно было бы задуматься о природе человеческим чувств, сравнить градус звериной страсти внутри нее вот с этой нынешней кобелиной тягой. Но Сергей Сергеич не мог этого сделать по двум причинам. Во-первых, в человеческой жизни он никогда не испытывал жгучих эмоций, никогда. Все его ранние попытки искренне полюбить заканчивались горьким разочарованием ровно в тот момент, когда красавица открывала рот и начинала говорить. Возможно, проблема была в самом Сергей Сергеиче, крайне неуверенном в себе, в своей мужской привлекательности. Ему доступно объяснили еще в школе, что он неудачник и лох, спорить он не стал. Родительский пример – сухие, ровные отношения двух изможденных соцреализмом людей, доживающих век на одной территории только потому, что двух территорий не было… Сергей Сергеич рос не для любви, а для науки и честных страданий. И жену он выбирал по принципу бытовой совместимости, никак иначе: попросилась подруга однокурсницы пожить неделю в его скромной съемной квартире… и осталась. Он ее не замечал, она его не замечала… А через пять лет родился сын.

Это была первая причина, по которой сейчас Сергей Сергеич не мог остаться хладнокровным аналитиком автоэксперимента и поэтому целиком отдался стихии. Вторая причина заключалась как раз в самой стихии – звериная собачья страсть вырубила его разум, перекрыла все другие сигналы. Ему не надо было ничего – только сладко вцепиться в холку этой прекрасной собаки, этой нежной девочки с розовым языком…

– Осторожно, у нас течка! – ласково шепнула хозяйка Ники.

Витя, и без того до сих пор еле стоявший на ногах от обилия красоты вокруг, шумно выдохнул и удалился к фуршетным столикам пить шампанское.

А Сергей Сергеич и сам все понял про Ники, как можно было не понять? Только отметил каким-то очень далеким, еле пульсирующим обрывком научного, критического сознания, что влечение действительно очень сильное, жгуче-сладкое, сопротивляться ему бесполезно. И это можно… рекламно вписывать… куда-то там вписывать… мммм…

Девушка нервно засмеялась, прижимая Сергей Сергеича к себе (а он, оказывается, вырывался, буксуя лапами в ее бюсте, оставляя розовые бороздки на коже):

– Сержик, свинья, хватит! Все равно у вас ничего не получится! Она другой породы!

– Ой, да! – кокетливо согласилась хозяйка Ники. – У нас уже есть жених в Лондоне, чемпион! Сегодня вылетаем, будем строить любовь! Мы все оплатили, мальчик нам очень понравился…

– Решились? Блин, Диана… дети – это так… серьезно…

– Ну, мне уже двадцать семь… Я готова…

Сергей Сергеич выл, рвался из рук, мысль о том, что понравившаяся ему самка будет отдана другому, казалась невыносимой, дикой!

– Ники! Ники! – хрипел он. – Послушайте, Ники! Я – не мальчик и не очень богат, это правда! Я даже женат, но… Послушайте!

Ники смотрела с нежностью и молчала, облизывая усики. Что хотел от нее Сергей Сергеич? Зачем сейчас ломал свою и ее судьбы? Подумать! Остановиться и подумать бы, но где там… Пес в нем страстно, исключительно животно хотел песьего, а Человек невыносимо хотел поговорить – и в смеси это не оставляло шансов для самоконтроля.

– Вы еще молодая! Позвольте, скажу? У меня уже есть сын! Это огромная ответственность, Ники! Знаете, сколько стоят коляски, кроватки? Нет? Ники! Я всегда молчал, я никогда не говори об этом, но… Ники, мы живем в мире, абсолютно не приспособленном для детей, вообще для людей не системных, ранимых! Здесь нет никаких шансов для эффективного роста! Здесь вас и ваших детей немедленно включают в машину выживания, в беличье колесо! Всегда бежать, всегда быть голодным, жалким, бессильным! Потом получать кусок мяса, которого хватит ровно на то, чтобы вы не подохли! И снова бежать, думая только о мясе! Я не нашел иного способа справиться с этой несправедливостью, кроме как исключить себя из этого мира, хотя у меня и есть сын и Задача, но…

– Да заткнись ты! – зло шепнула Девушка и больно шлепнула Сергей Сергеича по щеке. – Ты мне, тварь, все сиськи исцарапал!

И Сергей Сергеич замолчал, горько молотя хвостом в золотых трусиках. Он был в отчаянии, просто в отчаянии. В бешенстве, зависти, страсти и отчаянии.

– Давай прямо здесь? – вдруг улыбнулась ему Ники.

И сердце Сергей Сергеича остановилось… отдышалось немного… и снова пошло…

Диджей вежливо пригасил музыку и на сцену поднялся Спонсор. Он был немножко пьян, небрежен в жестах, но абсолютно царственен. Настолько, что икнул в микрофон прежде, чем озвучил причину выхода. Зал благодушно засмеялся, зааплодировал.

– Пардон! Я сказал – пардон… Хочу сказать спасибо, что пришли, не постеснялись…Короче! Всем слушать сюда! Я решил, что пора порвать мир! А то сколько уже можно? В футболе мы не тянем, «Евровидение» тоже чета как-то… Вика, неси собаку!

И Сергей Сергеича заколыхало на сцену, прямо в плотный свет. Ники осталась там, в зале, и он завыл, вызвав тем самым еще один мощный залп аплодисментов и длительный смех.

– Короче, это не просто собака! Это человек… профессор… как там тебя?

И Спонсор постучал пальцем по голове Сергей Сергеича. Тот клацнул зубами и с искренней яростью произнес:

– Идиот!

Слово зал не разобрал, но контекст каким-то чудом понял. Снова аплодисменты, смех.

– Что ты там гавкаешь? Эй? Где этот… помощник? Переводчик?

На сцену, спотыкаясь и протирая губы салфеткой, взбежал Витя. Его запах был отвратительный – алкоголь, явно табак и страх. Сергей Сергеич, сам дрожащий от страха и ненависти, хорошо сейчас идентифицировал нюансы.

– Добрый вечер. Здрасьте всем. Итак, я готов рассказать о нашем открытии! Последние три года мы с Сергей Сергеичем… вот с этим… животным уважаемым … трудились над созданием… возможности… биотрансформинга. Мы работаем с неоантропами, так сказать… Но изыскали возможность трансформации в иные, скажем так, виды… Включая деревья там… микроорганизмы… Вот, сейчас тестируем собаку…

– Ты понятней говори! – засмеялся Спонсор. – Видишь, народ скучает!

– Так, а куда проще… Разработали, значит, схему. В течение десяти часов вы становитесь любым живым, так сказать, существом. Хотите – слоном, хотите… вот… собачкой.

Зал притих. Спонсор удовлетворенно кивнул, а Девушка, довольная вниманием, еще изящнее выставила ножку в бриллиантовой туфельке. И только Сергей Сергеич был недоволен – он выл, извивался, ругался на дурака Витю, опошлившего Задачу. Девушка зажимала ему пасть и придерживала лапы, чтобы профессор выглядел прилично.

– А зачем это надо? – спросил из зала темный силуэт, мужчина. Спросил не агрессивно, но с искренним непониманием.

Спонсор посмотрел на Витю, но тут за Задачу вступилась Девушка. Она красиво и резко пригнула к себе микрофонную голову и произнесла с улыбкой:

– А разве вы не хотите понять свою любимую собачку? Стать ей другом, подружкой?

Стоящая рядом с силуэтом леди ткнула того локтем, чтобы заткнулся, раз не врубается.

– Так, ясно все с вами. Ну-ка, быстренько все выходим во двор! Сейчас мы вам покажем силу науки! – Спонсор махнул диджею, чтобы убрал звук вообще. – Совсем зажрались, смотрю…

И через десять минут Сергей Сергеич повторил свой коронный трюк, выписав на нежном новогоднем снегу знакомую фразу. Это был фурор – восторг, полное приятие и овации. Возможно, так радовались бы люди, только что узнавшие, что получили Нобелевскую премию. Но Сергей Сергеич не радовался. Он уныло сидел на ступеньках и с тоской наблюдал, как десяток хорошо одетых мужчин на спор пытаются повторить его номер с каллиграфическим выписыванием, а прекрасные дамы в вечернем смеются, уважительно хлопают и снимают шоу на телефоны. Сергей Сергеича тоже фотографировали, брали на руки, пытались заглянуть в глаза, но он отворачивался. Ники уже увезли в аэропорт. С любовью все было кончено.

5

Весь следующий месяц Сергей Сергеич посвятил Задаче. Он нагружал свое собачье тело до отказа, выжимая запредельные скорости при разгоне, морил себя голодом, стараясь понять ресурс новой биологической упаковки. Он решил полностью отказаться от человеческих рефлексий, таких неуместных в людском и собачьем мирах, и сосредоточиться на науке.

По его подсчетам, полноценной собакой он должен был стать через год. Его уже не заботили слоганы и достоинства собачьего воплощения – этим занималась новая команда, нанятая Спонсором. Новогодний выход в свет имел резонанс: нашлись желающие поддержать проект, поступили предварительные заказы.

Витя читал их, глумясь и кашляя от смеха:

– «Желаю стать на весь апрель пепельным шпицем-девочкой с голубыми глазами», «Хортая борзая, муругая, щипец сухой, с хорошим подрывом. Трансформация на время охотничьего сезона», «Бультерьер, крупный, злой – на два дня. Двух дней мне хватит»… Сергеич, они все больные, да?

А Сергей Сергеич уже понимал, что в ближайший год вопрос породы не решить и даже отвлекаться на это не стоит. Может, он подохнет сегодня вечером от остановки перегруженного собачьим темпом жизни сердца? Может, его человечий век, перенесенный в животный формат, закончится завтра утром? Может, сторожевой пес Васька придушит его во время ближайшей прогулки?

Васька… И тут же шерсть на загривке Сергей Сергеича вздыбилась, а сухонькие мышцы напряглись. Ярость, ослепляющая, оглушительная, заливающая глаза, уши – ЯРРРОСТЬ!!! Он схватил Витин тапок и долго его трепал, со сладким стоном, с урчанием и визгом, а когда Витя, ругаясь матом, попытался тапок отнять, укусил и его.

…Пока тетя Ванда бинтовала Витин палец, Сергей Сергеич наматывал круги вокруг гаражного поселка, сжигая гнев как самолет лишнее топливо. Ему несколько раз хотелось добежать до ворот и там найти Ваську, вцепиться в его горло, разодрать его шерстистые складки и добраться до горячего, соленого, чтобы до конца, до конца!

Но он останавливался всякий раз и снова мчался назад, к дальним гаражным районам. Задача, Задача, черт ее дери на части, на клочки! Надо было жить ради Задачи…

В лабораторию он вернулся только вечером. Виновато вилял хвостом, стараясь не глядеть Вите в глаза. А тот обиженно играл в танчики одной рукой, вторую, забинтованную, держал на весу:

– Из-за вас теперь только на арте могу…

– Витя… Прости, Витя… Это не я… Это зверь во мне…

– Я бы даже сказал – скотина… Ладно, проехали… Звонил Спонсор, сказал, что завтра на охоту вас приглашает. Типа, там будут японцы какие-то важные… Ну, я отказался! Не хватало еще от кабанов по сугробам скакать…

И вот тут Сергей Сергеича снова прошило, да так остро и невыносимо, что он был вынужден скорчиться и выдохнуть, выхаркнуть из себя комок ярости, прокашляться и только потом, дрожа и заливаясь слюной, прохрипеть:

– Не сметь! Не сметь отказываться! Не сметь отказываться от охоты!

… В лесу было ожидаемо холодно, и Сергей Сергеич не сразу решился выбраться из переноски. Его так же немножко тревожило обещанное знакомство с двумя другими собаками, охотниками. Но то была отличная возможность попытаться коммуницировать с ними под контролем хозяев. Сергей Сергеич сидел в теплой переноске, подальше от шашлычной беседки, от разговоров и водки, краем уха слушал Витю, который, выпив, все более красочно описывал гостям Задачу и ждал…

– Витек, японец спрашивает, можете ли вы собак в людей превращать? А то у него жены, по ходу нет, зато сучка послушная, молодая имеется… Ну, вздрогнули!

– Теоретически – можем… Практически – не пытались еще… Балычка мне передайте, пожалуйста…

Сергей Сергеич смотрел на тропу из переноски и ждал. Причем добычу он ждал с тем же волнением, что и собак. Дрожь от холода резонировала с чем-то внутри его маленького песьего тела и превращалась в совсем другие вибрации – восторга, ожидания, все больше заводя его, все больше радуя…

Ветер уносил запах Сергей Сергеича, его самого лишая возможности первым унюхать собак. Но он услышал их далекий лай и с тревожным удовольствием отметил, что понимает, о чем они:

– Кто там? Кто там? Э? Кто? – кричали собаки.

Агрессии не было в голосе, просто интересовались. Каким-то удивительным образом Сергей Сергеич понял, что собаки старые, два старых деда, и немедленно понял, как ему следует себя вести с ними. Когда они показались из-за деревьев, ведомые егерем, Сергей Сергеич рванул к ним, по пути все ниже склоняя голову и прилег на снег, не добежав метра. Хвост его при этом разбрасывал снег, а морда улыбалась.

– Рад знакомству! – сказал он тихим голосом. – От вас хорошо пахнет!

– Кто ты? Кто он? Кто ты?

Два пегих старика ломанулись к нему, передавливая ремнями шеи, вытягивая егеря в снег.

– Мать вашу! – тихо рыкнул егерь. – Бушка! Клин! Назад, твари!

Сергей Сергеич учтиво подполз поближе, чтобы не создавать неудобств при знакомстве. Он лег на снег боком, осторожно поднял лапу и дал псам обнюхать живот.

– Это че за клоун? – крикнул егерь в сторону беседки. – Я ж просил собак с собой не брать!

– Не кипеши, Стасик! Это не собака! – весело откликнулись из беседки. – И не матерись там, у нас гости из Японии!

– Япона мать, – просипел егерь и снова дернул собак. – Ну, хорош уже!

– Ты кто? – один из псов ткнулся носом в пах Сергей Сергеича. – Ты кто вообще?

– Как вам сказать? – Сергей Сергеич лег поудобнее, чтобы и второму досталось понюхать. – Но я не враг. Я не враг.

– Не враг. – согласились псы. И Сергей Сергеич понял, что можно встать и пожать руки… то есть, обнюхать важные зоны псов. Они не были против, хоть и не пали перед ним в снег – но этого и не требовалось. Статус этих собак был выше на порядки. Сергей Сергеич осторожно прополз под их животы и поднял голову вверх, утыкаясь в горячую песью кожу. Они дали ему несколько секунд, а больше и не надо было. Сергей Сергеич отчетливо услышал запах силы и зрелости, но также и запах усталости.

– Да идем! – егерь дернул собак в сторону беседки и Сергей Сергеич потрусил рядом, проваливаясь в снег.

– Здрасьте, Антон Виталич! – крикнул егерь, не доходя группы. И в его голосе Сергей Сергеич услышал те же ноты, что звучали в нем самом, когда он полз знакомиться к собакам. – Вы простите, что шумлю! Тут с утра лесхоз уже все нервы вымотал! Приветствуем в гостеприимном лесу имени Сорокалетия Великого Октября!

– Да достал ты уже, Стасик. К тебе как не приедешь, так все у тебя нервы… Кого ты мне привел? Я у тебя лаек просил, а ты кого привел?

– Так лайки мои со вчерашнего дня на корпоративе у нефтяников, я ж вам говорил… А это гончаки, Буш и Клинтон, они паратые[①] ваще! Посмотрите, как кабана обложат!

– Вот ты пиндос… Ладно, выпей, на…

Пока люди обсуждали предстоящую охоту и нюансы участия в ней «не совсем собаки», Сергей Сергеич беседовал с Бушем и Клинтоном:

– Скажите, вам наст лапы не режет?

– Ты кто вообще? Кто ты?

– Я ваш друг, это точно. Просто хочу понимать…

– Ты злой? Злой? Ты маленький!

– Я маленький, да… Знаете, удивительная зависимость. Я вдруг подумал, что здесь есть метафизическая связь – между размером личности и размером будущей собаки. Я ведь и человеком был так себе, незначительным… Я уже рожден был незначительным, для страданий и тоски. Это хорошо, что в меня учитель биологии поверил…

– Ты злой? Злой ты?

– Нет… И не был никогда… Но вот странная вещь… Я стал собакой, и как будто открылась какая-то чакра… Как будто я осмелел, хотя и раньше не боялся. Вернее, раньше я не допускал обстоятельств, в которых можно было бояться, но переживал, мог не спать ночами, а сейчас…

– Ты мужик или баба? Мужик или баба?

– Простите, у меня еще не функционируют системы, железы еще не работают в полном объеме, вот вы и не можете понять. Я мужчина, мужчина, профессор… Мне 38…

– Или ты баба?

– Нет, я мужчина… Я твердо в этом уверен. Я даже успел влюбиться, не поверите, в одну светскую суку…

– Зубы покажи! Покажи зубы!

Тут его подхватили на руки и унесли за стол переговоров с водкой. И там Сергей Сергеич, чихая от дыма сигар, в который раз рассказал о перспективах проекта.

Розовые от мороза японские гости смотрели на него с глубоким уважением,

---

① Группа пород охотничьих собак (гончие), назначение которых отыскивать и преследовать зверя по следу с голосом.

вежливо фотографировали, улыбались и это как-то компенсировало небрежность двойного перевода, ведь сначала Витя перекидывал с собачьего на человечий, а потом переводчик давал еще и свою версию на японском. Разговору сильно мешала гостевая активность Спонсора, без конца подливавшего гостям «на погреться».

– Мы значительно продвинулись вперед в вопросах биотрансформинга и изучения генома человека, сегодняшний наш опыт уникален.

– Сергей Сергеич говорит, что мы далеко продвинулись.

– Я виду дневник всех манипуляций. Пока активат принимаю два раза в день, но думаю увеличить до трех, чтобы ускорить адаптационные процессы.

– Колю его два раза в день…

– Хотел бы сказать о субъективных ощущениях, это крайне интересно! Я отчетливо ощущаю приливы агрессии, мне не свойственной. Выносливость значительно увеличилась, это при том, что я с детства страдаю хроническими заболеваниями… Интерес к противоположному полу тоже… скажем так… возрос…

– По бабам хочет… Налейте еще, только не полную!

Витина непосредственность страшно бесила, но Сергей Сергеич сдерживался, понимая, что разговор носит рекламно-ознакомительный характер. Еще его сильно отвлекали собаки, которые были гораздо интереснее людей. Сергей Сергеич пытался понять, тянет ли его к гончакам как исследователя к объектам, или как собаку к другим собакам, но не мог найти ответа. Просто смотрел и смотрел в их сторону и чувствовал, как хвост отстукивает костяную дробь по скамейке.

Ему перевели вопрос японца:

– Как скоро можно поставить на поток услугу биотрансформинга?

– Что? Нет, пока нельзя. Собака… то есть, я… должна прожить под наблюдением хотя бы пять лет. Мы же не знаем, как это все скажется на здоровье трансформируемого, как отреагирует организм на долгой дистанции? Сейчас как раз стадия сбора информации… Стой! Стой!

Сергей Сергеич не выдержал, слетел со скамейки и помчался, утопая в снегу, к гончакам, которые, лая и хакая горячими легкими, неслись уже к краю леса.

– Ну, кабана-то будете брать или как? – заорал подбегающий к беседке егерь. – Или хотите, чтобы мы его прямо сюда загнали?

– Да не кипеши, идем! – Спонсор опрокинул стопочку и бодро кивнул притихшим японцам. – Банзай, мужики! Только фотоаппараты не потеряйте, а то у Стасика снегоходы сильно дерганные. Ты их самогоном заправляешь?

– Вы, Антон Витальич, лучше б поехали уже. А то вон и собак упустили, и кабан старый, больной… Мужики его уже час гоняют… Сейчас ляжет в снег и чего тогда?

– Старый-больной – это хорошо…

Сергей Сергеич мчался, утопая в снегу, и понимал, что сейчас его просто разорвет от счастья. Сердце не справлялось со скоростью, лапы вязли, в висках черно грохотало, но – счастье! Счастье! Псом Сергей Сергеич был коротконогим, однако легким и быстрым, и расстояние между ним и гончаками если не сокращалось, то уж точно не увеличивалось.

Сергей Сергеич мчался, кричал от восторга и желал только одного – убить кабана.

Едущие параллельным курсом на снегоходах радовались собакам, снимали, гигикали… Спонсор поравнялся с трясущимся на соседнем пассажирском Витей:

– Слышь, ты, ассистент… Дело есть. Можем мы как-то ускорить процесс продажи проекта японцам? Пять лет ждать – это слишком… Я уже и так время и бабки потерял…

– Ну, Сергей Сергеич же сказал… – Витю слегка мутило от водки и качки. – Там риски всякие…

– Слушай, не рассказывай мне про риски! Я всю жизнь рискую! Короче, давай так… Пусть твой Сергей Сергеич за кабанами бегает, а мы с тобой как человек с человеком договоримся, идет?

Витя с тоской обернулся к залитому солнцем снежному полю, к маленькой летящей с лаем точке профессора…

… Сергей Сергеич догнал гончаков уже совсем на опушке леса. Они громко кричали, пороли воздух хвостами, а в бурых кустах впереди лежала огромная кабанья туша. Кабан жутко и вкусно вонял, хрипел и диким голосом ругался на собак.

– Здесь! Здесь! – кричали собаки. – Здесь!

Сергей Сергеич на мгновение упал рядом с гончаками – просто, чтобы лизнуть снег, чтобы как-то перезапустить легкие. И увидел глаза кабана. И в этих очень усталых, почти уже безжизненных глазах все равно была ярость. Прекрасная, кровавая ярость…

– Стой! Стой! – закричали собаки, – Опасно! Стой!

Но маленький Сергей Сергеич уже болтался в воздухе, вцепившись зубами в сизый пятак кабана… Его мотнуло один-единственный раз, и он уже привычно выключился.

– Убил? Убил?

– Да убил, убил… Егерь убил, а вас еле отодрали потом... Вот вы, Сергеич, бессердечный…

Витя тащил переноску, сильно пошатываясь, задевая углы гаражей. Было уже совсем темно, пахло Васькой и местными отчаянными котами. Сергей Сергеич чувствовал слабость, но уже был знаком с ней такой, послеадреналиновой. Его губы и десны были исцарапаны, изрезанные настом подушечки лап горели, но он все еще был очень счастлив. Вдруг в какой-то момент он понял, что ему окончательно хорошо, легко и радостно. Ни на секундочку радостно, случайно, нечаянно, а ВООБЩЕ…. Никаких мучительных мыслей, никакой тоски о завтрашнем дне. Он был только здесь и только сейчас, и он был победителем, хоть и мотался сейчас в клетке-переноске как самая обычная грязная тряпка.

Быть зверем хорошоооо…

– Не понял… – вдруг буркнул Витя и остановился на мгновение. Сергей Сергеич приник глазом к отверстию и увидел полоску света рядом с дверью лаборатории. Потом сунул в то же отверстие нос и явственно услышал знакомый запах полуразложившейся печени…

– Убери собаку! Собаку убери! – кричал сторож, отмахивая ногой бесноватого Сергей Сергеича. – Я ничего не взял, на, обыщи!

Витя мрачно стоял в дверях и силуэт его казался очень страшным.

– Ты как сюда попал?

– Так открыто было! Я просто в гости зашел! По-человечески, душевно! Думал, может водка у вас есть… Да убери ты собаку!

– Он видел! Он все видел! – Сергей Сергеич задыхался от гнева, от возмущения! Ну, как же так? Как же так, что дверь была открыта? Как же так, что Витя, уходя, не задернул шторки, не выключил аппарат, дверь не запер? И теперь вся лаборатория, мерцающая космическими огоньками – вся была на виду…

– Ты трогал что-нибудь?

– Да вы чего, Виктор… Батькович… Я только… в полочках поискал… А что у вас тут наркоту какую делают, так мне все равно!

И вдруг сторож очень хитро улыбнулся:

– Хотя ментам позвонить могу… А? Виктор… Батькович? Позвонить ментам? Или найдешь водочки для старого приятеля?

Витя посмотрел на Сергей Сергеича. И обоим стало ясно, что сторож уже не успокоится никогда.

Сергей Сергеич сел на грязный пол и зевнул. Странная собачья реакция, не в первый раз им отмеченная – зевать в момент величайшего напряжения. А Витя в этот момент развернул сторожа веселым лицом к себе, немножко сдвинул, чтобы падал не на аппаратуру, а на диван и несколько раз неумело, но сильно ударил.

– Что будем делать, Сергеич?

– Готовь рециент…

– А дозировка?

– Три кубика.

– Формулу 3.5?

– Нет… 5.8… Открой папку «New», там все есть…

– Да ладно… Вы уверены?

– Делай, я тебе говорю!

Витя кивнул и удалился, нервно сдергивая куртку на ходу.

Сергей Сергеич запрыгнул на диван, к сторожу поближе и обстоятельно обнюхал его гадкое лицо. Надо было запомнить его запах сейчас, пока он был человеком...

«…»

参考答案

Тест

1. Выберите правильные варианты ответов.

(1) Кто такая Т. Лисицкая?

А. журналист Б. писатель В. сценарист Г. радиоведущая

(2) Во сколько лет Т. Лисицкая вышла в прямой эфир на телевидении?

А. в 14 лет Б. в 15 лет В. в 16 лет Г. в 13 лет

(3) В каком году начала работать на первой белорусской радиостанции?

А. 1993 Б. 1996 В. 1998 Г. 2000

(4) Где училась Т. Лисицкая?

А. Белорусский государственный педагогический университет

Б. Литературный институт им. Горького

В. Белорусский государственный университет

Г. Минский институт культуры

(5) Лауреатом какой премии Т. Лисицкая стала в 2005 году?

А. 50 самых красивых и успешных Б. Две звезды-2

В. PR персона Г. Бренд года – 2011

(6) В каком году Т. Лисицкая дебютировала как писатель?

А. 1993 Б. 1996 В. 1998 Г. 2000

(7) Пишет ли Т. Лисицкая сценарии?

А. да Б. нет

(8) В каком жанре была опубликована первая книга?

А. мистический триллер Б. роман

В. детектив Г. трагедия

(9) Сценарии каких сериалов были написаны Т. Лисицкой?

А. «Барвиха» Б. «Мужчина во мне»

В. «Ангел или демон» Г. «Часы любви»

(10) Кем был по профессии Сергей Сергеевич из рассказа «Собака»?

А. биологом Б. химиком В. врачом Г. инженером

2. Ответьте на вопросы.

(1) В чем особенность творчества Т. Лисицкой?

(2) С какими китайскими писателями можно сравнить творчество Т. Лисицкой?

Анна Северинец

Биография

Анна Константиновна Северинец (23 октября 1975 года) – белорусский педагог, исследователь литературы, блогер, писатель. Родилась в семье журналиста, поэта и переводчика Константина Северинца и учительницы Татьяны Северинец. Окончила среднюю и музыкальную школы, филологический факультет БГУ, аспирантуру при кафедре русской литературы. Имеет второе высшее экономическое образование (БГЭУ).

С 1997 года работала учителем русского языка и литературы в лицеях, школах и гимназиях Минска. На несколько лет уходила из школы: работала начальником отдела торгового предприятия, журналистом, преподавателем бизнес-дисциплин в частном центре, преподавателем литературы в Институте парламентаризма и предпринимательства, потом вернулась в школу. В июне 2020 года за опубликованное стихотворение «А я за вас не галасавала ніколі» с учителем высшей категории, лауреатом двух областных конкурсов «Учитель года» не продлили трудовой контракт. Сейчас продолжает преподавать в частной школе «Стембридж».

С начала 2000 годов публикует художественные произведения и публицистику, документальные исследования и статьи по истории белорусской литературы.

В 2014 году на сайте газеты «Наша Нива» опубликован первый художественный рассказ «Залатая цыбулінка, срэбная часначынка①». Автор документальных книг «Уладзімір Дубоўка. Ён і пра яго» (2017), «Вакол Пятра Глебкі» (2019), романов «Дзень святога Патрыка» (2017), «Гасцініца “Бельгія”» (2019), «Вспоминая Вегас» (2020), составитель томов избранных произведений Алеся Дудара и Янки Купалы, а так же книги переводов «Евгения Онегина» на белорусский язык «Тры Анегіны». В 2017 году отыскала и подготовила к публикации первый перевод «Онегина» на белорусский, который на протяжении 70 лет считался утраченным.

Лауреат премий «Экслибрис» (за эссе «Мая беларуская літаратура»), «Гліняны Вялес» (за роман «Дзень святога Патрыка»), «Празрысты Эол» (за научную публикацию по творчеству А.Дудара), шорт-лист Премии Гедройца за роман «Гасцініца “Бельгія”».

Рассказы и повести переводились на русский, а стихи – на русский, украинский, английский, португальский языки.

Познакомиться с творчеством А. Северинец можно на сайте: https://www.livelib.ru/author/453190-anna-severinets.

① «Золотой лучок, серебрянный чесночок».

Творчество

ВАННЫЧ

Восьмой класс нашей школы был нашим проклятием, стыдом и позором.

Как так случилось, чтобы в одном классе собрались все возможные хулиганы этого города? Как будто кто-то сделал все возможное, чтобы аккуратно отсеять тихих мальчиков и порядочных девочек и бросить в классный кабинет щедрую горсть пороха, железа и огня.

Эти дети получали чистое и неподдельное удовольствие от пропущенных уроков, сбитых с толку учителей и даже от визитов директора Софьи Павловны, которую вызывали к ним не реже двух раз в день. В конце концов, их даже посадили в класс напротив ее кабинета, чтобы Софья не ходила далеко. При этом все они были умными, веселыми, но такими свирепыми, что мне иногда казалось, что если заглянуть им в рот, там будет чёрное нёбо.

От них всегда выходил замученным, со взмокшими волосами, и мышцы плечей и рук болели от нечеловеческого напряжения.

«Дети, каждый ваш урок отнимает у меня год жизни», – как-то пожаловалась я.

– А Татьяна Александровна сегодня сказала, что из-за нас она каждый день принимает антидепрессанты! – весело закричали восьмиклассники.

Как-то я пришла к ним веселая, потому что мне посчастливилось до этого провести три урока подряд в пятом классе, и теперь от солнечного трепетания этих прекрасных детей все внутри у меня было тоже солнечным.

– Ну, восьмой класс… Видите, какое у меня сегодня хорошее настроение?

– Ви-и-и-и-идим!

– Мне даже хочется придумать для вас что-то веселое, а не рычать на вас весь урок, а вам?

– Да-а-а-а-а-а-а-а!

– Как вы думаете, мы с вами сможем сохранить общее хорошее настроение на сорок пять минут?

– Не-е-е-е-е-е-ет! – и они демонически рассмеялись.

Любимым занятием восьмого класса были злые розыгрыши. Нет, они не каждого разыгрывали, потому что были учителя, которых эти дети уважали холодным и взвешенным уважением, потому что чувствовали, что этот взрослый был внутренне сильнее их и не боялся. Но как только учитель позволял себе проявить слабость – это могло воплотиться в крике или жестоких мерах, которые всегда рождаются из взрослой беспомощности, а могло выглядеть как бесконечные уступки в малом и большом, – они мгновенно объединились и с радостью издевались над такими до полной и безоговорочной победы.

Особенно доставалось нашему географу Ивану Ивановичу, которого дети в нашем городке испокон веку называли Ванныч. Ванныч был пожилым, полностью седым мужчиной, в очках с толстой оправой, в вечно помятой куртке и с выражением какой-то непонятной вины перед вселенной на лице. Он знал и любил свою географию, но за долгое время работы в школе очень устал и потерял мотивацию. К тому же он жил один: двое сыновей уехали в Европу, предварительно научив отца использовать Skype для недолгого общения, а его жена внезапно умерла в прошлом году, как говорили у нас, «от инфекции». И раньше, при жене и сыновьях, Ванныч был человеком кротким и безобидным, но теперь ему было еще и грустно, по выходным немножко выпивал и в одиночестве брёл на прогулку до ближайшего леса и обратно.

Вот этого Ванныча наш восьмой класс и взялся доводить.

Они мазали его стул мелом, играли, мычали с сомкнутыми губами, срывая урок, щелкали ручками, писали на доске всякую чепуху и складывали в журнал на страницу с географией сушеных тараканов, а когда отвечали параграф, меняли все имена собственные на “Ванныч”, прятались под партами и в шкафах, словом, что только не выделывали. Ванныч никогда не ходил к Софье жаловаться на них, кроме того, в этом класе не было тихих и послушных девочек, которые могли бы нажаловаться взрослым и защитить Ванныча. Об этих издевательствах стало известно только тогда, когда один из восьмиклассников похвастался в одной дворовой компании: вот, мол, как мы изводим нашего географа. Ванныча сразу вызвали к Софье, но он начал защищать своих палачей и сказал, что справится сам.

И он действительно с ними справился.

Однажды, посреди какой-то по-особенному снежной зимы, я пришла к ним на урок, как обычно напряженная, с окаменевшим сердцем и спрятанными фигами в кармане – и растерялась. Восьмиклассники сидели тихо, как мышки.

Ага, думаю, что-то затеяли, ну, сейчас начнётся. Но ничего не начиналось плохого, а началось странное: они осторожно поднимали ручки, вдумчиво отвечали на вопросы, писали то, что сказано, и послушно подавали дневники для оценки. Я устала от них даже больше, чем обычно, потому что все время ждала провокации, но никаких провокаций не было.

А вечером позвонила историца и рассказала, что произошло.

Перед уроком географии восьмиклассники выбежали на улицу, набрали снега, скатали два снежка и положили Ваннычу в очки, которые лежали без присмотра на учительском столе. Ванныч пришел в класс, сел за стол, открыл журнал и надел очки. Влажный снег мгновенно ослепил его, и Ванныч испугался и застыл. За ту минуту, которую он просидел перед классом, замершим в радостном ожидании, он, конечно, все понял: и про снег, и про детей. Медленно снял очки. И дети увидели, как по его лицу стекает вода. Сначала они решили, что это просто тает снег. А потом поняли, что Ванныч плачет. Просто сидит перед ними, старый седой человек, и тихонько плачет.

Так они просидели друг напротив друга несколько минут – класс и Ванныч. Потом геогреф достал из кармана огромный смятый носовой платок, низко склонился над столом, вытер очки – долго протирал – надел на нос и, не смотря на детей, тяжело встал и ушел из кабинета. И в класс не вернулся.

Весь урок без Ваныча дети сидели без единого звука. И весь день. И следующие дни. Их немножко отпустило только в апреле, и они снова начали смеяться, шуметь и баловаться понемногу, но подшучивать над кем-то – это как рукой сняло.

Ванныч никому ни слова не сказал о случившемся, продолжал вести у них географию, но не простил: приходил в класс, давал параграф для чтения, сидел молча сорок пять минут, собирал тетради – и отдавал их обратно, не проверяя. Дети молчали, делали задания и не спрашивали, где их оценки. В четвертой четверти он нарисовал в журнале вместо оценок по три случайных числа для каждого и как-то оценил их за четверть и за год. В июне он пошел к Софье – и уволился.

Где-то в августе Ваннич умер, тихо и незаметно. Соседка забила тревогу, когда двое суток не увидела его во дворе. Школа собрала деньги, чтобы похоронить Ванныча, потому что его сыновья не успели приехать на похороны из своей Европы. Учеников на похоронах тоже не было – каникулы. И только двое мальчишек из бывшего восьмого, а теперь уже девятого класса молча стояли вдали со сжатыми кулаками, и один из них, худощавый белобрысый подросток, плакал.

ИОСИФ И РОЗОВЫЕ ОЧКИ

Это была моя первая школа, первый класс и мой первый кот. Я только что закончила университет, отказалась поступать в аспирантуру, потому что с самого детства хотела работать в обычной простой школе, обила десяток порогов в поисках работы и, наконец, нашла сочувствующего директора школы, который сразу вручил молодой неопытной девчонке две учительские ставки.

В пяти минутах от школы я нашла съемную квартиру в небольшом домике, перенесла туда свои нехитрые пожитки из общежития и принесла себе с улицы бродячего полосатого кота, чтобы не было одиноко.

Этот кот был самым настоящим чудовищем. Сначала я хотела назвать его Барсиком или Моней, но мирные имена ему совершенно не подходили. Его основным занятием было сидеть в углу, зажигать глаза красным огнем и следить за мной злобным взглядом. Куда бы я ни шла по дому, от этого ужасного взгляда у меня бегали мурашки по спине и холодело под коленками. Этого кота невозможно было погладить или просто поговорить с ним – он тут же выпускал огромные когти. Правда, кушать бежал аккуратно, на мгновение погасив красный свет в злющих глазах.

Днем он сидел на своем месте в углу и не сводил с меня сердитых глаз, а ночью лез в мусорное ведро, доставал куриные кости (единственное мясное блюдо, которое я могла себе позволить в конце девяностых, это были тушеные куриные шеи, так что кости всегда были доступны) и раскладывал их ровной дорожкой от мусорки до моей кровати. Просыпаешься утром, он сидит в углу, излучает лучи ненависти, а по комнате тянется ровная нить обглоданных костей.

Несколько раз я даже оставляла входную дверь открытой, чтобы этот дьявол сбежал, но он не убегал, а только глаза его светились всё страшнее. Просто схватить его и выбросить обратно на улицу не позволяло мне воспитание и Антуан де Сент-Экзюпери, чей афоризм об «ответственности за тех, кого приручил» был последним моральным бастионом в моих отношениях с этим котом.

Наконец я придумала для него имя. Он стал Иосифом – в честь Сталина. Так что в нашем сосуществовании появилась хоть какая-то логика.

А потом наступил сентябрь, и я пошла работать в свою первую школу. Честно говоря, ничего не помню из тех дней – все так неожиданно получилось. Это был какой-то необъяснимый ураган планов, уроков, детей, взрослых, журналов и цифр, поднятых рук и зеленых тетрадей, правил русского языка и стихов русских поэтов. Я пришла в себя где-то в ноябре и начала немного осознавать, где я и кто я.

Сколько себя помню, я мечтала стать учителем. Сначала просто хотелось стоять у доски и рассказывать разные интересные вещи. Потом я хотела ставить справедливые оценки и никогда никого не обижать. Затем я захотела дружить с детьми. Потом стала смотреть разные фильмы про учителей, читать книги про учителей, делала это с карандашом в руке, записывала в специальную тетрадь красивые слова, правильные мысли и свои планы на будущее. Я изучала книги Макаренко, Никитина, Шаталова и Ильина, делала заметки и оставляла в книжках закладки. Теперь мне хотелось сеять разумное, доброе, вечное и растить красивых людей. Мама, сама учительница, хваталась за голову, папа пробовал вести со мной спокойные конструктивные беседы, чтобы направить мои устремления в какое-нибудь менее рискованное русло, но ничего и никто не смог выбить из головы эту романтическую дурь.

Эту дурь выбил из меня седьмой класс, где я стала классным руководителем.

Произошло это как раз в ноябре. Меня позвали к директрисе, она обняла меня за плечи и сказала глубоким очаровательным голосом: «Анна Константиновна! Я наблюдала за вами два месяца. Вы настоящий учитель. Так, как вы относитесь к детям, никто во всем мире к ним не относится. У вас врожденный талант. Его нужно использовать по полной, его нельзя тратить зря. Знаете что ... У нас здесь один класс ... Хорошие, хорошие дети. Им нужно больше, чем просто классный руководитель. Им нужна мама. Вы им, Анна Константиновна, нужны».

Лишь через несколько недель я поняла, что с сентября по ноябрь этот класс поочередно бросили два классных руководителя, что тринадцать из двадцати девяти детей были зарегистрированы в инспекции по делам несовершеннолетних, что двое учеников регулярно нюхали клей в школьном туалете, что трое родителей в этом классе были алкоголиками, а одна мать употребляла наркотики. Это был конец девяностых, обычная школа, плохой район. Когда я наконец поняла это, я долго плакала дома под пристальным взглядом безжалостного Иосифа, а Антуан де Сент-Экзюпери с интересом приглядывался ко мне с портрета.

Плача, я думала, что директриса права. Возможно, именно для того, чтобы спасти всех этих детей, родителей, их родственников и друзей, инспекцию по делам несовершеннолетних, а заодно и весь район нашего города, я и родилась на свет.

Вот и все. Я ходила в семьи пьющих родителей и часами уговаривала их бросить пить. Я бегала под дверь матери-наркоманки, часами стучала в её глухую квартиру и уговаривала впустить дочь домой и дать ей поесть. Я возила своего Ваню, красивого и талантливого сына пьющей матери, на рынок за носками и футболками. Я хотела купить ему другую рубашку, но этого не позхволила моя зарплата. Ну, и в качестве козырного туза я придумала для детей школьный рукописный журнал.

Дети приходили ко мне домой, потому что наша редакция не числилась ни в каких школьных документах, в общем, мне и в голову не приходило оформлять ее как кружок или факультатив. Мы садились в круг на полу и придумывали название, обложку, содержание и картинки. Иосиф, сидя в углу, терпел и временно смотрел в потолок. Мы спорили и шутили, вдохновлялись и хватались за карандаши, и, наконец, через несколько недель мы опубликовали первый номер нашего журнала под названием «Сквозь розовые очки» тиражом в пять экземпляров.

На следующий день меня вызвали к директору.

Перед ней лежал наш журнал – двенадцать альбомных листов, раскрашенных цветными карандашами и плотно исписанных черными чернилами.

– Что это? – строго спросила директриса.

– Это наш школьный журнал! – гордо сообщила я.

Директриса развернула страницы и стала читать вслух: «Я так мечтаю, дорогая, иметь от тебя ребенка. Если это затронет мое сердце, я буду самым счастливым в мире». Это школьный журнал? – она ткнула пальцем в имя автора и посмотрела на меня черными глазами от злости. – Это написала семиклассница! Как вы думаете, это нормально?!

– Ну, это же произведение искусства… Это роман, он будет печататься по частям… Если это действительно беспокоит детей, если они бо этом задумываюся…

Директриса поднялась во весь рост, подтолкнула ко мне журнал и тихо, но убедительно сказала:

– Чтоб я не видела эту порнографию в школе.

В тот вечер невидимая богиня сжалилась надо мной. Я сидела дома в отчаянии, проклиная себя за близорукость, глупость и моральную развратность детей, плакала и горела от стыда, и пока все это происходило со мной, кот Иосиф наконец-то убежал от меня. Просто ушел – и все.

Моих девочек, всю редакцию тоже на следующий день вызвали к директору, провели с ними воспитательные беседы, я кое-как вела уроки, пыталась притвориться перед ними и не смотреть им в глаза, и сразу после звонка со всех ног бросилась домой, чтобы спрятаться там от такого большого и несправедливого мира. Я горько плакала до самого вечера, потом еще немного поплакала и поклялась себе никогда больше не выпускать с детьми никаких журналов.

А потом мне позвонили в дверь. Честно говоря, я сразу подумала, что за мной пришла какая-нибудь полиция нравов. Но это были мои девочки, вся редакция. На руках одной из них сидел полосатый кот.

– Анна Константиновна! Мы нашли вашего кота! Он бегал по помойке! Он так царапался! Еле поймали! Даже Ваня нам помог! Вот он, берите!

И мы пили чай с вареньем, не сказав ни слова о нашем общем литературно-художественном поражении, а потом девочки разбежались по домам, а Иосиф сидел в своем углу, зажигал красные огоньки в глазах и с тяжелым вздохом брался за свое нелегкое воровское дело – ненавидеть живого человека.

СТИХИ

***

Мы исчезнем – а это нет.
Солнечный свет,
Красные ветви
И теней цветов ускользающий след,
И мухи жужжанье в оконном стекле,
И гроздь винограда в слезах на столе
Прикосновения, запахи, звуки,
С неповторимою нежностью руки.
И дыханье твоё,
И любовь моя к тебе, и твоя в ответ.
Даже когда мы исчезнем.
Это – нет.

ДЕРЕВО

Здесь каждое дерево – вечной вселенной под стать,
Что тропками ткут без конца муравьиные клики,
Из птичьих поместий, где есть о чём поворковать,
Из шумных дождей, что текут по листам ежевики
Ночною прохладой повеет от речки слегка,
Ужиная стража шуршит в камышах воровато,
И стадом усталым по небу бредут облака,
А серое встанет – и рыкнет над бабиной хатой.
Немного мне надо, чтоб вспомнить о той тишине,
Однажды уснуть и однажды с рассветом проснуться,
А облики с фото, что вижу на белой стене,
На чёрных надгробьях на кладбище мне отзовутся.
И верить легко, что всё катят колёса мои,
Туда, где однажды и им суждено оказаться,

Где вечные тропки без устали ткут муравьи,
На радость и счастье всему муравьиному братству.

ЧУЖАЯ ЖИЗНЬ

Это жизнь не моя, что лежит у меня на ладони.
И в пульсации вен учащается мой кровоток.
Вижу печь и кровать, колыбели уютной гнездовье,
Солнце в окнах, фиранки, высокий отцовский порог,
И тропинка к реке, где шаги и легки, и упруги,
И лоза за рекой, и песчаный обрыв под ногой,
Этот клён, этот дом, где смородина просится в руки,
И горячие камни унылой стены городской.
Эта линия вьётся, ладонь прорезая небрежно,
Убегает меж пальцев, срываясь в иные миры,
Ткёт рука, забываясь, полотнами светлую нежность,
Вышивая орнамент из тропок далёкой поры.
Твои письма ко мне – пиктограммы из сини бездонной,
Это буква, что нас волновала когда-то, вглядись...
Твоих первых шагов остаются следы на ладони,
И срывается тропка с обрыва песчаного вниз.

(*Перевод с белорусского Константина Северинца*)

参考答案

Тест

1. Выберите правильные варианты ответов.

(1) Где училась А. Северинец?

А. Белорусский государственный педагогический университет

Б. Литературный институт им. Горького

В. Белорусский государственный университет

Г. Минский институт культуры

(2) Кем работала А. Северинец?

А. учителем

Б. начальником отдела торгового предприятия

В. журналистом

Г. преподавателем бизнес-дисциплин

(3) Сколько премий «Учитель года» у А. Северинец?

А. одна Б. две В. ни одной Г. три

(4) Что публикует А. Северинец с начала 2000 годов?

А. художественные произведения Б. публицистика

В. документальные исследования Г. статьи по истории

(5) Автор каких документальных книг А. Северинец?

А. «Уладзімір Дубоўка. Ён і пра яго»

Б. «Вакол Пятра Глебкі»

В. «Дзень святога Патрыка»

Г. «Гасцініца "Бельгія"»

(6) Какой первый опубликованный рассказ?

А. «Залатая цыбулінка, срэбная часначынка»

Б. «Ванныч»

В. «Дзень святога Патрыка»

Г. «Гасцініца "Бельгія"»

(7) Кто из учителей больше всего страдал от восьмиклассников из рассказа «Ванныч»?

А. учитель географии Б. учитель математики

В. учитель музыки Г. учитель русского языка

(8) Какие любимые занятия были у 8 класса в рассказе «Ванныч»?

А. розыгрыши над учителями
Б. оскорбления
В. чтение книг
Г. рисование на доске?

(9) Из какого стихотворения строка «И стадом усталым по небу бредут облака»?

А. Чужая жизнь
Б. Дерево
В. Мы исчезнем – а это нет
Г. Ванныч

(10) Что учительница решила делать вместе с учениками?

А. издавать школьный журнал
Б. ухаживать за котом Иосифом
В. писать роман
Г. ходить на прогулку

2. Ответьте на вопросы.

(1) Какие школьные проблемы поднимает А. Северинец в своих рассказах?

(2) С какими китайскими писателями можно сравнить творчество А. Северинец?